조선혼의 발견과 민족의 상상

- 현진건의 학술적 평전과 문학 연구 -

대구대학교 인문과학연구총서 24

조선혼의 발견과 민족의 상상

- 현진건의 학술적 평전과 문학 연구 -

양 진 오

도서출판 역락

책을 펴내며

문학의 존재 가치가 점차로 회의되고 있다. 아니, 회의되는 게 아니라 아예 문전박대를 받는 형국이다. '실용'이 인간이 표방해야 할 만능의 가치로 회자되는 오늘날 문학은 사망선고를 받은 환자처럼 보일 정도다. 문학을 둘러싼 외부 환경은 결코 문학에 우호적이지 않다.

사정이 이렇게 암담하지만 문학에서 새로운 삶의 가능성을 발견하려는 지적인 성찰은 지속되어야 한다고 필자는 생각한다. 지적인 성찰이라는 말이 다소 현학으로 들린다면 삶의 새로운 가능성을 발견하려는 희망으로 고쳐도 별 문제가 없다. 인간의 자유로운 정신을 치열하게 표현하는 문학은 우리들의 욕망과 심연, 깊이를 되비쳐주는 거울로 비유될 수 있다. 우리는 이 거울 속에서 우리들의 과거와 현재 그리고 미래의 시간을 추적할 수 있을 것이다.

학술적 평전은 필자가 오래전부터 기획해온 문학 연구의 한 영역이다. 학술적 평전은 문학적 패턴과 저자의 상상력으로 서술되는 일반 평전과 그 성격이 다르다. 학술적 평전은 최대한 객관적인 자료로 서술되는 평전이다. 학술적 평전도 평전인 까닭에 서술 과정에서 연구자의 추측과 상상력이 용인될 수 있을 것이다. 그렇지만 필자는 연구자의 추측과 상상력이 평전의 미덕은 아니라고 본다. 자료를 엄밀하게 검증하고 창조적으로 해석하여 서술되는 평전이 우리 문학 연구에 긍정적인 영향을 미칠 수 있다고 필자는 생각하고 있다.

좀 더 부연을 하고 싶다. 필자는 이 학술적 평전이 전문 독자들에게만 읽히는 전공 서적의 모습을 띠는 걸 경계하고 있다. 대중과 학술의 이미지가 충돌하는 게 사실이지만 대중적인 학술적 평전의 출간이 문학의 존재 가치가 회의되는 이 반문학의 시대에 더욱 요청된다고 필자는 생각하고 있다. 대중 독자들에게 많이 읽히는 평전을 서술하되 자료 확인과 해석을 거쳐 내용의 질을 향상시키는 일이 필요하다는 말이다.

필자는 이 책에서 현진건의 삶을 다시 한 번 추적했다. 왜 하필 현진건일까? 필자가 현진건에게서 주목한 건 민족을 어떻게 사유하며 상상하게 되었는가의 문제이다. 세계화 시대에서 민족은 현실의 시간과 거리를 둔 박물관의 유물처럼 인정된다. 민족은 그 의미를 잃은 근대 체제의 사어 정도로 치부되는 실정이다. 그렇지만 민족에 대한 사유는 민족이 부정되는 세계화 시대에도 여전히 중요한 화두이다.

특히나 한국근대문학 전공자들에게 이 화두는 식민화에 붙들린 한국근대문학의 성격을 심층적으로 조명한다는 점에서 대단히 중요하다. 필자는 이런 문제의식으로 현진건의 삶을 학술적 평전의 방식으로 조명하고 싶었다. 그러나 전체적으로 이 책의 완성도에 문제가 있음을 미리 말씀드리고 싶다. 좀 더 해명해야 할 현진건의 행적이 적지 않은 까닭이다. 보완해야 할 대목은 앞으로 보완할 계획이다. 그리고 이 저서는 부록의 성격으로 2부에 두 편의 논문을 수록했다. 『무영탑』론과 『흑치상지』론이 바로 그 논문으로, 필자는 공히 이 두 편의 논문에서 현진건이 민족을 상상하는 방식을 집중적으로 논의했다. 이 두 편의 논문이 현진건의 학술적 평전과 호응되는 내용이기에 수록을 결정하게 되었다.

이 저서의 출간을 계기로 좀 더 대중적 차원의 학술적 평전이 지속적으로 출간되는 환경이 마련되기를 바란다. 이 저서의 출간을 위해 노고를 아끼지 않은 여러 관계자들에게 심심한 감사를 전한다.

무자년 겨울
진량 연구실에서 저자 씀

차 례

제2부 문학 연구

―민족을 상상하는 방식에 관하여―

제1부
학술적 평전

작가의 탄생

　죽음을 피할 수 있는 인간이 있을까? 죽음에서 자유로운 인간이 있을까? 누구도 예외가 없을 것이다. 그가 누구든 죽음을 수긍할 수밖에 없다. 그렇지만 인간은 피동적으로 죽음을 기다리는 존재가 아니다. 인간은 죽음을 그냥 맞이하는 게 아니다. 인간은 자신의 의지와 열정으로 새로운 삶을 창조하는 존재인 까닭이다. 인생을 드라마에 비유한다면, 이 드라마의 출연 배우들은 죽음을 초극하는 영원한 삶을 꿈꾸는 존재들인 것이다.

　그런데 이 드라마의 내용은 출연 배우에 따라 상이한 결과를 낳는다. 그 배우들마다 개성이 다르며 열정의 깊이가 다른 까닭이다. 또한 드라마의 내용에 영향을 미치는 시대적 상황이라는 외부 변수도 무시할 수 없는 까닭이다. 그렇지만 시대적 상황이 인생의 드라마를 형성하는 결정적인 변수는 아니다. 시대적 상황의 한계를 뛰어넘으려는 인간의 내적 의지. 이 의지가 바로 인생의 드라마를 결정하는 근본이다. 물론 이 내적 의지의 수위가 사람마다 다를 터이다. 유달리 치열한 내적 의지를 지닌 사람이 있는가하면 그게 제로인 사람도 없지 않을 것이다. 요컨대 인간은 탄생으로 시작하고 죽음으로 마무리되는 생존의 시간을 그의 내적 의지로 한 차원 높은 '삶'의 시간으로 변형시키는 존재다.

여기 한 사람이 있다. 그런데 그는 아쉽게도 만 42세가 되는 해에 세상을 등지고 만다. 요절은 아니었다. 제 명을 누린 삶도 아니었다. 길지 않은 삶을 살다간 그였다. 그렇지만 그는 이 만 42년의 시간을 자신의 삶으로 격상시킨다. 그는 작가였다. 그것도 식민지 시대의 작가였다. 전망이 보이지 않는 시대의 작가였다. 그렇지만 그가 만 42년 동안 성취한 업적은 가볍지 않다. 그는 식민지 시대 최고의 단편 작가로 종종 불렸다. 그런데 그는 작가로만 불리지 않았다. 그는 당대의 내로라하는 신문사 사회부장으로도 이름을 알렸다. 돋보이는 감각을 펼친 사회부장으로 말이다.

장안의 미남이었던 그는 자존심이 유독 돋보이는 작가였다. 자존심이 다치면 술을 마다하지 않는 그였다. 그는 장안이 알아주는 주당이었다. 가혹한 식민지 시대는 그를 편안하게 두지 않았다. 그럴 때마다 그는 술을 찾았다. 본원적인 자유가 허락되지 않는 식민지 시대는 그를 폄하했다. 일제 총독부는 그를 구속하기도 한다. 이런 일이 생길수록 그는 술을 가까이했다. 그러면서도 그는 성취했다. 그는 자신과 시대의 한계를 뛰어넘어 길이 남을 문학적 업적을 남기고 만다. 만 42세가 되는 해에 세상과 결별한 이 작가. 이 작가는 그의 작품들을 불멸의 업적으로 남겨놓았으니 그 주인공이 바로 빙허 현진건이다.

1900년 대구에서 출생한 빙허 현진건. 현진건이 태어난 1900년의 국내 사정은 긴박했다. 한반도를 차지하려는 러시아와 일본의 격전이 발발하기 직전이었다. 제국주의 열강들의 격한 다툼으로 한반도에는 긴장이 고조되어 갔다. 대한제국은 무능했다. 모든 일이 제국주의 열강들이 원하는 대로 진행되어 갔다. 이에 반발하는 조선 민중들의 저항이 없는 것은 아니었다. 동학농민혁명이 그 저항의 출발이었다. 그렇지만 일본의 개입으로 민중들의 저항은 수포로 돌아간다. 아래로부터 전개되는 혁명의 가능성을 일본은 무자비하게 제거한다.

청일전쟁에서 승리를 거둔 일본. 그런데 러시아가 일본을 견제한다. 일본은 그들의 뜻대로 한반도로 진출할 수 없었다. 일본은 분노했다. 반면 러시아는 눈에 띄게 한반도에서 영향력을 넓힌다. 러시아는 중국뿐만 아니라 한반도에서도 그들의 입지를 높여갔다. 이에 불안을 느낀 일본은 낭인을 동원해 민비를 살해하는 폭거를 일으킨다. 고종은 러시아 공사관으로 몸을 피했으며 제국주의 열강의 이권 쟁탈은 걷잡을 수 없이 진행되었다. 이렇게 국내 상황은 암울했다.

현진건은 이렇게 무능하고 그 미래가 어둡게만 보이는 대한제국의 백성으로 태어났다. 그리고 그는 1943년 4월 25일 장결핵으로 세상과 헤어진다. 만 42세의 죽음이니 현진건이 이상이나 김유정, 나도향처럼 요절한 작가는 아니었다. 그러나 염상섭처럼 장수한 작가도 아니었다. 결코 길지 않은 삶을 살다간 현진건이었다.

도대체 이 만 42년의 시간 동안 어떤 일들이 현진건에게 일어난 걸까? 그는 작가가 되기를 염원했다. 그런데 처음부터 현진건이 유능한 작가로 인정받은 건 아니었다. 『개벽』 학예부장이었던 오촌 당숙 현철을 졸라 『개벽』에 「희생화」를 기고한 현진건은 황석우에게 보통 망신을 당하는 게 아니다. 그러나 그는 일 년 후 「빈처」로 재평가를 받는다. 「빈처」로 그는 유망 작가의 반열에 오른다. 그는 더 이상 망신당하지 않는다. 그는 그렇게 작가가 되기를 갈망했다.

이 갈망은 일종의 시대적 유행이었다. 지금은 그렇지 않지만 문학을 시대의 유행으로 받아들인 시절이 있었다. 문학을 해야 '신지식인'으로 인정받던 시절이 있었다. 20세기 초반의 한국 사회가 그랬다. 작가가 되기를 갈망한 현진건도 이런 유행에서 자유롭지 않았다. 그렇기에 황석우의 「희생화」 비판이 아주 부당한 게 아니다. 그러던 현진건이 식민지 조선의 일급 작가로 등극한다. 그는 어느새 『조선문단』에서 신인들의 작품을 정기적으로 평해주는 중견 작가로 훌쩍 커버렸다.

국내에 출간된 그 어떤 근대문학사에도 빙허 현진건은 예외 없이 등장한다. 그의 문학이 어떤 성격을 지니고 있는지, 그의 문학이 어떤 성과와 한계를 보여주고 있는지 한국근대문학사는 상세히 설명하고 있다. 그렇다. 그는 이렇게 한국근대문학사의 한 페이지를 장식한 근대문인으로 먼저 독자들에게 기억된다. 결코 길다고는 할 수 없는 만 42년의 시간 동안 현진건은 단편소설 20여 편, 장편소설 6편 그리고 기행산문, 수필, 좌담회 기록들을 당대와 후세 독자들에게 전해 주었다. 그리고 그는 작품에 비견될 만한 선물을 후세들에게 전해 주었으니 그게 바로 자신의 '삶'이다. 현진건의 매력은 문학에서만 오는 게 아니라는 말이다. 현진건의 삶을 현진건 문학의 원천적인 매력으로 봐야 한다는 것이다. 현진건의 삶이 어떻기에 이런 말을 할 수 있을까?

그 누구의 삶도 그렇겠지만 인간의 삶은 진공 속에서 형성되는 게 아니다. 인간의 삶은 구체적인 역사의 현장에서 형성되고 완성된다. 인간의 삶은 역사의 현장에서 구체적인 형식과 내용을 획득한다. 사람마다 내적 의지, 생활 방식과 취향이 각각 다른 까닭에 동일한 삶을 되풀이한다고 할 수는 없다. 문제는 역사의 현장에서 형성되는 삶의 내용과 방향이다. 특히 식민지 시대의 작가들에게 이런 질문은 대단히 중요한 의미를 지닌다. 『무정』으로 한국근대문학의 문을 활짝 연 이광수, 「광화사」·「광염소나타」로 예술가소설이라는 신생 장르를 연 김동인 등은 한국근대문학의 영광과 오욕을 동시적으로 보여주는 작가들이다.

이들의 오욕은 친일이다. 사람들은 말한다. 그럴 수밖에 없는 일이었으며 좀 더 그들에게 관대할 필요가 있다고. 또 이렇게 말하는 사람도 있다. 문인의 삶을 윤리적으로 판단해서는 안 되며 중요한 것은 작품이라는. 나름대로 일리 있는 말이다. 그러나 상황론은 위험하다. 근대문인들이 모두 이광수나 김동인처럼 산 게 아니기에 상황론은 위험하다.

이 대목에서 제기해야 할 질문이 있다. 문학의 감동은 어디에서 오는가? 그 감동은 작품에서만 오는 것은 아니다. 작가의 치열한 삶이 문학의 감동을 만들어내는 또 하나의 원천이기에 그렇다. 작품만이 문학적 감동의 원천은 아니다. 문학의 감동은 그렇게 간단하게 만들어지는 것이 아니다. 현진건의 삶은 식민지 조선의 산물이며 그와 동시에 식민지 조선을 극복하려는 고투의 소산이다. 그렇기에 현진건의 삶은 매력으로 다가온다. 그는 중국 연안으로 망명해 항일 파르티잔이 된 김사량의 길을 걷지는 않았다. 그는 국내파였다. 그는 국내에서 식민지 조선의 아픔을 사랑하는 작가로, 기자로 살아갔다.

그렇지만 이 순간 좀 더 솔직하게 말하기로 하자. 현진건이 처음부터 식민지 조선을 고뇌한 작가는 아니었다. 15세의 조혼 이후 국외를 유랑하다가 귀국한 현진건은 유치한 고민에 사로잡혀 틈만 나면 술집을 전전했다. 유치하기 이를 데 없는 일로 고민하던 현진건이었다. 조혼한 아내가 구여성이라는 사실. 그는 이 일 때문에 마치 자기 인생이 꼬여버리게 된 양 아내에게 자주 화를 냈다. 괜히 기생집을 출입하며 한 눈을 팔기도 했다. 그렇다고 아예 신여성과 새로운 살림을 차린 현진건도 아니었다. 간혹 이런 저런 이유로 기생집을 출입한 현진건이지만 아내가 아닌 여성과 살림을 차리지는 않았다. 「빈처」, 「술 권하는 사회」, 「타락자」 등이 바로 작가의 개인사를 입증하는 작품이다.

다소 생소할 수도 있겠지만 현진건에게는 낭만주의적 취향도 있었다. 한때 그는 『백조』의 동인이었다. 그는 백조 동인들과 어울려 술집을 전전하며 청춘의 한 시간을 탕진했다. 『백조』는 『창조』, 『폐허』와는 그 성격이 아주 달랐다. 『백조』는 드러내놓고 낭만주의적 취향을 자랑하는 잡지였다. 작품들의 수준은 하나같이 졸렬했지만 그들의 기개는 장안의 화제였다.

그러나 그는 낭만의 세계와 서서히 결별한다. 최남선, 홍명희와 함께 『동명』을 만들면서 그는 서서히 민족과 역사를 투시하기 시작한다. 『백조』 동인들과 함께 낭만주의의 전도사를 자처했던 현진건은 민족의 남루한 현실을 주목하기 시작했다. 이렇게 현진건은 20대 중반을 넘기면서 식민지 조선의 현실을 규명하는 일이 한국문학에 요청된다고 생각했다. 뿐만 아니라 그는 「운수 좋은 날」과 「고향」에서 식민지 민중의 고통을 날카롭게 포착하기도 했다. 그는 변하고 있었다. 그는 좀 더 큰 세계로 나아가고 있었다.

그럴 만한 계기가 있었다. 형의 옥사가 그 계기였다. 상해에서 일급 독립운동가로 암중모색의 활약을 펼치던 현진건의 형인 현정건이 체포되어 국내로 압송되었다. 그리고 현정건은 3년간의 옥살이 끝에 후유증으로 죽고 만다. 현진건의 충격이 보통 큰 게 아니었다. 이어 얼마 안 되어 형수마저 자결한다. 참담한 사건이었다. 이제 그는 본격적으로 역사를 투시하고 민족, 민중의 존재를 고뇌하는 큰 작가로 변모한다.

현진건은 서재와 직장에서 관념적인 고뇌를 저작하는 작가가 아니었다. 현진건은 기회가 생기면 국토를 순례했다. 1929년 『동아일보』에 재직하던 현진건은 고도 경주를 순례하면서 역사의 위엄과 현실의 비참을 동시적으로 목격한다. 또한 1932년에는 평양 일대의 단군 성적을 순례하면서 민족의 기원을 살피기도 한다. 어느새 그는 낭만주의자에서 강건한 민족주의자로, 단편 작가에서 역사소설가로 변모하고 있었다.

형의 옥사 사건이 이렇게 현진건을 변모시킨다. 그는 민족이라는 큰

자아의 회복을 꿈꾸며 경주를, 평양을 순회한다. 그런데 현진건은 『동아
일보』에서 물러나야 했다. 일장기 말소 사건이 그 이유였다. 이 사건으로
『동아일보』에서 물러난 현진건이지만 그는 총독부에 투항하지 않았다.
차라리 가난을 받아들일지언정 총독부에 투항하지는 않았다. 적빈해지는
살림을 모른 체 할 수 없어 양계와 미두에 손을 댄 현진건은 번번이 돈
만 날렸다. 살림은 더 곤궁해졌다. 그러나 도와달라는 손길을 주변에 내
밀지는 않았다. 장편 연재 원고료가 그와 가족들을 구제할 수는 없었다.
삶은 곤궁했으며 건강은 악화됐다. 장결핵이 그의 육신을 괴롭혔다. 그
렇지만 병원에 입원해 요양할 만한 경제적 여유가 현진건에게는 없었다.
그는 이 상황을 그대로 감당할 수밖에 없었다.

　그렇게 앓다가 그는 눈을 감았다. 식민지 시대를 치열하게 고뇌한 한 작
가의 삶이 끝나는 순간이었다. 그리고 그가 눈을 감는 날 『백조』의 동인이
었으며 절친한 문우이기도 했던 시인 이상화가 대구에서 눈을 감았다.

빙허憑虛의 꿈

浩浩乎如憑虛御風	호호호여빙허어풍
而不知其所止	이부지기소지
飄飄乎遺世獨立	표표호유세독립
羽化而登仙	우화이등선

　　당송팔대가의 한 주역인 동파 소식의 불후의 명작「적벽부」의 한 대목이다. 위나라 조조가 오나라의 손권, 촉나라의 유비 연합군과 생사를 건 치열한 전투를 벌인 현장인 적벽의 아름다운 경치를 예찬하고 유배살이의 고적하고 쓸쓸한 마음을 표현한 소식의「적벽부」한 대목에서 현진건은 왜 그의 아호를 취했을까? 왜 하고 많은 대목 중에서 '허공에 의지한다'는 뜻을 지닌 '빙허'를 그는 아호로 선택했을까?

　　현진건의 지기인 백기만은 이렇게 증언하고 있다.

浮雲霏而影不留	부운산이영불류
殘燭盡而光自滅	잔촉진이광자멸

이것은 화엄경에 있는 구절인 듯한데 빙허가 항상 애송하던 시구다. 이 시구의 뜻은 뜬구름이 흩어지니 그림자마저 없어진다는 것으로 인생의 무상과 허무를 한탄한 것이고 보니 그것을 공명하는 빙허의 사상이 공허관에 흐르고 있었다는 것을 좀 더 밝히기 위하여는 적벽부의 빙허어풍에서 빙허를 따서 아호로 한 것이라든지 혹은 빙허가 고적감을 참기 어려울 때에 인생을 애탄한 전적벽부를 낭송함으로써 자위하던 것을 지적할 수 있는 것이다.[1]

어린 시절 대구에서 서당을 출입하며 한학 교육을 받은 까닭에 한시에 정통했던 현진건은 그의 마음을 의탁하는 시구들을 「화엄경」이나 「적벽부」에서 빌려와 애송하는 것을 좋아했다. 술자리에서 한시를 빌려 심경을 고백하던 현진건이었다. 아마도 문인들과 어울린 술자리에서 취흥이 오른 현진건이 「화엄경」이나 「적벽부」의 시구를 낭송한 일이 제법 많았나 보다.

문인들 중에서도 일급 주당으로 유명한 빙허 현진건. 왠지 취흥에 사로 잡혀 친구들 앞에서 호방하게 한시를 낭송하는 그의 모습은 쓸쓸해 보인다. 빙허 현진건, 그의 꿈은 어쩌면 우화이등선(羽化而登仙)일 수 있다. 그의 인생은 이 꿈에 도달하고자 한 여정일 수 있다. 식민지의 젊은 지식인들에게 마땅한 일자리보다는 술이나 마시게 한 현실, 그의 형 현정건을 죽게 한 현실, 그리고 그 형수마저 자결하게 한 현실, 그를 정든 직장에서 물러나게 한 그 부정의 현실 속에서 그는 우화이등선의 꿈을 꾼 게 아니었을까?

현진건은 낭만 속에서도 고결을 지킨 문사였다. 현진건은 초지일관의

---

1) 김두한 편, 『백기만전집』(대일, 1998), p.150.

의지와 실천력을 소유한 불굴의 지사였다. 불의를 보면 분노하는 격정이 있는 사람이었다. 그리고 그는 타락과 억압이 존재하지 않은 아름다운 이상을 꿈꾼 사람이었다.

그러나 그가 몸담고 있는 현실은 그렇지 않았다. 당대의 현실은 현진 건의 낭만, 고결, 이상을 허락하지 않는 어두운 현실이었다. 자유연애를 불허하는 봉건적인 관행이 지속되는 현실이었고 총독부의 억압이 작동 하는 현실이었다. 현진건이 꿈꾼 이상과 현진건이 속한 현실의 간극은 천양지판이었다. 이 간극이 점점 더 크고 깊어갈수록 현진건은 빙허가 되어 우화이등선하는 꿈을 꾸었다. 타락과 억압의 현실을 넘어선 순수 세계를 그리워하며 우화이등선의 꿈을 꾼 사람이 현진건이었다.

그런데 어디 소동파, 현진건만 이런 꿈을 꾸었을까? 우화이등선은 소 동파, 현진건만의 꿈은 아닐 것이다. 우화이등선은 인간의 보편적인 꿈 일 수 있다. 관건은 우화이등선을 진정으로 염원하는 꿈의 강렬성에 있 다. 현진건은 어땠을까? 우화이등선을 갈망한 현진건의 꿈은 진정 강렬 했다. 그는 그의 주변 현실을 경원했다. 개화기의 내로라하는 엘리트 집 안 출신인 현진건은 그의 아버지 세대들과는 달리 작가의 길을 걸어갔 다. 처음에 그는 이 길을 다소 낭만적인 포즈로 걸었다. 너무도 작가가 되고 싶었던 현진건은 『개벽』의 문예부장이었던 오촌 당숙 현철에게 원 고를 실어달라고 여러 차례 조르기도 했다.

그러나 그는 이 길을 끝까지 낭만적인 포즈로 걸어가지 않았다. 원하 든 원하지 않았든 그는 이 길을 걸으며 민중과 민족의 현실을 발견한다. 그리고 그는 이 길의 한복판에서 역사를 발견한다. 그는 어느새 낭만적 인 포즈를 탈피해 성숙한 민족주의 문인으로 성장하고 있었다. 그에게 문학은 더 이상 자신의 개인적 명예와 관련된 영역이 아니었다. 그에게 문학은 민중과 민족, 역사와의 대화를 의미했다.

43세로 끝난 얼마 안 되는 삶이었지만 그는 참으로 다양한 사건을 체험했다. 이른 나이에 그는 일본과 중국 상해를 다녀왔다. 일본과 중국 상해에서 그는 더 큰 세상을 봤다. 「희생화」로 그는 작가로 등단했다. 반응은 시원치 않았다. 그러나 그는 「빈처」를 발표하면서 서서히 문인의 입지를 굳혀갔다. 『백조』 동인으로도 잠시 활약했다. 김동인, 염상섭 등이 그의 소설을 호평했으며 현진건은 조선의 일급 문인으로 인정받게 된다.

그는 자신의 진가를 언론계에서도 발휘했다. 일급 문인으로 인정받게 된 현진건은 『조선일보』, 『동명』, 『시대일보』, 『동아일보』의 기자와 사회부장으로 정론직필의 모범을 보여준 언론인이기도 했다. 『동아일보』 재직 시에는 평양과 경주를 실제로 방문하여 유려한 문체로 순례기를 남기기도 했다. 20대의 객기와 호기, 낭만을 탈피한 현진건은 이 순례기를 연재하며 민족주의의 전도사가 되기를 마다하지 않았다.

그를 비통에 빠지게 한 사건도 많았다. 자식 복이 없었다. 자식들이 단명했다. 그의 슬하에는 딸 화수만이 남았다. 상해에서 독립운동에 매진하던 형 현정건이 일경에 붙잡혀 국내로 송환되었다. 현정건은 이동휘, 여운형과 같이 일할 정도로 거물이었다. 3년 형을 선도 받은 현정건은 석방되자마자 옥살이의 후유증으로 죽었다. 형수도 따라 세상을 떠났다.

언론인 현진건의 운신도 흔들렸다. 총독부는 일장기 말소 사건의 책임을 묻는다는 이유로 현진건을 『동아일보』 사회부장 자리에서 쫓아냈다. 삶은 점점 곤궁해졌다. 양계와 미두에 손을 댔다가 빈털터리가 되기도 했다. 그러면서도 그는 장편소설 『선화공주』와 『흑치상지』를 연재했다.

그는 이육사, 김사량처럼 만주 벌판을 유랑하며 제국주의 일본과 직접 대결한 문인은 아니었다. 그러나 그의 내면은 강렬했다. 창씨개명을 따르지도 않았으며 황군위문공연에 따라다니지도 않았다. 무기를 들고 제국주의 일본에 응전한 작가는 아니지만 그는 누구보다도 조선을 식민화한 제국주의 일본을 비판했다. 그는 이런 현실을 인정할 수 없었다.

그는 근대의 모던보이들처럼 양복을 즐겨 입지 않았다. 한복을 주로 입었다. 한복을 입고 『동아일보』로 출근했고 출장을 다녔으며 기사를 썼다. 그는 의상에서부터 조선혼을 추구했다. 이와 같은 태도는 시간이 흐를수록 깊어갔다. 이는 포즈가 아니었다. 이는 단순한 취향이 아니었다.

그렇지만 그는 결코 화려하게 우화등선할 수 없었다. 현진건은 『동아일보』를 사직한 이후 가난과 병으로 내몰린 삶을 살아갔다. 폭음으로 이어지는 말년이었다. 「빈처」와 「술 권하는 사회」, 「타락자」, 「운수 좋은 날」, 「B사감과 러브레터」 등으로 근대단편문학의 수준을 활짝 열었고 『무영탑』과 『흑치상지』로 역사소설의 새로운 경지를 연 현진건이었고 정론의 모범을 보여준 현진건이었다. 그러나 말년은 불행했다. 장결핵으로 쓸쓸하게 운명했을 때 그의 나이 43세였다. 제 명을 누린 삶이 결코 아니었다. 우화등선하려는 그의 꿈은 이렇게 끝이 나고 말았다. 그러나 현진건은 부활했다. 43세로 인생을 마친 현진건. 그는 우리 문학사에서 부활해 영원한 생명을 성취했다.

개화 엘리트,
연주 현씨의 행보

한국근대문학의 한 장을 장식한 현진건은 대한제국이 급속하게 자기 힘을 잃어가던 1900년(광무 4년) 9월 2일 대구에서 출생한다.[2] 현진건의 아버지 현경운(玄擊運)은 이해에 막내아들을 얻는 기쁨을 누릴 수 있었으나 나라의 운명이 예측할 수 없는 방향으로 흘러가고 있었기에 조선 민중들의 마음은 불안할 수밖에 없었다.

그 불안은 1904년을 기점으로 서서히 고조되어간다. 청일전쟁의 승리로 중국 중심의 동아시아 질서를 붕괴시킨 일본은 러시아, 프랑스, 독일의 삼국간섭으로 잠시 한반도 진출을 보류할 수밖에 없었다. 그러나 일본은 여기서 멈추지 않았다. 일본은 한반도에서 눈에 띄게 영향력을 넓히던 러시아와의 전쟁을 차분히 준비했다. 영국과 미국을 후방 지원 세력으로 끌어들인 일본은 한반도 장악을 위해 러일전쟁을 일으킨다. 러일

---

2) 대구 명치정 2정목, 현재 대구 중구 계산동 2가에서 현진건이 태어났다. 이강언·조두섭의 『대구·경북 근대문인연구』(태학사, 1999)에 실린 「조선의 얼굴을 그린 작가·현진건」을 참고.

전쟁의 결과도 일본의 승리로 돌아갔다. 영국과 미국은 일본의 한반도 식민 통치를 승인했다. 대한제국은 고립무원의 처지였다. 풍전등화 처지의 대한제국이었다.

1904년 일본과 대한제국 정부 사이에 한일의정서가 체결된다. 대한제국 관료들을 돈으로 매수한 일본은 1904년 2월 23일 한일의정서를 체결함으로써 중국과 러시아를 물리치고 한반도에서 더 강한 영향력과 지분을 확보할 수 있었다. 한반도에 일본 독주의 시대가 열린 것이다.

그러나 일본은 이에 만족하지 않았다. 1905년 11월 9일 일본 국왕의 특파대신인 이토 히로부미는 서울에 도착했다. 다음날 고종에게 일본왕의 친서를 전달한 이토는 11월 15일 고종 황제를 알현하면서 새로운 조약 체결3)을 강압적으로 요구했다. 대한제국을 자신의 식민지로 차지하려는 일본의 전략이었다. 고종은 이를 거부했다. 초조해진 이토는 조정대신을 매수 협박하여 11월 17일 덕수궁에서 어전회의를 열도록 했다. 어전회의가 열린 궁정을 무장한 일본 헌병들이 에워싸고 있었다. 말이 어전회의였지 하야시 공사와 하세가와 사령관을 대동한 이토가 이 회의를 주재했다. 의견을 개진하지 않기로 한 고종은 대신들이 의논을 하도록 했다. 어전회의에는 극도의 긴장이 흘렀다.

강경하게 반대한 참정대신 한규설이 일본 헌병들에 의해 밖으로 끌려갔다. 탁지부대신 민영기와 법무대신 이하영은 반대의 뜻을 분명히 밝혔다. 그러나 일본 측의 매수와 사주를 받은 학부대신 이완용, 외부대신 박제순, 내부대신 이지용, 군부대신 이근택, 농상공부대신 권중현은 이 조약의 체결을 찬성했다. 이렇게 대한제국은 외교권을 일본에게 박탈당하고 말았다. 대한제국의 명맥은 풍전등화의 위기에 놓여 있게 되었다.

---

3) 을사보호조약을 의미한다.

11월 17일 을사조약이 강압적으로 체결되자 『황성신문』의 주필인 장지연은 11월 20일 이 신문에 「시일야방성대곡(是日也放聲大哭)」이라는 비장한 제목의 사설을 발표했다. 그렇지만 장지연의 울분이 을사조약의 체결을 무효화할 수는 없었다. 대한제국의 말로는 이렇게 비참했다.

대한제국은 몰락의 운명 앞에서 한없이 무력할 수밖에 없었다. 그런데 역사의 아이러니라는 게 있다. 대한제국은 몰락하는 반면 현진건 가문은 승승장구했다. 흥미롭게도 대한제국이 몰락하면 할수록 현진건 가문은 번성했다. 현진건 가문은 이 시기에 이르러 눈부신 번영을 구가할 정도였다. 그럴 만한 이유가 있었다. 현진건 가문은 조선 오백년 동안 부와 명예를 누린 양반 사대부 가문이 아니었다. 조선의 주류 가문이 아니라는 말이다. 대한제국의 몰락이 양반 사대부의 몰락을 의미한다면 현진건 가문은 이 몰락을 피할 수 있었다. 아니 단지 피하는 정도가 아니었다. 대한제국을 몰락케 하고 양반 사대부들을 역사의 저 편으로 물러가게 하는 이 미증유의 격동기를 현진건 가문의 어른들은 신분상승의 기회로 활용했다.

현진건 가문의 어른들 중에는 역관 출신들이 꽤 많았다. 전통적으로 역관들은 양반 사대부들의 비방과 천대를 받아왔다. 보통의 비방과 천대가 아니었다. 그러나 그런 시대가 아니었다. 남의 나라말을 잘한다는 것이 더 이상 흉이 될 수 없는 시대가 닥친 까닭이다. 앞 다투어 조선에 진출하려는 열강들은 자기 나라의 말을 능숙하게 할 줄 아는 조선인을 채용했다. 그러나 그런 조선인이 흔하지 않았다. 그렇다보니 열강들에 의해 채용된 역관들의 위세가 당당할 수밖에 없었다. 여러 명의 역관을 배출할 정도로 외국어 실력이 뛰어나고 외국과의 교류에 남다른 안목이 있었던 현진건 가문의 어른들에게 다시없는 출세 기회가 온 것이다.

이들 중에서 유독 돋보이는 인물은 현진건의 숙부 현영운(玄暎運)이다.

현영운의 행보는 놀라웠다. 그의 출세는 개화기 이전에는 도저히 생각할
수 없는 일이었다.

> 현영운을 주왜공사로 임명하여 조민희에 대신하였다. 영운의 가계는 서
> 울 중인으로 그 할아비는 왜역으로 오래 동래에 머물었더니 기생을 두어
> 그 아비를 낳고 그 아비 또한 아들이 없어 첩을 사서 영운을 낳았다. 영운
> 이 이미 자라 왜에 들어간 지 10여 년에 처를 데리고 귀국하였다. 왜의 정
> 세를 안다고 임금에까지 소문이 나서 크게 총애를 받으매 왜의 기생을 대
> 내에 천거하여 그 일본인 처와 함께 번갈아 대궐에 출입하니 세력이 일시
> 에 쏠렸다.[4]

황현은 『매천야록』에서 현진건의 가계를 서울 중인의 왜역으로 증언
하고 있다. 본래 현진건 가문이 왜역으로 출발한 것은 아니다. 그런데 그
연유를 정확히 알 수는 없으나 현진건 가문의 어른들 중에는 역관을 대
대로 세습해온 사람들이 많았으며 잡과에 급제한 이도 한둘이 아니었다.
전통적으로 현진건 가문의 뿌리라고 할 연주(延州) 현씨의 자손들 중에는
역관과 잡과 출신들이 다수를 차지했다.

연주 현씨의 분파인 천녕 현씨 가문은 조선조 중기 중인의 세업을 이
룬 대표적인 예로 "천녕 현씨 족보 가운데 현무, 현용, 현호 3형제 이하
최근에 이르기까지 잡과에 급제한 자손을 보면 현무의 자손 전체 284명
중 104명이 되고, 현용에게서는 188명 중 57명, 현호에게서는 168명 중
48명이다. 그 내용을 보면 역과 109명, 의과 65명, 산학 28명, 천문 음양
율과까지 합해 총 209명이 벼슬을" 지냈다.[5]

이러한 특징은 현진건의 6대조에게서도 확인된다. 현진건의 육대조 태

---

4) 최원식 교수의 저서에서 재인용. 최원식, 『한국근대문학을 찾아서』(인하대학교 출판부,
   1999), p.155.
5) 현길언, 『문학과 사랑의 이데올로기─현진건 연구』(태학사, 2000), pp.23~25.

형(泰衡)은 왜어를 전공한 역관으로 관직이 교회(敎誨) 첨정(僉正)[6]이었다. 그의 숙부 덕윤(德潤)은 역과 출신이었으며 그의 처가도 역관 집안이다. 5대조 상복(商福)은 한어 전공의 역관이었다. 처가도 역시 역관 집안이었다. 4대조 시석(時錫)은 몽골어 전공으로 역과에 급제하였고 후에 가선대부 호조참판으로 추증되었다.[7] 그리고 현진건의 고조 경민(敬敏)[8]이 부산 동래에서 왜역으로 일했다. 이처럼 다수의 역관을 배출한 현진건 가문은 중인의 전형이었다.

나라의 주권이 일본으로 넘어가자 스스로 목숨을 끊은 황현과 같은 정통 유학자가 보기에 역관들은 미천하기 그지없는 신분이었다. 그러나 실상은 그렇지가 않았다. 조선이란 나라가 양반 중심 체제인 까닭에 양반들이 역관들을 하대한 것일 뿐 본래 역관들이 하대 당할 만한 인물들은 아니었다. 전통적으로 역관들은 지식과 경제력 면에서 양반에 뒤지지 않았다.

그러나 그들은 언제나 양반들의 견제를 받았기에 불만이 만만치 않았다. 양반 주도의 신분구조가 혁파되기를 바라는 마음이 역관들의 인지상정이었다. 그들은 새로운 흐름이 도래하기를 강렬하게 바랐다. 그들에게 당당한 사회적 역할을 제공하는 새로운 변화의 물결이 일기를 바라고 있었다. 드디어 기회가 오고야 말았다. 개화의 물결이 조선 내로 유입되기 시작했다. 역관들은 개화의 흐름을 주도적으로 이끌거나 편승했다.[9] 역

---

6) 종 4품직이다.
7) 현길언, 위의 책, p.26.
8) 현경민은 학규와 학표 두 아들을 두었고 학표는 경운, 철운, 영운, 양운, 봉운을 두었다. 현진건은 경운의 넷째 아들이다.
9) 이런 흐름을 이끈 대표적인 인물이 오경석이다. 3·1운동 당시 소위 민족대표 33인 중의 한 명이었던 오세창의 아버지이기도 한 오경석은 역관으로 청나라를 출입하면서 일찍 신학문에 눈을 떠 『해국도지』, 『영환지략』 등을 들여와 김옥균, 박영효, 홍영식 등 젊은 정치인들을 가르치면서 개화파를 형성해 나간 인물로 알려져 있다.

관들은 조선의 주변국을 출입하면서 새롭게 재편되어가는 국제 정세를 터득했고 서양 학문과 지식, 문명에도 적극적인 관심을 드러냈다. 현진건 가문의 어른들도 예외가 될 수 없었다. 현진건 가문의 어른들은 역관의 체질을 마치 유전 인자처럼 내림받고 있었다. 개화기의 격동은 그들의 억압된 신분 조건을 해방시키는 적기였기에 그들은 적극적으로 자기 능력을 펼쳤다.

이 기회를 적극적으로 활용한 사람이 현진건의 숙부 현영운이다. 어떻게 해서 이런 일이 가능했을까? 그의 가문이 이렇게 일시에 번성하게 된 데에는 필연적인 배경이 있어 보인다.

> 대한제국의 쇠운에 반비례해서 나타나는 그의 빠른 정치적 상승은 어떻게 가능했을까? 우리는 여기서 이또오 히로부미의 정부요 첩자로 활약한 배정자의 후광에 주목해야 한다. 현영운은 바로 배정자의 남편이었다. 러일전쟁이 끝나고 이또오가 통감으로 부임하면서 현영운은 일개 통역에서 고관으로 득세하였던 것이다.[10]

김옥균이 선발하여 보낸 관비유학생의 일원이었던 현영운은 1883년 8월 16일 일본의 대표적인 개화론자인 후쿠자와 유기치(福澤諭吉)가 설립한 게이오기주쿠(慶應義塾)에 입학하여 1885년 8월 15일에 졸업하고 9월에 귀국한다. 현영운은 귀국 후 곧 박문국[11] 주사로 임명되어 1889년까지 봉직하면서『한성주보』의 편집에 관여한다.[12] 그리고 1894년에는 외

---

10) 최원식, 위의 책, pp.30~31.
11) 조선 후기에 신문 잡지 등의 편찬과 인쇄를 맡아보던 출판 기관이다.
12) 1884년 12월의 갑신정변으로『한성순보』가 폐간된 뒤 박문국에서는 곧 신문의 복간을 결정했다. 이리하여 13개월 뒤인 1886년 1월 25일『한성순보』에 비해 더욱 발전된 형태의 신문인『한성주보』가 창간되었다. 현영운은 11월 22일 주사로 임명된다. 12월 20일부터는 주사가 한 명씩 윤번으로 입직하여 임금의 주변에서 전교를 기록하여 신문에 게재할 수 있었다. 현영운도 이런 기회에 임금 가까이에 갈 수 있었다.

아문 주사로 임명되었으며 1899년에는 『시사총보』를 발행하기도 한다.

　그런데 현영운은 한 여자를 만나면서 일약 고속 승진하게 된다. 일본의 조선 진출에 따라 일본에 우호적인 인물들이 조선의 고위 관료로 대거 등용될 수밖에 없었는데, 현영운의 아내가 이토의 정부였던 배정자[13]였으니 현영운의 고관 진출은 그리 어려운 일이 아니었다. 사실 배정자가 아니었으면 현영운은 그렇게 높은 자리에까지 오를 수는 없었다.

　배정자는 여자 스파이의 대명사로 비유되는 마타 하리처럼 일생을 오로지 일제에 협력하면서 때로는 스파이로 때로는 요부의 삶을 살아간 여성이다. 이토에 의해 고급 밀정으로 교육받은 배정자는 남성 편력이 만

---

13) 배정자는 1870년 김해에서 밀양부의 아전 노릇을 하던 배지홍(裵祉洪)의 딸로 태어났다. 어릴 때 이름은 분남(粉男). 배정자라는 이름은 나중에 이토가 직접 지어준 일본 이름 다야마 데이코(田山貞子)에서 나온 것이었다. 그의 부친은 1873년 대원군이 실각한 후 그 졸당으로 몰려 대구 감영에서 처형되었다. 모친은 이 일로 눈이 멀어버렸다. 배정자는 모친과 함께 유랑하다가 밀양에서 관기로 팔렸으나 도중에 도망 나와 양산 통도사에서 중이 되었다. 여기서 2년 만에 다시 절을 나와 배회하다가 부친과 알고 지내던 밀양 부사 정병하를 만난다. 정병하는 그녀를 풀어주었다. 뿐만 아니라 국내에서 살기 어려운 그녀의 처지를 생각하여 당시 무역상인으로 위장하여 활동하던 일본인 밀정 마쓰오(松尾)에게 부탁하여 일본으로 건너갈 수 있도록 주선해 주었다. 이렇게 하여 배정자는 1885년 15세 되던 해에 일본으로 건너갔다. 일본에서 배정자는 갑신정변 실패 후 망명해 있던 개화파 인물 안경수를 알게 되었다. 안경수와의 만남은 이후 배정자의 일생에 커다란 전환점이 되었다. 안경수는 배정자를 역시 일본에 망명중이던 김옥균에게 소개하였는데, 김옥균은 그녀를 데리고 있으면서 보호해 주었다. 바로 이때 배정자의 인생을 바꿔 놓은 일본의 실력자 이토를 만나게 된 것이다. 배정자를 만난 이토는 그녀의 빼어난 미모가 마음에 들어 자기 집에서 살게 하고, 하녀 또는 양녀로 생각하면서 새로이 다야마 데이코라는 이름을 직접 지어 주었다. 현영운은 배정자의 두 번째 남편이었다. 현영운은 배정자의 도움으로 파격적인 승진을 거듭하여 육군 참령, 육군 참장, 육군 총장, 삼남 순무사를 거쳐 궁내부 대신 서리까지 오른다. 현영운의 남다른 출세는 고종이 일제의 밀정이었던 배정자를 얼마나 아끼고 신임했는가를 잘 보여주는 한 예이다. 해방 후 배정자는 반민특위에 체포되었으니 이때 그녀의 나이 79세였다. 그녀는 한국전쟁의 와중인 1952년 2월 27일 서울 성북동에서 사망한다. 아버지를 죽게 하고 어머니를 눈멀게 한 조국에 대한 증오심이 그녀의 친일 동기로 보인다. 배정자의 약력에 대해서는 민족문제연구소 홈페이지(www.banmin.or.kr)와 정운현을 참고. 정운현, 「이토 히로부미가 키운 조선의 '마타 하리'」, 『나는 황국신민이로소이다』(개마고원, 1999), pp.307~314.

만치 않았는데, 현영운은 배정자의 두 번째 남편이었다. 배정자는 현영운과 1년가량 같이 살다가 이혼한다. 그리고 배정자는 현영운의 후배인 박영철과 결혼하여 5년간 동거하다가 다시 이혼하는 등 여러 남자들을 편력한다. 현영운은 배정자와 1년이라는 짧은 시간 동안 부부의 인연을 맺게 되지만 배정자의 도움을 받아 외부 번역관 자리에서 육군 참장, 농공상부 협판의 자리까지 승진할 수 있었다. 고관으로 등용된 현영운은 형제들의 관직 진출에도 음으로 양으로 도움을 주었으리라 추측된다. 분명히 현영운의 고속 승진은 그의 형제들에게도 큰 이득이었다.

　부산 동래의 왜역으로 일하면서 연명하던 현진건의 고조 현경민과는 달리 현영운 형제들은 새로운 주류의 지위에 오를 수 있었다. 이 형제들이 양반 사대부의 후예가 아니라는 점, 이들이 역관의 후예였다는 점, 이와 같은 출신 배경이 역설적이지만 이들의 급속한 사회적 진출을 보장해 주었다. 그들은 진정 개화기의 행운아들이었다. 시대를 잘 만난 행운아들이 바로 현영운과 그의 형제들이었다. 조선 오백년의 역사를 뒤흔드는 격동기가 도래하지 않았다면 그들은 부산 동래에서 왜역으로 일한 고조 현경민의 인생을 반복했을 공산이 크다. 그러나 그들은 그들의 꿈을 현실에서 성취할 수 있었다. 그들은 진정 시대의 행운아들이었다.

　그런데 여기서 난감한 질문이 하나 제기될 수 있다. 현영운의 행적 때문에 그렇다. 현영운이 일본 밀정 배정자의 남편이었다는 사실. 그의 행보가 일본에 협력한 관료라는 사실에서 현영운과 그의 형제들의 세속적 성공을 좋게만 볼 수 없다. 이런 비판이 전혀 일리가 없는 것은 아니겠으나 여기서 더 주목해야 하는 것은 이 가문의 독특한 스타일이다.

　부산 동래에서 왜역으로 일한 고조 현경민, 그리고 그의 아들 현학표와 손자 현영운과 그의 형제들은 그 어떤 가문의 사람들보다 변화되는 사회 현실에 신속하게 적응했다. 이들은 개화기의 그 예측할 수 없는 변동을 두려워하지 않았다. 황현 같은 정통 유학자는 자결로 인생을 마감했지만 이들은 그럴 필요를 느끼지 않았다. 그만큼 이들은 유교의 선험적인 원리에 따라 살고 죽는 스타일이 아니었다. 바로 이 점을 주목해야 한다는 말이다. 이들의 거취는 충의, 대의에 따라 결정되는 것이 아니었다. 이들은 체질적으로 개화와 개방의 방향으로 흘러가는 사회 변동에 무리 없이 적응하는 개방적인 스타일을 지니고 있었다.

이러한 개방적인 스타일은 현진건 가문의 어른들을 다양한 정치적 행보를 걸어가게 한 배경이 되기도 했다. 현진건 가문의 인물들 중에는 현영운처럼 친일적인 인사가 있는가 하면, 현진건의 맏형 현홍건과 재종형 현상건14)처럼 친러파도 있고 현정건처럼 공산주의 계열의 독립투사도 있었다. 요컨대 현진건 가문의 어른들은 어느 한 가지로 통일된 정치적 행보를 반복한 게 아니다. 대한제국의 몰락이 가속되는 상황에서 이들은 친일에서 반일에 이르는 행보를 보여주고 있다. 의도했든 의도하지 않았든 결과적으로 친일 행보를 보인 사람, 의도적으로 일본을 멀리하다가 조국을 뒤로 하고 해외로 가버린 사람들이 모두 현씨 가문에는 있었다. 그런데 참으로 예기치 않은 인생의 길을 걸어간 현씨가 나타나게 되었으니 그가 바로 현진건이다.

현진건은 어떻게 보자면 다수의 관료들을 배출한 개화기 연주 현씨들의 내력에 비춰보면 돌연변이 같은 존재다. 그러나 이 또한 좀 더 넓은 맥락에서 보자면, 역관과 관료를 다수 배출한 연주 현씨였기에 가능한 일이다. 중인적 성격이 현진건 가문의 특징이었다. 선험적 원리보다는 경험적 현실에 적응을 잘 하는 가문이 바로 현진건 가문이었다. 이런 개

---

14) 외무 번역관보, 궁내부 번역과장을 할 정도로 외국어 실력이 출중한 현상건은 아예 국내를 등지고 상해 프랑스인의 약점에서 월 80불의 납금으로 성실하게 근무하면서 살아가기도 했다고 전해진다.

방적인 가문이었기에 무엇을 하지 말아야 한다는 불문율이 없었다. 연주 현씨 가문에서 소설가 하나 정도 나오지 말란 법이 없었다. 그만큼 현진건의 가문은 새로운 풍속과 문물, 스타일에 수월하게 적응하는 가문이었다.

부산 동래에서 왜역으로 일한 현진건의 고조 현경민에게는 학규(學珪), 학표(學杓) 두 명의 아들이 있었다. 현진건의 아버지 현경운은 현학표의 장자였다. 연주 현씨 족보는 현학표의 행적을 이렇게 정리하고 있다.

> 字斗華 號白鄰 憲宗甲辰十月八日生 堂宁庚辰 十月登武科 乙酉八月 陞正三
> 品 辛丑八月 陞從二品 嘉善甲辰 五月拜中樞勅任議官 同年七月轉遷內藏院卿
> 陞品 嘉義同年八月除拜昌原監理兼任昌原裁判所判事古終壬子十二月二日卒

현학표의 행적은 그의 아버지 현경민과는 큰 차이를 보여준다. 현경민의 행적이 동래 왜역에 머물렀다면 현학표는 그렇지 않다. 현학표의 행적은 화려하다. 무과 급제, 중추원 벼슬, 내장원 벼슬, 창원재판소 감리 겸 판사로 이어지는 관료의 행적을 현학표는 족보에 등재시키고 있다. 현학표의 관직 진출은 자손들에게도 큰 영향을 미치게 되었으니 그의 아들들도 아버지의 뒤를 따라 자연스레 관직 진출을 하게 되었다.[15]

현학표는 경운(擊運), 철운(轍運), 영운(暎運), 양운(暘運), 붕운(鵬運) 등 다섯 아들을 두었다. 이 아들들은 하나같이 대한제국의 관직 진출에 성공한다. 다른 가문의 부러움을 살 정도로 이들은 사회적 진출은 성공적이었다.[16]

현진건의 아버지 현경운은 정3품 통정대부의 지위에까지 오른 인물로 의정부 외부의 통신원 국장과 전보사장을 지냈다. 그리고 이 계통의 일을

---

15) 학표의 동항렬인 학영(學永), 학은(學殷), 학능(學能), 학선(學善) 등도 역과 출신들이다.
16) "현진건의 부친인 경운을 비롯한 숙항렬 중에는 외국어학교 출신자들이 많은데, 이들은 모두 개화기 신진 엘리트들로서 사회개혁에 적극적으로 참여했다." 현길언, 위의 책, p.29.

이어받아 대구부 전보사 주사로 취임하기도 했다. 철운은 안동관찰부 주사 겸 용궁 군수를 지냈고 영운은 장관급인 대한제국 군령부 참장, 주일 특명정권공사, 원수부 검사총장, 참모부 제일국장, 농상공부대신 등의 고위직을 거쳤다. 양운17)은 태복사18) 기사를 붕운은 태복사 주사를 지냈다.

이들만 대한제국의 관직에 오른 게 아니었다. 훗날 현진건을 양자로 입양하는 당숙 현보운은 관립일어학교 출신으로 궁내부 번역관, 예식원 참리관을 거쳐 주일공사관 이등참사관을 지낸 실력자였다. 현진건에게 소설 발표 지면을 제공해준 현희운(필명, 현철)은 당대의 유명한 연극인이었다. 그리고 현상건은 궁내부 번역과장, 광부학교 교장을 거쳐 프랑스 공사를 역임하기도 했다. 이처럼 현경운과 그의 형제들은 대한제국의 요직을 차지하면서 한 시대를 주도했다.

현경운은 그의 동생 현영운처럼 한 시대를 풍미한 정객은 아니었다. 동생 현영운은 정치적 색채가 농후한 인물이었다. 반면 현경운은 주어진 직무를 큰 문제없이 해결하면서 집안을 건사하고자 한 기술 관료이자 성실한 장남으로 보인다.19) 현경운은 대구 전보사 주사로 발령받기 전 서울에서 외부 통신원 국장을 지냈다. 외부 통신원 국장은 아무나 역임할 수 있는 자리가 아니었다. 비록 그 수준이 미비하기는 했지만 국가의 전신, 전화, 전기, 우편, 수송 분야의 시설과 제도를 관리하는 자리가 외부 통신원 국장 자리였다. 현경운이 외부 통신원 국장이라는 요직에 있다가

---

17) "현양운은 관립영어학교 출신으로 궁내부 예식원 주사, 태복사 기사 등을 지냈고 원산과 동래고보 영어교사로 일했으며 대한체육회 창설 멤버이기도 했다." 현길언, 위의 책, p.30.

18) 조선 후기 임금의 거마(車馬)와 조마(調馬) 등의 일을 맡아보던 관청을 말한다.

19) 1895년 대구부 주사로 임명된 현경운은 서울에서 대구로 집을 옮긴다. 그러다가 이듬해 물러나게 되며 1899년에 대구 전보사 주사로 임명받게 된다. 전보사는 농상공부대신의 관리를 받으며 전보에 관한 사무를 수행하는 기관이었다. 전보사는 일등사와 이등사로 구분되었다. 한성, 인천, 원산, 부산, 의주, 경성, 함흥, 회령이 일등사에 속했다. 대구는 이등사에 속했다.

어떻게 해서 대구 전보사로 발령받아 서울에서 대구로 거처를 옮기게 되었는지 그 연유를 정확하게 알 수는 없다.

현경운은 아들 복이 많았다. 그는 아내 이정효와의 사이에서 네 명의 아들을 낳는다. 홍건, 숙건, 정건, 진건이 바로 그들이다. 그런데 현진건이 열 살 되던 해에 아내 이정효가 죽자 현경운은 정선(旌善) 전씨를 후실로 받아들였고 여기서 성건을 낳는다. 그러니까 정확히 말하자면, 현진건에게는 이복 동생이 있었다. 그는 막내이기도 했지만 이복 동생을 둔 막내였다.

현경운의 이 네 아들들도 가문의 어른들처럼 외국어에 조예가 깊었으며 외국 유학의 경험들을 지닌 엘리트들이었다. 그렇지만 이 아들들은 아버지와 그의 숙부들처럼 고위 관직으로 진출하는 관료의 삶을 영위하지는 않았다. 이 아들 중에 고위 관직에 등용되는 이는 없다. 이들의 행보는 아버지 세대와 달랐다. 이 아버지 세대들에게 개화기는 그들의 신분을 향상시킬 수 있는 절호의 기회였다. 그러나 아들 세대들은 그렇게 살 수 없었다. 개화기는 이제 역사의 뒤편으로 물러갔으며 그 자리를 차지한 것은 식민지 조선이었다. 아들 세대들은 아버지 세대에 비해 훨씬 불리한 환경에서 그들의 인생을 열어야 했다.

현홍건은 러시아사관학교 출신이다. 한때 러시아대사관에서 통역을 할 정도로 러시아어에 능통했다. 육군 부위를 지내기도 했으나 말년의 행적은 잘 알려지지 않고 있다.[20] 현숙건은 동경명치대학을 졸업했다. 대구에서 변호사 활동을 하면서 상해에서 독립운동을 하다가 붙잡힌 동생 현정건의 변호를 맡기도 했다.

현정건의 행보는 유독 눈에 띈다. 외국어에 능통한 현정건은 일찍부터

---

20) 미소 공동위원회 시절에 납북되었다는 설도 있다.

상해로 갔다. 그리고 그는 상해에서 공산주의 계열의 독립운동을 전개한
다. 여운형과도 함께 일한 현정건의 존재는 현진건의 형제들이 그의 아버
지 세대들과는 다른 방식으로 세상을 살아가고 있다는 징표이다.[21] 막내
현진건은 더 문제적인 인물이다. 현진건은 그의 형들과는 다르게 어린 시
절부터 예술가적 자의식이 상당했다. 자전적 소설 「빈처」에서 묘사된 정
신적 가치를 추구하는 예술가의 존재는 바로 현진건의 투영이었다.

  역과 출신들을 다수 배출한 현진건 가문은 중인적 성격이 강했다. 그
만큼 이 가문의 어른들은 조선 오백년의 주류였던 양반 사대부들과는 달
리 개화의 방향으로 진전되는 사회 변동에 적극적으로 적응했다. 현진건
의 아버지인 현경운의 항렬들은 대개 외국어학교 출신들이었고 개화기
의 요직을 두루 꿰찬 개화기의 실력자들로 크게 성장했다. 외국어에 능
통한 이들의 신분 상승 욕구는 보통 큰 게 아니었다. 그들의 욕구는 마
치 오랜 시간 역관들을 꾸준하게 견제해 온 양반 사대부들에게 분풀이라
도 하듯 폭발적이었다. 시대는 이들의 편이었다.

  그런데 현진건 가문의 어른들이 어떤 일정한 정치적 지형에 소속된 것
은 아니었다. 친일적인 현영운이 있는가 하면 한일의정서의 발효를 뒤집
으려고 한 반일적인 현상건도 있었다. 그러나 이들의 정치적 지형이 어
떻든 이들이 시대의 변동에 적극적으로 적응한 개화주의자였던 것은 객
관적인 사실이다.

  현진건 세대들은 아버지 세대들처럼 정부 요직을 차지하는 관료의 삶
을 살지는 않았다. 아들 세대들이 걸어가는 인생의 길이 아버지 세대의

---

21) 백기만에 따르면, "그는 축구선수로도 이름이 있었고 모스코바에도 공사의 사명을 띠고
    여러 차례 왕래한 사람이며 육국말을 통하는 천재적인 인물이라고도 알려진 사람이다.
    더구나 전신이 대구명기로 독립운동의 높은 뜻을 품고 상해로 건너간 여장부 현계옥과
    의 염문으로도 이름이 높은 사람이다."
    백기만, 위의 책, p.152.

길과 똑같을 수 없는 법이다. 아버지 세대들이 개화기의 사회 변동에 신속하게 적응하면서 세속적 출세를 누리거나 적극적으로 친일의 길을 걷는 삶을 살아갔다면 현진건과 그의 형제들이 걸어간 인생의 길은 그렇지 않았다.

현진건 세대의 한국 사회와 아버지 세대의 한국 사회는 달랐다. 현진건 세대의 한국 사회는 좀 더 식민화의 징후를 강하게 드러낸 사회였고 그만큼 탄력적인 사회 변동의 가능성이 줄어드는 사회였다. 현진건의 아버지 세대들에게 한국 사회는 그들의 신분을 급격하게 상승시키거나 사회적이며 경제적인 입지를 강하게 형성할 수 있는 가능성이 농후했다. 그러나 아니었다. 현진건 세대의 한국 사회는 그런 가능성이 급격하게 줄어들었다. 이제 일본은 현진건 세대들에게는 좀 더 비판적으로 인식될 대상이 되었다. 그리하여 친일의 길과는 전혀 반대인 극일의 길을 걸어간 아들(정건)이 나오는가 하면 문인이 되어 시대의 모순을 고발하는 수많은 문제작을 남기고 이른 나이에 세상을 등진 아들(진건)이 나오기도 했다.22)

---

22) 흥미로운 사실은 이 아들들이 외국어를 읽고 말할 줄 아는 능력을 아버지 세대로부터 마치 유전처럼 이어받고 있다는 것이다. 현홍건은 러시아 대사관에서 통역을 할 만큼 러시아어에 능통했으며 현숙건은 일본어에 능통했다. 상해 일대에서 독립 운동을 한 현정건은 영어에 통달했다. 현진건은 『개벽』에 「희생화」를 발표하며 작가로 등단했지만 그보다 먼저 이 잡지에 아르쯔이바세프의 「행복」과 쿠르트 뮌첼의 「석죽화」를 번역 게재했으니 현진건에게도 외국어 실력이 있었다는 것은 의심의 여지가 없다.

조혼, 유랑, 입양
그리고 문학

    개화기의 한국 사회는 한 치 앞을 내다보기가 어려울 정도로 혼란스러웠다. 현진건 가문의 어른들은 새 것과 낡은 것이 교체되고 충돌되는 상황에서 '신'보다는 '구'를 지향했다. 그렇지만 아무리 '신'을 지향하며 운신의 폭을 넓힌 현진건 가문의 어른들이었지만 전통의 습속에서 완전히 자유롭지는 않았다.

    현진건의 부친만 해도 그렇다. 현진건의 부친 현경운은 새롭게 신설된 공직에서 본연의 능력을 발휘한 신진 관료였을 뿐만 아니라 자식들의 신식 학교 출입과 외국 유학을 허락한 개화 인사였다. 그러나 이런 현경운도 전통적인 습속을 완전히 버린 인물은 아니었다. 당대의 내로라하는 개화 인사 중 하나였던 현경운. 그렇지만 그는 전통의 습속을 완전히 청산한 게 아니었다.

    이렇게 얘기할 수 있는 결정적인 사건이 현진건의 조혼이다. 현경운은 그의 아내 이정효가 세상을 뜨자 막내아들 현진건의 조혼을 서두른다.

현경운은 나서서 아들의 혼처 자리를 물색했다. 이 혼처 자리를 현진건이 거절할 수 없었다. 현진건의 조혼은 아버지의 계획이었으며 소년 현진건은 아버지가 마련한 예정된 수순을 벗어날 수 없었다.

현경운은 이 막내에게 서당을 출입케 한다.[23] 신식 학교 출입을 허락한 현경운이지만 그렇다고 전통 습속을 아주 부정하지는 않았다는 말이다. 현경운은 아들 현진건이 한학을 습득하기를 바랐으며 조혼을 거절하지 않기를 바라고 있었다. 이때 현진건이 어디서 누구에게 한학을 배웠는지 현재로서는 그 사정을 정확히 알 수 없다. 그러나 한 가지 확실한 것이 있다. 현진건에게 한학을 익히게 한 인물이 아버지라는 사실. 현진건의 전통지향성은 이렇게 어린 시절의 한학 습득과 무관해 보이지는 않는다는 사실이다.

또한 이때의 한학 체험으로 현진건은 근대문인 중에서 단연 한시를 읽고 이해할 줄 아는 능력이 돋보였다. 그는 「적벽부」에서 그의 아호 빙허를 취할 만큼 한문 소양이 깊었으며 그의 마음을 「적벽부」나 여러 한시에 의탁해 표현할 정도로 한문에 관한 깊은 식견을 지니고 있었다. 우리는 이 사실을 주목해야 한다. 현진건의 아버지 현경운은 당대의 내로라하는 개화 인사였으나 그렇다고 그의 아들 현진건을 전적으로 개화의 분위기에만 노출시키지는 않았다. 현진건은 당대의 내로라하는 개화 인사인 아버지에게서 개화의 논리만을 받아들인 게 아니라는 말이다.

대구에서 서당을 출입하며 별 탈 없이 지내던 현진건은 열 살이 되는 해에 슬픈 일을 경험한다. 유복하게 자라던 현진건이 생애 최초의 슬픈 사건을 경험하고야 만다. 바로 어머니의 죽음이다. 어머니 이정효가 현진건의 곁을 영원히 떠난 것이다. 열 살 어린 아이에게 어머니의 죽음은

---

[23] 1908년부터 부친이 설립한 대구노동학교에 나가 신학문을 익혔다는 얘기도 전해진다. 이강언·조두섭, 위의 책을 참고

큰 충격을 주는 사건이다. 열 살은 어머니와 갑작스럽게 이별하기에는 너무도 어린 나이다. 어머니의 보살핌과 사랑을 절실하게 필요로 하는 나이였다. 어머니의 갑작스런 죽음이 어린 현진건에게는 지울 수 없는 마음의 상처로 남을 수밖에 없었다.[24]

세상의 그 어떤 아이들도 그렇겠지만 아이들은 어머니의 죽음을 아버지의 죽음보다 각별하게 충격적인 사건으로 인지하기 마련이다. 특히 어머니의 품 안에서 행복한 유년의 시간을 즐기던 아이들에게 어머니의 죽음은 큰 충격으로 다가온다. 어머니와 헤어진 아이들은 모성을 그리워하는 심리적 결핍에 빠질 수밖에 없다. 이는 현진건도 마찬가지다.

예기치 않은 어머니와의 헤어짐으로 어린 현진건은 모성을 그리워하는 정신적 결핍에 빠진다. 그 정신적 결핍을 스스로 감당하기에 열 살이라는 나이는 너무도 어리다. 어머니의 죽음은 현진건의 인생을 돌연 위기의 상황으로 몰아넣는다. 현진건에게는 아버지가 있었고 형들이 있었지만 그 누구도 어머니의 빈자리를 대신할 수 없었다.

어머니를 여읜 후의 상실감을 피력하는 글을 남겨놓은 문인들이 적지 않다. 그들은 그 글에서 하나같이 모성 기갈증에 걸린 그들의 아픈 마음을 고백하고 있다. 그런데 현진건은 이런 글을 남기지는 않고 있다. 본래 현진건은 그의 마음을 함부로 고백하는 스타일은 아니었다. 아무리 하고 싶은 말이 생기더라도 되도록이면 참고 넘어가는 게 현진건의 스타일이었다.

그렇다보니 현진건은 어머니 이야기를 대놓고 하지 않는다. 그는 그

---

24) 최원식 교수는 일찍이 어머니를 여읜 현진건이 "어머니라고 할 수 없는 젊은 계모 밑에서 성장했고, 그 후 그가 보운에 입양되었을 때도 그의 양모 역시 젊은 어머니였다는 사실에 주목"하면서 "젊은 계모와 양모 밑에서 성장한 현진건에게서 나타나는 모성의 결핍은 그의 삶과 문학을 이해하는 중요한 단서를 제공"한다고 말하기도 했다. 최원식, 위의 책, p.35.

어떤 글에서도 어머니를 회고하지 않고 있다. 또한 현진건은 그 어떤 인터뷰에서도 어머니를 회고하는 사적인 경험을 말하지 않고 있다. 또한 자전적 소설『지새는 안개』에서도 어머니 이야기를 서술하지 않고 있다. 그렇지만 현진건이 어머니의 죽음을 무심하게 경험했다는 말은 아니다. 어린 막내아들이 어찌 어머니의 죽음을 아무렇지도 않게 넘어갈 수 있을까? 그에게 어머니의 죽음은 치유되지 않는 정신적 결핍이었다. 그에게 어머니의 죽음은 상처요 상실이었다.

이러한 어머니 결핍의 체험은 현진건에게 완전한 사랑을 갈구하는 욕망을 낳는다. 후일 그의 문학에서 틈틈이 발견되는 이 완전한 사랑에 대한 갈구는 열 살 나이에 체험한 어머니와의 결별에서 온 보상의 욕구로 해석된다. 현진건 문학에는 완전한 사랑을 갈구하는 작중인물들이 적지 않게 나온다. 그 대표적인 예가「빈처」다.

「빈처」의 결말 장면에는 어떤 상황에서도 흔들리지 않는 사랑으로 자기를 포용해 주기를 갈구하는 한 어린 아이의 이미지가 나타난다.「빈처」에서의 사랑은 부부지간의 사랑이었지만 그 사랑은 엄밀히 말하자면 부부의 사랑이 아니라는 말이다.「빈처」의 결말에 나타나는 사랑은 부부의 사랑을 뛰어 넘는다. 한 남성이 모성적 존재에게 포용의 사랑을 갈구하는 이미지가「빈처」의 결말에 흐르고 있다.

「빈처」만 그렇지는 않다. 장편소설『적도』에서도 완전한 사랑을 갈구하는 한 작중인물을 만날 수 있다. 김여해가 바로 그 인물이다. 김여해의 사랑은 돈과 권력이 지배하는 현실에서 좌절되지만 그가 본래 바란 사랑은 완전한 사랑이었다. 이렇게 현진건은『적도』에서도 세속 사회의 통속적인 이익을 뛰어넘는 이성간의 완전한 사랑을 갈구했다. 현진건이 사랑의 문제를『적도』에서 본격적으로 탐구했다고는 볼 수 없지만 돈으로 상징되는 계약 관계를 뛰어넘는 사랑의 순수를 추구한 김여해 같은 인물을 창조한 것은 사실이다.

『무영탑』도 적절한 예가 될 수 있다. 장인 아사달과 그의 아내 아사녀, 신라 여인 주만 등은 하나같이 완전한 사랑을 탐구하기 위해 설정된 인물들이다. 아사달의 여인들로 비유될 수 있는 아사녀와 주만은 아사달을 보살피는 모성애의 여인들로 이들은 마치 한 어린 아이에게 아가페적 사랑을 실천하는 어머니처럼 보인다. 이들은 아사달의 연인이면서 동시에 아사달을 보호하는 모성적 존재들인 것이다.

현진건이 이렇게 완전한 사랑을 갈구하는 작중인물을 설정한 소설을 쓰게 된 까닭. 거기에는 어머니와의 이별이라는 사적인 체험이 자리 잡고 있다. 완전한 사랑을 갈구하는 작중인물의 설정은 1920년대에 급격하게 유행한 서구 낭만주의의 영향일 수도 있지만 갑작스럽게 어머니를 잃고 난 뒤 가지게 된 현진건의 상처가 만들어낸 산물일 수도 있다.

어머니를 여읜 현진건은 1913년 상경한다. 대처로 나가게 된 것이다. 대구에서 서당을 출입하며 한학을 주로 익히던 현진건은 서울에서 일어와 산술을 배운다. 그는 근대문물이 그 어떤 지역보다 급속하게 유입된 서울에서 신학문을 습득하면서 좀 더 큰 세계와 마주하게 된다. 서서히 현진건은 더 큰 세계로 입문하고 있다. 현진건은 이 대처에서 중학교에 입학한다. 한문 공부는 그만하고 일어를 익히면서 하루하루를 보낸다.

그런데 현진건이 대구 집으로 귀가해야 할 사건이 일어나고야 만다. 바로 결혼 때문에 그렇다. 귀가할 수밖에 없었다. 청운의 꿈을 품고 상경한 서울이었지만 그는 대구 본가로 가야만 했다. 현진건은 그의 나이 열다섯이 되어 아버지가 마련한 혼사 때문에 귀가해야 했다. 열다섯의 현진건은 결혼에 관해 아무런 문제의식이 없었다. 막연하게 결혼이 좋은 게 아니냐고 생각하고 있었다. 이에 관한 문제의식이 있었다면 그는 이 혼사를 거부할 수 있었겠으나 그러기에 그는 어렸다. 어머니의 죽음도 갑작스러운 사건이었지만 결혼도 갑작스러운 사건이었다. 이 갑작스러운 사건 앞에서 현진건은 무방비였다. 그는 아직 어린 소년이었다.

그는 이렇게 나이 십오 세가 되는 해에 평생의 동반자를 만난다. 신여성은 아니었다. 신여성과는 거리가 먼 여성이었다. 그녀는 경주의 갑부 이진사의 딸 이순득이었다. 현진건보다는 두 살이 많은 여성이었다. 신여성처럼 대처에서 신학문을 익힌 여성은 아니었으나 현명한 예지를 지닌 여성이었다.

그렇지만 현진건은 결혼의 의미를 제대로 몰랐을 뿐만 아니라 그의 아내를 어떻게 대해야 하는지 몰랐다. 이를 현진건은 그의 자전적 소설『지새는 안개』에서 이렇게 회고한다.

> 그는 열세 살이 되든 봄에 열아홉 살 먹은 색시에게로 장가를 들었었다. 물론 제 의사로 든 것은 아니로되 남들이 어른이 된다고 떠드는 바람에 그도 멋모르고 좋기는 하였었다. 그리고 색시도 처음엔 그리 밉지 않았었다. 부부가 무엇인지 아내가 무엇인지 알지는 못하였으되 어머님 품에 자든 자기가 인제 그와 한요우에 잘 것과 다른 사람들한테는 응석을 부리드래도 그에게는 꼭 어른 노릇을 할 것과 자기보담 나이는 만치마는 잘못하는 일이 있으면 톡톡히 꾸지저서 길을 드러야 도리 것을 대강 짐작하였다. 또 그는 자기에게 고은 옷을 해 입이고 만난 반찬을 해주는 침모나 찬비 같은 것이니 그에게는 옷투정 반찬투정을 막하여도 매도 아니 맞고 꾸중도 아니 모시는 것을 그는 신기하게도 생각하였다. 이런 편으로 보아 전에 없든 그런 사람 하나이 생긴 것이 어릴 창섭의 생각에는 그리 해롭지 않았었다.[25]

"남들이 어른이 된다고 떠드는 바람에" 하게 된 결혼이었다. "부부가 무엇인지 아내가 무엇인지" 모르고 하게 된 결혼이었다. 아내를 침모 정

---

25)『개벽』35호, 1923. 5, pp.129~130.

도로 알고 하게 된 결혼이었다. 현진건은 결혼의 의미를 전혀 모르는 상태에서 주위 어른들에 떠밀려 결혼을 하게 된 것이다. 그는 막연하게 결혼이 그렇게 해로운 것이 아니라고 생각하고 있었다.

이 예기치 않은 혼사가 현진건을 언제나 기쁘게 한 것은 아니었다. 그럴 만한 이유가 있었다. 혼사를 자기 의지대로 할 수 없었다는 자괴감에서 그는 자유롭지가 않았다. 더구나 자기 아내가 신여성이 아니라는 사실은 그에게 묘한 콤플렉스를 주기까지 했다. 그러나 현진건이 결혼을 하자마자 이런 자괴감과 콤플렉스에 사로잡힌 것은 아니었다. "색시도 처음엔 그리 밉지"는 않았던 까닭이다. 그러나 서서히 현진건은 그의 처지를 비관하기 시작했다.

이렇게 떠밀려 하게 된 결혼이어서 그는 결혼의 윤리를 심각하게 고민하지 않았다. 결혼식을 올린 현진건은 곧 해외로 떠나버린다. 먼저 일본 동경으로 갔다. 1916년 현진건은 동경 세이소쿠 예비학교에 입학한다.[26] 그리고 한 해 후 1917년 4월부터 1918년 3월까지 세이조오 중학 3학년을 다닌다.[27] 이렇게 그는 한 해 가까이를 동경 세이소쿠 예비학교를, 또 한 해 가까이를 세이조오 중학교를 다닌다. 그렇지만 아쉽게도 그의 동경 유학은 단발성으로 끝나버리고 만다. 그의 개인사에서 어떤 주목할 만한 성과를 성취하는 유학이 될 수 없었다. 왜 그가 이렇게 동경 유학을 빨리 정리하게 되었는지 그 이유를 정확하게 알 수는 없다. 그 자신이 유학에 흥미를 잃고 이 유학을 포기해버린 것인지 아니면 아버지가 그를 불러들인 것인지 현재로서는 알 수 없다. 확실하게 말할 수 있는

---

26) 동경 세이소쿠 예비학교에 입학하고 다시 이듬해 세이조오 중학교 3학년에 편입했다가 1918년 4학년 재학 중 잠시 귀국했다가 상해로 건너갔다고 전해진다. 이강언·조두섭, 위의 책을 참고.

27) 최원식 교수에 따르면 "최근 시라까와 유따까는 세이조오 중학 3학년 성적대장 일람표에서 현진건의 명단을 확인함으로써 그가 1917년 4월부터 1918년 3월까지 이 학교에 재적했음을 고증하였다." 최원식, 위의 책, p.37.

것은 결과적으로 그의 일본 유학은 체계적인 학습으로 이어진 유학이 아니었다는 것이다. 엄밀히 말하자면, 그의 유학은 실패한 유학이었다. 그렇지만 현진건의 일본 유학은 그의 실존을 식민지 조선 바깥으로까지 확대한 계기가 되었다는 것. 이를 계기로 세상을 바라보는 현진건의 이해 수준이 좀 더 깊어지게 되었다.

1918년 3월까지 세이조오 중학교를 다닌 현진건은 그해 귀국해 대구로 온다. 대구에서 현진건은 이상화, 이상백, 백기만과 함께 동인지 『거화(炬火)』[28]를 제작한다. 『거화』의 제작은 현진건의 취향을 예고하는 상징적인 사건이다. 그는 문인이 되고 싶었다. 그는 문인이 되고 싶은 열망을 『거화』 제작에 바쳤다. 그러나 실제 문인이 되기 위해서는 좀 더 시간이 필요했다.

현진건은 같은 해 다시 집을 떠난다. 그는 마치 도망자 같았다. 이번에는 일본 동경이 아니었다. 중국 상해로 가게 된다. 집안 건사와 아내와의 살림살이보다는 바깥으로의 출행이 현진건에게 더 의미 있는 일로 여겨질 정도로 현진건은 이렇게 틈만 나면 집 바깥으로 돌아다녔다.

상해에는 그의 형 현정건이 있었다. 현정건은 상해의 프랑스 조계지에서 공산주의 계열의 독립운동을 펼치던 의혈지사였다. 현진건이 상해에서 그의 형을 안 만날 까닭이 없다. 여기에 대한 기록을 현진건이 남겨놓지는 않고 있다. 그러나 상해에서 이 두 형제들이 한 번도 만나지 않았으리라고는 짐작할 수 없다.

현진건과 현정건의 진로는 서로 달랐다. 현진건은 작가가 되고 싶었다. 그러나 현정건은 아니었다. 현정건은 혁명의 길, 극일의 길을 걷고자 했다. 이런 현정건이 현진건에게는 넘을 수 없는 거인의 모습처럼 보일

---

28) 본격적인 동인지는 아니었다. 백기만에 따르면 작문지 정도의 수준이었다.

수 있다. 현진건은 현정건에게서 자기희생의 전형을 보게 된다. 삶이 자기 욕망과 소원에 머무는 게 아니라 더 고결한 희생으로 형성된다는 것을 그는 형인 현정건을 보며 서서히 깨닫는다. 그렇다. 현진건에게 현정건은 형 이상의 존재였다. 현정건은 형이면서 형 이상이었다. 현정건은 현진건에게 거인이었다. 현정건은 현진건의 큰 타자였다.

그러나 현진건이 당장 현정건처럼 자신의 실존을 투쟁의 현장에 내놓은 것은 아니었다. 현정건은 현진건의 자양분 같은 존재였다. 현진건의 내면 안에 응축된 현정건은 서서히 현진건의 몸과 마음으로 녹아들어가면서 현진건의 의식 세계를 열어가는 자양분이었다.

현진건은 상해에서 형만 만난 게 아니었다. 독일어 공부를 했다. 외국어 실력이 출중한 역관 출신의 후예다웠다. 그는 1918년 중국 상해 호강대학 독일어전문학교에서 독일어를 배우고 1919년 귀국한다. 귀국 전에 현진건은 상해에서 3·1독립운동을 경험한다. 국내에서 경험한 3·1운동이 아니어서 이 만세시위의 진면목을 현진건이 볼 수는 없었다. 그러나 그는 상해에서 너무도 의미심장한 진리를 깨닫게 되었다. 바로 자기희생의 진리다. 현진건은 상해에서 풍찬노숙의 고통을 무릅쓰면서 자기희생의 실천을 펼쳐가는 의인들을 보면서 안일하게 살아온 자기를 반성하게 된다. 훗날 현진건이 민중의 존재와 민족의 역사를 주목하는 작가이자 언론인으로 변모하게 된 데에는 이렇게 상해 체험이 중요한 비중을 차지하고 있다.

상해에서의 귀국 이후 현진건은 더 이상 바깥으로 돌아다니지 않는다. 귀국한 현진건은 더 이상 국외로 나가지 않고 국내에 머물면서 자기 일을 찾는다. 그중 하나가 조선웅변회의 한 일원으로 참여하는 일이었다.[29] 백기만은 이렇게 말하고 있다.

　이종린, 이돈화, 정우영, 권애라, 현빙허, 백운산 등 15여인이 조선웅변
회를 조직하고 종로중앙교육회관과 승동예배당에서 때때로 웅변회와 토론
회를 열었는데 토론때면 최연소자인 빙허와 나는 언제나 적대의 편에 배
치되어 논전을 하게 되었던 것이다.[30]

　이렇게 대외 활동을 모색하던 현진건은 이해, 즉 1919년 음력 9월 10
일 오촌당숙인 현보운의 부고를 듣는다. 사실 오촌당숙의 부고가 그리
큰 사건이 될 수는 없었다. 그러나 현진건에게는 그렇지가 않았다. 적어
도 현진건에게 오촌당숙 현보운의 부고는 그의 인생 행보에 결정적인 영
향을 미치는 사건이었다. 현보운의 부고는 어머니의 죽음, 조혼에 뒤이
어 현진건의 인생행로를 새로운 국면으로 들어가게 한 사건이 돼버리고
만다.

　현보운은 1875년 을해생으로 관립일어학교 출신이다. 1896년 8월 3일
외국어학교 부교관을 시작으로, 1899년 궁내부 번역관, 1900년 12월 24
일 예식원 참리관으로 봉직하다가 1903년 11월 11일 주일공사관 이등참
서관으로 임명되어 러일전쟁 발발을 목격한 개화기의 전형적인 관료였
다. 1904년 일본 보빙대 수원(隨員)으로 일본의 즈이호오 4등 훈장을 받
는다. 1905년에는 군무국 포병과로 옮겨 정위에 오른다.[31] 현보운의 부
고 이후 현진건에게 어떤 일이 일어난 걸까?

　　불의에 오촌 당숙이 별세하시니 나는 그의 입후가 아니될 수 없었다.

---

29) 이와 관련된 대목이 「타락자」에 나온다, "「유위유망한 꽃다운 청춘에 무슨 노릇을 못해
　　서 화류계에서 세월을 보낸단 말입니까. 그들은 제 일평생을 그르칠 뿐만 아니라 그 해
　　독을 제 자손에게까지 끼치어 제 가족을 멸망시키고 제 민족을 멸망시키는 사회의 죄
　　인이고 인류의 죄인 아닐 수 없읍니다.」 어떤 연설회에서 얼굴을 붉혀가며 이렇게까지
　　절규도 한 일이 있었다."
30) 백기만, 위의 책, p.153.
31) 최원식, 위의 책, p.31.

팔십이 넘은 종조모님의 홑손자가 되고, 삼십이 남짓한 당숙모님의 외아들
이 되고 말았다. 인제는 집을 떠날 수가 없다. 바다를 건너 일본에 가기는
커녕 며칠 시골만 다녀와도 할머님과 어머님이 우시며 부시며 집안이 호
젓한 것을 하소연하신다.(「타락자」, 『전집』2, 16)[32]

현보운은 자식이 없었다. 양자가 필요했다. 네 아들을 둔 현경운은 막
내아들 현진건을 현보운의 양자로 입적시킨다. 이 사건 또한 현진건이
원한 게 아니었다. 집안 어른들의 결정이었다. 그러나 그는 이 결정을 거
부할 수 없었다. 그는 현보운의 양자가 될 수밖에 없었다. 현보운의 양자
로 입적된 현진건은 서울 관훈동 52번지 주소의 집으로 이사를 해야 했
다. 그리고 그 집에서 "80이 넘은 종조모님의 홑손자가 되고 30이 남짓
한 당숙모님의 외아들이" 되어 아내와 함께 생활해야 했다.

그는 더 이상 바깥으로 출행할 수 없었다. 동경으로 갈 수도 없었고
상해로 갈 수도 없었다. 가고 싶어도 국내에만 머물러야 했다. 이제 바깥
으로만 돌아다니던 현진건의 그 오래고 긴 방랑은 끝을 내리고 있었다.
그는 서울 관훈동 52번지에 안착해야 했다. 이 또한 현진건의 운명이었
다. 생활의 의무가 그의 발목을 꽉 붙잡고 있었다. 답답했지만 서울 관훈
동 52번지의 집에서 살아야만 했다. 이해 12월 20일 그는 첫딸 경숙을
얻는다.[33]

"남들이 어른이 된다고 떠드는 바람에 그도 멋모르고"한 결혼인 까닭
이었을까? 그는 종종 조혼을 하게 된 그의 처지를 비관했다. 때로는 심
각하다 할 정도로 그는 그의 처지를 비관했다. 예컨대 이런 식으로 말이
다. 『지새는 안개』의 한 대목이다.

---

32) 학술적 평전에 인용된 현진건 작품의 출처는 2004년 국학자료원에서 간행한 『현진건문
학전집』이다. 표기는 『전집』으로 하며 인용 페이지는 괄호 안에 기입하기로 한다.
33) 그러나 경숙은 채 일 년이 안 되어 세상을 뜨고 만다.

　　　　나는 창애를 사랑한다. 불같이 사랑한다. 그러하건만 나는 그를 사랑할
　　　수가 없다. 사랑하여서는 아니 된다. 이렇게 생각하매 창섭은 그야말로 흉
　　　격이 막히는 듯 하였다.[34]

　‘나’는 창애를 사랑하지만 그녀를 사랑해서는 안 된다고 비통해 하고
있다. 그 까닭은 ‘나’가 기혼자이기에 그렇다. ‘나’는 아내 있는 사람이기
에 창애를 사랑할 수 없다고 슬퍼하고 있다. ‘나’의 몸은 이미 더러워졌
으므로 “어찌 바다 속 깊이 잠긴 진주보담도 맑고 깨끗한 처녀의 사랑을
바랄 수 있겠냐”며 자기 신세를 한탄했다. 서서히 이성과의 사랑에 눈을
뜬 현진건은 그가 이미 결혼한 기혼남이라는 사실에 절망했다. 그는 자
기는 아내 있는 사람이라는 것, 자기 몸은 더러워진 몸이므로 처녀의 사
랑을 바랄 수 없다고 슬퍼했다.

　그런데 여기서 간과하지 말아야 할 시대적 사실이 있다. 현진건의 이
신세 한탄이 개인적인 문제이면서 동시에 시대적 문제라는 것이다. 이
시절에는 현진건처럼 구여성과의 조혼 때문에 괴로워하는 젊은이들이
부지기수였다. 조혼한 상황에서 자기 처지를 비관한 사람이 한둘이 아니
었다. 특히 문학청년들은 이런 문제에 더 민감하게 반응했다. 김동인 같
은 문인은 아예 평양에서 서울로 거처를 옮기고 기생집을 출입하며 구식
아내를 외면할 정도였다.

　현진건은 어땠을까? 그는 자신의 처지를 비관했지만 아내와 이혼하지
는 않았다. 아예 신여성과 살림을 차리지도 않았다. 현진건다운 처신이
었다. 조혼이 비관적이었지만 그렇다고 아내를 버리지는 않았다. 아버지
에 의해 마련된 혼처였고 자기 의지와는 상관없이 만나게 된 아내였지만
그는 아내를 버리지 않았다. 그럴 만한 이유가 있었다.

---

34) 『개벽』 36호, 1923. 6, p.81.

내가 외국으로 다닐 때에 소위 신풍조에 띠어 까닭 없이 구식 여자가 싫어졌다. 그래서 나의 일찍이 장가든 것을 매우 후회하였다. 어떤 남학생과 어떤 여학생이 서로 연애를 주고받고 한다는 이야기를 들을 적마다 공연히 가슴이 뛰놀며 부럽기도 하고 비감스럽기도 하였었다.

그러나 낫살이 들어갈수록 그런 생각도 없어지고 집에 돌아와 아내를 겪어 보니 의외에 그에게 따뜻한 맛과 순결한 맛을 발견하였다. 그의 사랑이야말로 이기적 사랑이 아니고 헌신적 사랑이었다.(「빈처」, 『전집』1, 45~46)

아내의 사랑은 "이기적 사랑이 아니고 헌신적 사랑"인 까닭이다. 아내는 구식 여자였으나 그녀의 사랑은 헌신적인 사랑이어서 현진건은 이 아내를 버릴 수 없었다. 찬바람이 일 정도로 구식 아내를 대한 근대문인이 한두 명이 아니었다. 그렇지만 현진건은 그렇게까지 아내를 멀리하지는 않았다. 그는 그의 현실을 받아들였다. 그런 현진건도 한때는 기생에 한눈을 팔기는 했다. 조혼과 입양에서 오는 내적인 불만 때문이었다. 분풀이 같은 행동이었다. 예전처럼 자유롭게 집을 떠날 처지일 수 없었던 그는 종종 기생집을 출입하기도 했다.

현진건의 지인들은 현진건이 아내만을 사랑했노라고 증언하고 있다. "자기보다 두 살 더 먹은 아내를 일생을 두고 한결같이 사랑하였을 뿐이요, 다른 여자하고는 깊은 관계를 맺은 일이" 없다거나[35] "그는 요릿집에서 술자리를 같이할 때 기생이 옆에 와서 지근덕거리면 미남에다가 신문기자라면 기생들이 홀딱 반해서 덤벼 드는 시절이니 그러면 빙허는 좋아하는 체 대꾸를 하면서도 쌀쌀하게 범접치 못할 기상으로 난잡하게 굴지 않는다"고[36] 현진건의 지인들은 증언하고 있다. 그렇지만 현보운의 양자로 입적된 이후 출향을 할 수 없게 된 현진건은 답답한 마음을 해소

35) 백기만, 위의 책, p.151.
36) 방인근, 「빙허회고기」, 『현대문학』, 1962년 12월호.

할 목적으로 꽤 여러 차례 기생집을 넘나들기도 했다.

이를 증명하는 단적인 예가 소설 「타락자」이다. 현진건의 자전적 소설 중 하나인 「타락자」는 기생에 눈이 팔린 젊은 날의 현진건을 적나라하게 보여준다. 그는 모성의 결핍과 구여성 아내에 대한 불만 그리고 별세한 오촌당숙의 양자로 입양되는 바람에 하고 싶은 공부를 포기해야 하는 불만스런 자기 처지를 기생과의 연애로 해소하려고 했다. 「타락자」의 한 대목이다.

> 그 후 내가 ○○사에 들어가자 오늘처럼 사우의 초대를 받아 요리점에 간 일이 있다. 거기서 나는 기생이란 물건을 보았다. 여염집 여자에게서는 좀처럼 볼 수 없는 어여쁜 표정, 옷이 몸에 들어붙은 듯한 아름다운 맵시, 교묘한 언사, 유혹적 웃음이 과연 그럴듯하였다. 묵묵히 보고만 있는 나에게도 위안을 주고 쾌락을 주는 것 같았다. 답답하던 가슴이 한결 풀리는 듯싶었다. 싸늘하던 심장에 따뜻한 피가 흐르는 듯싶었다.(「타락자」, 『전집』2, 17)

기생은 자기 처지를 비관하며 살아가는 현진건에게 "여염집 여자에게서는 좀처럼 볼 수 없는 어여쁜 표정, 옷이 몸에 들어붙은 듯한 아름다운 맵시, 교묘한 언사, 유혹적 웃음"으로 감각적 쾌락을 선사하는 존재였다. 그러나 아내는 그런 존재가 아니었다. 현진건에게 아내는 구식 취향의 매력 없는 여자로만 보였다.

현진건이 이렇게 아내를 두고서도 기생집을 출입한 반면 아내 이순득은 남편에게 순종적이었다. 현진건이 간혹 투정에 가까운 불만을 아내한테 드러내기는 했지만 아내는 그런 투정을 감싸주는 성숙함이 있었다. 또한 아내는 기생과 꼭 연애를 해야겠다는 현진건의 투정 아닌 투정도 모른 척 받아주는 대범함이 있었다. 이렇게 정신적 수준으로는 아내가 현진건에 비해 한 수 위였다. 조혼을 하게 된 자기 처지를 극도로 비관한 현진건은 모든 문제를 아내에게만 돌리는 어리석은 범부처럼 행동하기를 서슴지 않았다.

이렇게 젊은 현진건은 자신의 사적인 문제에 사로잡힌 존재였다. 「운수 좋은 날」의 현진건은 식민지 민중의 고통을 포착하는 시대의 증언자였지만 결혼 전후의 현진건은 대개 자신의 문제 때문에 괜히 괴로워하는 소시민이었다. 여기서 다시 한 가지 사실을 기억하기로 하자. 현진건은 아주 이른 나이에 어머니를 여읜 막내아들이었다. 어머니의 정이 그리울 수밖에 없는 아들이었다. 결혼의 의미를 전혀 모른 채 덜컥 배우자를 맞이한 현진건은 아내에게서 어머니를 보려고 했는지도 모른다. 아내가 어머니처럼 자기를 어떻게 사랑으로 포용해 주기를 기대했는지도 모른다.

또 하나의 문제가 있었다. 현진건의 아내는 경주 부호의 딸이었다. 현진건은 처가가 부자라는 사실에 콤플렉스가 있었다. 돈이 많은 처가여서 이 가난한 사위를 도우려면 얼마든지 도울 수 있었다. 그러나 자존심이 강한 현진건이 이를 원하지 않았다. 처가 도움으로 생활을 영위한다는 사실을 그는 외면하고만 싶었다. 심지어는 처가를 돈만 알고 지내는 속물 집단으로 비하하는 마음도 있었다. 아내와 처가를 바라보는 현진건의 복잡한 심리는 「빈처」에 잘 드러난다.

"보수 없는 독서와 가치 없는 창작으로 해가지며, 날이 새며 쌀이 있는지 나무가 있는지" 전혀 모르고 지내는 이 소설의 주인공은 예술가의 자부심이 충만하지만 생활에는 무능한 젊은 시절의 현진건을 연상시킨다. 이 주인공은 예술적 자부심에 사로잡힌 존재이다. 그런데 문제는 그 자부심을 알아주는 이가 주변에 없다는 데 있다. 하루는 처가에서 장인 생일이라고 이 부부를 초대한다. 그런데 이 젊은 문학청년의 발걸음이 처가로 흔쾌히 떨어지지 않는다. 자기는 예술가의 자부심으로 살아가지만 처가 사람들은 물질을 숭배하며 살아간다고 이 문학청년은 생각하면

서 되도록이면 처가 식구들을 만나지 않으려 한다. 뿐만 아니라 이 문학
청년은 시시때때로 아내가 처가 식구들처럼 물질을 은근히 숭배한다고
짜증을 낸다.

그러면서도 이 문학청년은 아내에게 완전한 사랑을 요구하는 모순을
보여준다. 그는 아내가 자기의 예술을 이해해 주기를 바라고 있고 아내
가 가난한 예술가인 자기를 "위안을 주는 천사"가 되기를 원하고 있었
다. 아내 이순덕은 남편이 하는 일을 제대로 이해할 수는 없었지만 전통
적인 부녀자의 미덕으로 남편을 대하며 살아갔다. 「술 권하는 사회」의
한 대목을 보기로 하자.

> 안해가 되고, 남편이 된 지는 벌써 오랜 일이다. 어느덧 칠팔 년이 지내
> 었으리라. 하건만 같이 있어 본 날을 헤아리면 단 일 년이 될락 말락했다.
> 막 그의 남편이 서울서 중학을 마쳤을 제 그와 결혼하였고 그러자마자 고
> 만 동경에 부급한 까닭이다. 거기서 대학까지 졸업을 하였었다. 이 길고
> 긴 세월에 안해는 얼마나 괴로웠으며 외로웠으랴! …(중략)… 공부가 무엇
> 인가? 자세히는 모른다. 또 알려고 애쓸 필요도 없다. 어찌하였든지 이 세
> 상에 제일 좋고 제일 귀한 무엇이라 한다. 마치 옛날 이야기에 나오는 도
> 깨비의 부자 방망이 같은 것이어니 한다. 옷 나오라면 옷 나오고, 밥 나오
> 라면 밥 나오고, 돈 나오라면 돈 나오고……, 저 하고 싶은 무엇이든지, 청
> 해서 아니 되는 것이 없는 무엇을, 동경에서 얻어가지고 나오려니 하였었
> 다. 가끔 놀러오는 친척들의 비단옷 입은 것과 금지환 긴 것을 볼 때에 그
> 당장엔 마음 그윽이 부러워도 하였지만 나종엔,
> "남편만 돌아오면!"
> 하고 그것에 경멸하는 시선을 던지었다.(「술 권하는 사회」, 『전집』1, 58~59)

「빈처」가 남편 '나'의 시점으로 서술된 소설이라면 「술 권하는 사회」
는 아내의 시점으로 서술된 소설이다. 아내의 시점에서 보자면 남편은
언제나 집을 비우는 사람이었고 이해할 수 없는 공부를 하는 사람이었

다. 아내는 이 신식 남편이 한다는 공부의 의미를 모른다. 공부를 "도깨
비 부자 방망이" 정도로 알고 있으니 아내에게 남편은 이해되지 않는 일
을 하는 사람이다.

　그러나 이 아내는 현진건을 언제나 받아들였다. 고주망태가 되어 집으
로 들어온 남편 현진건을 함부로 대하지 않았다. "얼굴은 미인에 속했으
며 키는 남편보다 더 컸고 남편의 일에 무조건 순종하며 빙허가 아침에
새로 입고 나간 황라 두루마기와 비단 마고자가 술 때문에 엉망이 되어
들어와도 전혀 불평이 없었다"고 전해지는 아내였다.

　그런데 여기서 흥미로운 사실이 하나 밝혀진다. 현진건은 아버지 현경
운이 마련한 결혼을 마다할 수 없었다는 점에서 봉건제적 유산에서 자유
로운 아들은 아니었다. 그렇다고 해서 현진건이 가부장제적 억압구조 아
래에서 부부생활을 영위한 건 아니라는 것이다. 현진건이 현보운의 양자
로 입양되며 더 그런 상황이 만들어지기도 했지만 현진건은 부부 중심의
생활을 영위했다. 아버지 현경운을 정점으로 한 대가족제도 아래에서 가
부장제를 준수하며 살아간 게 아니다. 그는 아내가 구여성이라는 점 때
문에 간혹 자기 처지를 비관했지만 그런 그와 아내는 가부장제와는 관련
이 없는 부부 중심의 생활을 영위했다.

　이런 점에서 「빈처」, 「술 권하는 사회」, 「타락자」 같은 초기 자전적
소설은 억압적인 가부장제를 폭로하는 소설이 아니라는 것을 다시 한 번
주목할 필요가 있다. 이 소설들에서 발견되는 기본적인 인간관계의 틀은
부부관계다. 부부관계가 이 소설들의 핵심적인 인간관계라는 말이다.

　그렇다면 현진건은 그의 소설에서 부부관계를 어떻게 인식하고 있는
걸까? 조혼을 하게 된 현진건으로서는 부부관계를 그리 썩 달갑게 인식
하지는 않고 있지만 굳이 나서서 이 관계를 되돌리려고 하지는 않았다.
이른 나이에 일본과 상해를 출입하며 신식 풍조를 어느 정도 익힌 현진

건이었지만 그는 구여성 아내를 버릴 수 없다는 윤리를 받아들이고 있었다. 그리고 그는 아내의 헌신적인 사랑을 확인하면서 그는 조혼하게 된 현실을 인정하게 된다.

그렇지만 그에게 조혼은 그의 현재와 미래를 방해하는 절망적인 사건과 같았다. 받아들이기는 받아들여야 할 현실이었으나 그는 그 자신이 「희생화」의 주인공이 된 심정이었다. 그런데 그를 더 절망에 빠지게 한 사건이 있었다. 바로 입양이었다.

> 팔십이 넘은 종조모님의 홑손자가 되고, 삼십이 남짓한 당숙모님의 외아들이 되고 말았다. 인제는 집을 떠날 수가 없다. 바다를 건너 일본에 가기는커녕 며칠 시골만 다녀와도 할머님과 어머님이 우시며 부시며 집안이 호젓한 것을 하소연하신다.
> 꿈은 깨어졌다. 환영은 사라졌다. 광명이 기다리던 앞길에 잿빛 안개가 가리었다. 희망의 불꽃은 그물그물 사라져간다. 날이 감을 따라 달이 감을 따라 가슴을 캄캄하게 하는 실망의 구름장만 두터워 갈 뿐이었다. 나의 혼은 얼마나 이 크나큰 손실에 오열하였는지, 신음하였는지! 마츰내 돛대 꺾어진 배 모양으로 이리 비틀 저리 비틀 하게 되고 말았다.(「타락자」, 『전집』 2, 16)

조혼보다 그를 더 절망에 빠지게 한 사건이 이처럼 입양이었다. 「타락자」의 서술자인 '나'의 말처럼 더 이상 집을 떠날 수 없었기에 그 절망은 더 강렬했다. 집을 떠나 그가 원하는 공부를 할 수 없었다. 어머니를 여읜 그는 80이 넘은 종조모와 30이 남짓한 당숙모 두 여인을 모시고 살아야 했다. 이 두 여인의 만류로 시골조차 가는 게 힘든 일이었다. 그는 예전처럼 일본으로 상해로 나갈 수 없었다. 절망스러웠다. 그러나 그는 입양이라는 현실을 받아들인다. 그렇지만 마음이 편할 리가 없었다. 자포자기의 심정이었다. 서술자의 고백처럼 "희망의 불꽃은 그물그물" 사라지고 있었다.

문학은 절망의 심연에서 꽃을 피운다. 현진건의 문학은 어머니와의 사별, 조혼, 입양으로 이어지는 현진건의 고단하고 절망적인 개인사를 배경으로 탄생하고 있다. 그는 자기 처지와 주변 상황에 예민한 사람이었다. 누구나 자기의 이상대로 살아갈 수 없지만 현진건은 이를 마음 편히 받아들일 수 없었다. "돛대 꺾어진 배"로 그의 처지를 비유할 만큼 현진건은 입양을 그의 이상을 결정적으로 붕괴시킨 절망적인 사건으로 받아들이고 있었다. 그의 문학은 이렇게 그의 이상을 좌절시킨 우울한 성장 경험을 배경으로 탄생하고 있다. 현진건의 문학은 현진건의 내면에 형성된 상처들의 고백이며 극복이다.

「희생화」의 오욕과
「빈처」의 영광

　　현진건에게는 꿈이 하나 있었다. 작가가 되고 싶은 꿈이었다. 그는 이 꿈을 성취하고 싶었다. 너무도 성취하고 싶었다. 그래서 일본과 상해를 외유한 현진건이 귀국 이후 공들인 작업이 동인지 발간이었다. 그 동인지의 이름이 『거화』였다. 그 구체적인 내용이 알려지지 않는 『거화』는 현진건의 동료 백기만이 전해주는 증언 속에 전설의 한 모습으로 존재한다.

　　그런데 현진건이 그의 친구들과 제작한 동인지 『거화』는 현진건이 앞으로 걸어갈 길을 예시하는 하나의 상징과 같다. 그 길은 바로 문인의 길이었다. 집안의 그 누가 현진건에게 문인이 되라는 충고를 해준 일은 없었다. 본래 현진건 가문의 어른들은 대개가 관료들이었다. 현진건의 주변에는 관료 출신의 어른들이 다수 포진하고 있었다. 문인이 되겠다는 것은 오로지 현진건의 선택이고, 현진건의 꿈이었다.

　　이런 추측이 가능하다. 현진건이 문학의 매력에 빠지게 된 데에는 해외유학 체험이 적지 않은 이유로 작용했다고 말이다. 현진건도 그랬겠지

만 식민지 조선의 청년들은 일본 동경 유학 중에 일본의 신문학에 감염
된다. 김동인도 그랬고 염상섭도 그랬다. 1920, 30년대의 식민지 조선
문단을 이끌어간 작가 중에 일본유학 체험이 없는 작가가 없으며 일본유
학 체험 중에 일본의 신문학을 접하고 충격을 받지 아니한 작가가 없었
다. 현진건도 그랬으리라 짐작된다. 그는 고단한 해외유학 중에 일본 신
문학 작품들을 읽는 데 적지 않은 시간을 할애했을 것이다. 그러면서 그
는 문학의 매력에 심취했을 것이다. 아쉽게도 현진건이 언제 어디서 누
구의 작품을 읽었는가를 정확하게 알 수는 없다. 그렇지만 그는 일본유
학 중에 일본의 신문학 작품들을 읽으며 문학의 눈을 뜬 게 분명해 보인
다. 현진건의 외국어 실력이나 외국문학 작품에 대한 나름대로의 식견은
그의 해외유학 체험이 아니면 획득할 수 없는 성취들이다.[37]

　1919년 상해에서 귀국한 현진건이 어떤 방식으로 문인의 길을 걷게
되었을까? 대개 현진건의 처녀작으로 「희생화」를 거론하지만 그는 「희
생화」를 발표하기 이전에 두 편의 외국소설을 번역한 경력이 있다. 1920
년의 일이다. 그는 『개벽』에 두 편의 외국소설을 번역해 실었으니 1920
년 8월 『개벽』에 "아르치바아새푸 원작소설 「행복」"을 1920년 9월 같은
잡지에 "쿠−르트 뮌첼 작 전쟁소설 「석죽화」"를 번역해 실었다.

　어떻게 해서 이런 일이 가능하게 되었을까? 『개벽』이 적극 나서서 현
진건에게 이 두 편의 번역을 부탁한 것일까? 그럴 리는 없다. 『개벽』에
서 무명의 현진건에게 두 편의 외국소설을 무턱대고 맡길 까닭이 없다.
『개벽』의 학예부장을 맡은 이가 공교롭게도 현진건의 오촌당숙 중 하나

---

37) 이와 관련해 「타락자」는 의미심장한 진술을 남기고 있다. "나는 공부할 적에는 모범적
　　학생, 유망한 청년이란 칭찬을 들었다. 기실 그것이 허예가 아니었다. 남은 히비야 운동
　　장에서 뛰고 천초구 놀이터에서 정신을 잃을 때에도 나는 한 자라도 알려 하며 두 자
　　리도 배우려 하였다. 나는 공일도 모르고 휴일에도 쉬지 않았다. 나의 유일한 벗은
　　서책뿐이었다. 나에게 위안을 주고 오락을 주는 것은 오직 지식뿐이었다."

인 현철이었다. 아마도 현철이 현진건에게 두 편의 번역을 맡기지 않았을까 생각된다. 현철이 『개벽』의 학예부장이었기에 가능한 일이었다.

「행복」은 M. P. 아르쯔이바셰프의 작품으로 포주집에서 쫓겨난 창부 사슈가가 길거리에서 벌거숭이로 매를 맞고 돈을 버는 줄거리로 서술되어 있으며 「석죽화」는 독일 쿠르트 뮌첼의 작품으로 하얀 석죽화에 얽힌 연인들의 아련한 에피소드를 서술하고 있다. 두 편 모두 콩트 수준의 짧은 작품들이어서 번역에 그리 긴 시간이 소요되지는 않았겠지만 현진건으로서는 본격적인 문단 데뷔 이전에 자기 이름을 걸고 처음 수행한 문학 작업이었다. 외국어에 능통한 역관 집안의 후손다운 일이었다.

현진건이 단지 이 두 편만을 번역한 것은 아니었다. 두 편을 번역한 이후에도 그는 틈틈이 외국소설을 국내 잡지에 번역해 실었다. 1921년 1월 『조선일보』에 「백발」이라는 번안소설을, 1922년 1월 『백조』 1호에 치리코프의 「영춘류」를, 1922년 7월 『개벽』 25호에 치리코프의 「고향」을, 1922년 7월 『개벽』 25호에 코울키이의 「가을의 하로밤」을, 1923년 4월 『동명』 31호에 데까브의 「나들이」를, 1932년 3월에서 7월까지 『신동아』 5~9호에 제롬스키의 『조국』을 번역해 실었다.

이를 놓고 볼 때 현진건은 해외문학의 국내 중개자로도 그 역할이 주목된다. 현진건은 단편과 장편분야에서 눈에 띄는 족적을 남긴 작가이기도 하지만 외국소설을 국내독자들에게 번역, 소개한 해외문학의 중개자로도 돋보이는 역할을 수행했다는 말이다. 이는 어디까지나 외국어를 익힌 결과였다. 그렇지 않았다면 이렇게 현진건이 다수의 외국소설을 국내에 번역, 소개할 수 없었을 것이다.

여기서 이런 점이 문제로 대두될 수는 있다. 현진건이 이 외국소설과 작가들을 정통하게 이해하면서 번역 작업을 수행했다고는 볼 수 없는 문제점 말이다. 외국소설과 작가에 관한 정보를 풍부하게 확보하기 어려운 식민지의 문인이었기에 작품과 작가의 일면 정도를 이해하면서 번역했다고 보는 것이 더 타당하다. 그럼에도 불구하고 당대 문인 중에서 현진건처럼 출중한 외국어 실력으로 외국소설을 집중적으로 번역, 소개한 작가는 그리 많지 않았다.

1920년 11월은 현진건의 개인사에서 참으로 의미 있는 시점이다. 작가가 되고 싶은 현진건의 갈망이 드디어 기회를 얻게 되었다. 현진건은 1920년 11월 『개벽』에 「희생화」를 발표한다. 아마도 이 소설을 발표하기 이전에 현진건은 「행복」과 「석죽화」를 번역하면서 소설 감각을 나름대로 익혔으리라 짐작된다. 그러나 두 편의 작품을 번역하고 소설을 쓸 수 있다고 현진건이 생각했다면 이는 현진건의 오산이다.

그렇지만 현진건은 다급했다. 현진건에게는 소설 창작의 노하우를 풍부하고 정확하게 익힐 습작의 시간이 필요했지만 그는 하루라도 빨리 작가가 되고 싶었다. 그래서 작가의 명성을 널리 알리고 싶었다. 그는 차분하게 그의 갈망을 다스릴 수 없었다.

다시 한 번 하는 말이지만 그는 운이 좋았다. 조선 연극계에서 활약하면서 『개벽』의 학예부장을 맡은 현희운, 즉 현철이 그의 오촌 당숙이었다. 이는 보통 행운이 아니었다. 현철이 현진건의 당내간이라는 사실. 이는 하루라도 빨리 작가가 되려는 현진건에게 큰 복이었다. 보성학교를 거쳐 일본 예술좌 연극학교를 수료하고 1917년경에는 중국 상해로 건너가 중국인 구양서정과 함께 성기연극학교를 경영한 적이 있는 현철은 한국근대문학 초기에 외국문학의 번역과 소개뿐만 아니라 소설 및 희곡론을 지상 강의했는가 하면 민중극 운동을 선도한 실력자였다.

이런 예술계의 실력자가 현진건의 오촌당숙이었다. 그는 현철의 도움을 받아 『개벽』의 지면을 제공받을 수 있었다. 이때의 일을 현진건은 이렇게 고백하고 있다.

　　구도덕에 희생이 된 여자라 하야「희생화」라고 제목을 부친 것부터 시
방 생각하면 곰팡내가 난다. 그러나 그 당시엔 몇 번을 고쳐쓰면서 감흥에
띄인 줄 몰랐다. 그 때 개벽의 학예부장으로 있든 나의 당숙인 현철씨를
성도 내며 빌기도 하며 제발 그것을 내어달라고 졸르고 봤다. 간신히 내
어 주겠다는 승락을 받은 뒤에 그것이 실릴 잡지가 나오기를 얼마나 기다
렸을까. 그야말로 일일이 삼추이었다. 잡지가 나올 일몰이 가까워가자 하
루에도 몇 번씩 그의 집에 들러서 활자로 나타난 나의 첫 작품을 보랴고
초조한지 몰랐다.[38]

　현진건의 고백에서 확인할 수 있듯,「희생화」의『개벽』투고는 당숙 현
철이 없었다면 가능할 수 없었다. 두 편의 외국소설을 번역한 현진건에게
누가 소설 청탁을 하겠으며 누가 그런 현진건을 소설가로 인정하겠는가?
『개벽』에「희생화」를 게재할 수 있었던 건 어디까지나 그의 능력이 아니
다. 당숙을 조른 결과였다. "나의 당숙인 현철씨를 성도 내며 빌기도 하며
제발 그것을 내어달라고" 조른 결과였다. 이와 같은 고백은 등단 욕망에
사로잡힌 젊은 날의 현진건을 연상시키기에 충분하다. 그러한 현진건의
들뜬 모습은 작품의 완성도를 고민하는 문인 현진건보다는 어서 하루라
도 빨리 등단하고 싶은 문학청년 현진건에 더 가까운 것이다.

　사정이 이렇기에 선배 문인들이 현진건의「희생화」를 좋게 볼 수 없
었다. 선배 문인들이 보기에 현진건의「희생화」는 문학적 감각이 결여된
문학청년의 미숙한 작품에 불과했다. 그의 미숙성을 엄격하게 비판한 사
람은『장미촌』이란 동인지를 주재한 황석우[39]였다. "감수성이 예민하고

38) 현진건,「처녀작 발표 당시의 감상」,『조선문단』6호, 1925. 3.
39) 상아탑(象牙塔). 서울 출생. 일본 와세다 대학 정경과 중퇴. 재학 중 일본의 상징주의 시
　인 미키 로후(三木露風)의 영향을 받아 시를 쓰기 시작, 귀국 후 김억·오상순 등과『폐
　허』동인이 되어「애인의 인도(引渡)」,「벽모(碧毛)의 묘(猫)」등을 발표하여 문단에 데
　뷔하였다.『장미촌』,『조선시단』등의 시지(詩誌)를 주재했고,『중외일보』,『조선일보』의
　기자로도 활약했다.

신경질적인데다, 또한 독선적인 성격의 소유자로 교우관계도 극히 한정되어 있었다"고 전해지는 황석우는 김안서, 주요한과 함께 초창기 시단을 이끌어 간 시인이었다. "『폐허』동인을 거쳐 한국 최초의 시전문지 『장미촌』을 주재"한 경력의 시인이 바로 황석우로 보통 깐깐한 사람이 아니었다.[40]

이런 황석우가 현진건의 「희생화」를 좋게 평해줄 리 만무했다. 황석우는 "허위와 과장이 많고 묘사도 불충분하며 예술형식을 갖추지 않은 작품"이라고 현진건의 이 등단작을 거침없이 비판했다. 그 비판의 한 대목을 보기로 하자.

> 희생화는 물론 소설이 아니다. (작자는 무슨 상정으로 썼는지 모르나) 이것은 하등 예술적 형식을 갖추지 아니한 그저 사실이 있는 대로 그대로 기록한 소설도 아니고 독백도 아닌 일개 무명의 산문이다. 그러나 아무리 예술적 형식을 갖추지 아니한 초보의 무명의 산문이라 하더라도 사실의 기록으로서는 너무 허위와 과장이 많다. 그리고 묘사도 불충분하리만큼 급행적(急行的) 광도적(廣蹈的) 단편적(斷片的)이다. 더 일언을 진하여 말하면 단조하면서도 내용의 전체의 포화가 취하여 있지 못하며 또는 외면적이면서도 너무 개념적의 조대한 만상의 외면적 묘사이다. 더구나 S의 아우되는 국주의 심리활동의 필연성 곧 그런 경우에 재한 십사오세의 소년이 가질 심리의 필연성이 조금도 나타나지 않았다.
>
> 그 기록이 사실의 기록으로서 허위가 있다는 것은 그것을 (1) S와 K와의 회화 안에 영어 Love is blind. But, our Love has eye를 썼다는 것과 (2) 또 S 와 그 모친과의 최근의 유행어를 가지고 한 회화 등에서 찾아낼 수 있다.[41]

참으로 혹독한 비판이다. 황석우는 일거에 「희생화」가 소설이 아니라

---

40) 황석우에 대해서는 김학동 교수를 참고. 김학동, 「상아탑 황석우론」, 『현대시인연구』(서강대학교 인문과학연구소, 1991), p.3.
41) 황석우, 「희생화와 신시를 읽고」, 『개벽』 6호, 1920. 12.

고 잘라 말하고 있다. 「희생화」는 허위와 과장이 많고 묘사도 불충분하며 심리의 필연성이 전혀 없는 졸작에 불과하다고 황석우는 거침없이 비판하고 있다. 「희생화」는 소설이 아니라는 황석우의 비판이 현진건에게 감당하기 힘든 상처를 준다. 황석우의 비판을 읽은 현진건의 기분은 어땠을까?

> 그런데 그 다음달호인가 다음 다음달 호인가에 「희생화」에 대한 황석우군의 비평이 나왔다. 나는 무엇보다도 먼저 그 비평을 읽었다. 그것은 여지없는 비평이었다. 「희생화」는 소설이랄 수 없다. 감상문이랄 수 없고 하등 예술의 형식을 갖추지 못한 무명산문이란 의미도 냉혹하게 공격하였다. 그야말로 기뻐 뛰든 나에게 청천에 벽력이었다. 갈기갈기 그 잡지를 찢고 싶을 만치 나는 분노하였다. 극도의 분노는 극도의 증오로 변하여 황석우란 자를 당장 죽여도 시원치 않을 것 같았다. 몇 번이나 팔을 뽐내며 방안을 왔다갔다 했는지 모른다.[42]

현진건의 환상이 여지없이 깨지는 순간이다. 당숙을 졸라 원고를 건넨 현진건은 그의 작품이 활자로 나타날 날을 학수고대했다. 그리고 「희생화」가 실린 『개벽』을 받아보던 날 그는 자기 환상에 완전히 도취했다. 소설이 아니라는 황석우의 날카로운 비판은 현진건의 자기도취를 절망과 분노로 뒤바꾸게 한 계기였다. 황석우의 비판은 기쁨에 들 뜬 현진건을 말할 수 없는 충격으로 몰아넣었다. 황석우의 비판을 접한 현진건은 "갈기갈기 그 잡지를 찢고 싶을 만치" 분노했고 마음을 다스리기 어려웠다. 그는 황석우의 비판을 받아들일 수 없었다. 이 약관의 작가는 흥분했고 또 흥분했다.

그렇지만 현진건이 아무리 분노한다 한들 부인할 수 없는 사실이 있

---

42) 현진건, 위의 글, p.70.

다. 바로 「희생화」의 작품 수준이다. 「희생화」를 아주 졸작으로 볼 수는
없겠으나 미숙한 티가 여러 대목에서 발견되는 작품이라는 것은 이론의
여지가 없다. 이렇게 얘기할 수 있는 결정적인 근거가 있으니 「희생화」
의 서술 방식이 그렇게 세련되지 않았다는 것이다. 이 소설은 10년 전에
있었던 누나와 어떤 한 젊은이와의 연애 과정을 소년 서술자가 '나'가
회고하는 소설이다. 그런데 누나와 청년간의 연애를 회고하는 소년 서술
자의 신빙성에 문제가 있었다. 봉건과 근대가 교차하는 모순적 상황에서
누나와 청년의 연애 행각 그리고 그 좌절이 지니는 의미를 독자들에게
제대로 전해주기에는 이 소년 서술자의 신빙성이 그리 강한 게 아니었
다. 요컨대 「희생화」는 서술상의 파탄이 일어난 작품이었다. 현진건이
이 작품집을 그의 첫 작품집인 『타락자』에 싣지 않은 이유도 바로 여기
에 있을 수 있다. 그리 좋은 작품이 아니라는 판단을 그 자신도 내린 까
닭이다.

  그렇지만 이 소설이 지니는 문제성이 그리 간단하지는 않다. 이 소설
의 문학사적 의의를 현길언 교수는 이렇게 정리하고 있다.

  그런데 처녀작으로 비록 기교의 미숙성이 드러나고 있는 작품이긴 하지
  마는 「희생화」는 몇 가지 점에서 주목할 만한 작품이다. 그것은 그 이후로
  전개되는 현진건의 작품세계와 깊은 관련을 맺고 있을 뿐만 아니라 근대적
  자아인식의 한 증후로서 사랑의 문제가 추구되고 있기 때문이다. 즉 작품
  에 나타난 사랑의 인식과 그 갈등 극복 과정을 통하여, 한 인간의 자아 각
  성에 따른 세계와의 갈등과 그 극복의 기록으로써 성장소설적 의미를 지니
  고 있으며, 또한 그 사랑의 이야기는 로만스적 성격에서 벗어나서 기쁨과
  그에 따른 고통을 동시에 지니고 있다는 데 근대소설적 의미가 있다.[43]

---

43) 현길언, 위의 책, p.47.

근대와 봉건이 교차하는 지점에 존재하는 두 젊은 남녀가 결국 인습에 굴복해 그들의 사랑을 포기하는 이야기를 서술하는 「희생화」는 현길언 교수의 지적처럼 근대적 자아인식의 한 증후로서 사랑의 문제를 추구하고 있다. 작품만을 놓고 보자면, 미숙한 티가 한 둘이 아닌 작품이지만 그 문학사적 의의는 그리 가볍지 않은 소설이 「희생화」이다. 그리고 「희생화」는 작가의 사적 경험을 소설화한 사례로서도 그 가치를 인정받을 만하다. 이 소설에는 이런 대목이 실려 있다.

> 그는 대구 사람이다. 그의 부모는 아직도 대구에서 산다. 서울 있는 오촌당숙집에 유숙하고 있다. 그는 서울에 온 지가 벌써 5, 6년이 지났으므로, 사투리는 거의 안 쓰게 되었으나 때때로 우리를 웃기려고 야릇한 말을 하였다.

이렇게 「희생화」는 작가의 사적 경험을 나름대로 반영하는 소설이다. 누나를 사랑한 「희생화」의 젊은이처럼 현진건은 대구 사람이며 그의 부모도 대구에서 살았다. 그리고 서울에는 오촌 당숙인 현보운이 거주하고 있었으니 이 소설이 현진건의 사적 경험과 무관하게 서술된 소설이라고 볼 수는 없다.

그리고 할아버지의 강요에 의해 울산 김승지의 딸과 결혼하게 된 「희생화」의 '그'와 아버지에 의해 경주 이진사의 딸과 결혼하게 된 현진건의 모습은 동질적이기까지 하다. 이렇게 할아버지의 강요가 파급시킨 연애의 좌절은 소설 속의 사건이 아니라 현진건이 몸소 체험한 사건이라고 할 수 있다. 현진건은 세상에 처음 내놓은 이 소설에서 봉건제적 유습에서 자유롭지 않았던 자기의 모습을 투영시키고 있다.

황석우의 「희생화」 비판이 강렬하기는 했으나 현진건은 작가가 되리라는 그의 계획을 포기하지 않았다. 그는 상처받은 마음을 다스리며 한 해를 더 기다렸다. 그리고 1921년 1월 현진건은 그의 이름을 문학사의 한 페이지에 등재시킨 작품인 「빈처」를 발표한다. 「희생화」에 비교하자면 「빈처」는 어떤 수준의 소설인가? 미숙한 티가 없는 작품이었을까?

「빈처」도 전체적으로는 미숙함이 발견되는 작품이다. 그러나 여기서 긴히 알아둘 게 있다. 김동인의 「배따라기」가 1921년 5월 『창조』 9호에 발표되었고 염상섭의 「표본실의 청개구리」가 1921년 8월 『개벽』에 발표되었다. 그리고 현진건의 「빈처」는 1921년 1월 『개벽』에 발표되었다. 우리 근대문학의 앞자리를 차지하는 이 작품들은 하나같이 1921년에 발표되고 있다.

1921년도에 발표된 이 작품들의 미숙한 수준은 어떻게 보자면 초기 한국근대소설의 수준일 수 있다. 현진건의 「빈처」만 수준이 미숙한 게 아니라 초기 한국근대소설들이 습작의 미숙성을 극복할 수 없었다는 말이다. 1920년대 초기 우리나라 근대문학의 수준이 이러했다. 그러므로 「빈처」만의 수준을 따질 게 아니다. 1920년대 근대문학의 전체적 수준 속에서 「빈처」의 수준을 살펴볼 필요가 있다. 「빈처」는 「희생화」에 비교하자면, 좀 더 문학적 미숙성이 탈각된 작품이다. 뿐만 아니라 「배따라기」, 「표본실의 청개구리」보다는 한 수 위의 세련된 면모가 있었다. 이처럼 「빈처」는 그의 불명예를 고친 수준작이었다.

「빈처」에 대한 당대의 평가는 썩 나쁘지는 않았다. 『개벽』 1921년 5월호에 「빙허군의 「빈처」와 목성군의 「그날밤」을 읽은 인상」이란 소설평을 발표한 성해는 "그러나 이 작품의 전체로 말하면 수긍할만한 점도 많다. 글을 쓰는 그 조자(調子)가 침잠하고 온화한 것과 붓이 부드럽게 나아간 것이며 제재가 금일 우리 문단에서 볼 수 없는 우리 생활과 부합되는 것이며 따라서 독자로 하여금 심각한 기분을 일으키게 하는 것이 우리의 가슴을 그대로 두고는 마지 않았다"[44]고 「빈처」의 가능성을 주목했다. 소설이 아니라는 황석우의 「희생화」 비평과 비교해 보자면 성해의 평은 현진건의 가능성을 주목하고 있다는 점에서 현진건의 잠재성을 발견해 주는 의의가 있다.

「빈처」는 「희생화」에 비하자면, 훨씬 서술이 안정된 작품이다. 일단 「희생화」처럼 소년 서술자가 자기가 이해할 수 없는 사건을 서술하는 구도는 아니다. 「빈처」의 서술자는 일본 유학을 다녀온 남편으로 이 남편은 그의 가정에 주로 한정해 서술을 이끌어간다. 「빈처」의 서술자는 「희생화」의 소년 서술자와는 달리 그가 아는 범위 내의 사건들을 서술하면서 안정된 서술의 세계를 만들어간다. 바로 이 점이 「희생화」와는 다른 「빈처」의 성취였다.

이와 함께 「빈처」에서 살펴야 할 게 있다. 「빈처」 역시 작가의 사적 경험을 반영하는 소설이라는 점을 잘 살펴야 한다. 이 소설의 가난한 소설가 K는 현진건의 자화상으로 보인다. 그리고 K와 아내의 살림살이 모습은 실제로 소설가를 지망한 현진건과 그의 구식 아내의 모습으로 보인다. 또한 K의 처가─돈 많은 처가로 묘사된─도 현진건의 처가처럼 보이기도 한다. 그리고 소설가 지망생 K와 아내와의 갈등과 화해의 과정 또한 현진건이 실제로 체험한 사건들로 보이기도 한다. 이렇게 「빈처」는 적지 않게 현진건의 사적 체험을 반영한 소설로 읽히며 이는 현진건 문학의 초기적 특색처럼 보이기도 한다.

「빈처」는 오늘날에도 여전히 주목해야 할 작품으로 평가받는다. 후대의 문학사가들은 「빈처」를 놓고 이렇게 말하고 있다.

---

44) 성해, 「빙허군의 「빈처」와 목성군의 「그날밤」을 읽은 인상」, 『개벽』 11호, 1921. 5, p.118.

이 작품은 물질주의적인 사회 현실에서 고립된 개인인 지식인의 불완전한 삶을 가족이라는 사회 단위와 연결시키고 있는 작품이다. 이를 통해 우리는 식민지 사회의 본성과 개인으로서의 지식인이 그런 사회를 어떻게 경험하고 받아들이며 또 무력화되고 있는가하는 문제에 마주치게 되는 것이다. 이 점에서 지식인 소설 또는 소설가의 자아 산출적 소설의 면모를 지닌다.45)

「빈처」의 가난은 생활을 위협하는 심각한 가난은 아니다. 그에게는 전당포에 맡길 물건도 있었고 잘 사는 처가도 있다. 그러므로 이들의 가난은 사회적 명망과 부유한 생활을 누릴 수 없다는 데서 오는 일종의 사회적 박탈감인데, 이러한 박탈감은 근대사회의 가치관의 변모에 기인한 것이다. 중요한 점은 문사의 의식도 그러한 사회체제에 따라 수용당하고 있다는 사실이다. 더구나 '나'가 그러한 사회상황을 극복할 수 있는 새로운 가치관을 정립하지 못하고 있는 데 문제가 있다. '나'는 조선조 선비로서의 긍지를 지니지만, 사실 돈에 대해서는 감상적으로만 경멸할 뿐이지, 내면으로는 그것을 소유하려는 마음을 은밀하게 가지고 있는 것도 사실이다. 그러기에 물질에 의해 그의 생활이 지배당하게 되면서 갈등은 더욱 심화되게 된다.46)

요컨대 후대의 문학사가들은 현진건의 「빈처」에서 식민지의 물질주의적 사회 현실에 무력하게 마주한 지식인, 사회적 명망과 가난한 생활의 괴리에서 오는 박탈감 때문에 내적 갈등이 심화된 근대적 문사의 모습을 발견하고 있다. 「빈처」에서 발견되는 무력한 지식인, 내적 갈등으로 괴로워하는 근대적 문사의 모습은 현진건의 자화상처럼 보인다. 「빈처」의 소설적 자아와 경험적 자아 사이에 큰 차이가 없다는 말이다. 「빈처」의 소설적 자아에서 현진건의 경험적 자아를 확인할 수 있을 만큼 「빈처」는

45) 이재선, 『한국소설사』(민음사, 2000), p.310.
46) 현길언, 『현진건소설연구』(이우출판사, 1988), p.39.

작가의 신변을 고백하는 성격이 강한 소설이라는 말이다.

바로 이런 점에서 「빈처」는 현진건의 자의식─더 정확히 말하자면 이십 대 초반의 자의식─을 확인할 수 있는 소설로 읽혀도 무방하다. 어떤 자의식을 말하는가? 바로 근대적 문인의 자의식이다. 이 소설은 젊은 현진건의 정신이 닿고자 한 세계의 정체를 가리키고 있으니 그 세계가 바로 근대적 문인의 세계였다.

> 나는 보수 없는 독서와 가치 없는 창작으로 해가 지고 날이 새며, 쌀이 있는지 나무가 있는지 망연케 몰랐었다.(「빈처」, 『전집』1, 45)

"보수 없는 독서"와 "가치 없는 창작"을 되풀이하는 '나'는 근대적 문인의 자의식을 소유한 문사라는 사실에 자부심을 느끼고 있다. 예민한 정신을 소유한 젊은 작가들이 항용 그러했듯, 현진건은 물질이 위세를 떨치는 세상과 이에 편승한 속인들을 멀리하면서 근대적 문인이 되고자 하는 그 자신의 고결한 정신을 사랑했다.

그리고 그는 심지어 아내가 문학을 모른다 하여 "저 따위"라고 부를 정도로 아내를 무시했다. 그는 마치 예술지상주의자처럼 예술의 가치를 신봉하는 자의식을 이 소설에 드러내고 있다. 현진건의 예술가적 자의식과 함께 좀 더 주목해야 하는 것은 현진건의 엘리트 의식이다. 「빈처」의 현진건은 이 의식이 강했다. 자기가 하는 일들 예컨대 독서랄지 창작이랄지 이런 것은 그 어떤 일보다도 가치가 높다고 그는 여기고 있었다.

그런데 여기서 유념해야 할 게 있다. 현진건이 말하는 "보수 없는 독서"와 "가치 없는 창작"은 과거의 구문학이 아니라 외국에서 유입된 신문학을 말한다. 현진건은 이야기꾼이 되고자 한 게 아니라 노블리스트가 되고자 했다. 신문학을 한다는 자부심으로 현진건은 자신을 시대의 선각자로 자처하면서 일반 민중들과는 거리를 두고 있었다. 일반 민중들은 물질의 노예 같은 존재이지만 자기는 그렇지 않다고 그는 생각하고 있었다.

그렇다보니 이 시기의 현진건에게 소설은 식민지 민중의 존재를 발견하는 형식이 아니었다. 그에게 소설은 그의 근대적 문사의 자의식, 엘리트적 자의식을 드러내는 형식이었다. 또 하나 주목할 만한 게 있다. 현진건의 낭만주의적 세계관이다. 현진건과 낭만주의는 왠지 어울려 보이지 않을 것 같지만 사실 그렇지가 않다. 「빈처」의 현진건에게서 우리는 낭만주의적 세계관에 경도된 젊은 작가의 모습을 볼 수 있다. 이를 더 설명하면 이렇다.

「빈처」에서 "내가 아다시피 내가 별로 천품은 없으나 어쨌든 무슨 저작가로 몸을 세워보았으면 하여 나날이 창작과 독서에 전심력을 바쳤다. 물론 아직 남에게 인정될 가치는 없는 것이었다"고 고백하는 현진건은 앞으로 그의 인생이 "저작하는" 인생이 되기를 바라고 있다. 그러면서 현진건은 「빈처」에서 이런 다짐을 한다. 자기는 남편에게 매를 맞으면서도 남편이 사들고 온 값나는 물건에 정신이 팔린 처형처럼 살지 않겠다는. 그리고 이런 결말에 도달한다. '나'는 "강한 물질에 대한 본능적 욕구도 참아가며 눈살을 찌푸리지 아니하고 나를 도와준" 아내에게 사랑을 느낀다는 결말로 말이다.

> 아즉 아모도 인정해주지 않은 무명 작가인 나를 저 하나가 깊이깊이 인정해준다. 그렇길래 그 강한 물질에 대한 본능적 요구도 참아가며 오늘날까지 몹시 눈살을 찌푸리지 아니하고 나를 도와준 것이다.
> "아아, 나에게 위안을 주고 원조를 주는 천사여!"
> 마음속으로 이렇게 부르짖으며 두 팔로 덥석 아내의 허리를 잡아 내 가슴에 바싹 안았다. 그 다음 순간에도 뜨거운 두 입술이…… 그의 눈에도 나의 눈에도 그렁그렁한 눈물이 물 끓듯 넘쳐 흐른다.(「빈처」, 『전집』1, 55~56)

아내를 '나'에게 위안을 주고 원조를 주는 천사로 비유하면서 마무리되는 「빈처」는 향후 전개될 현진건 문학의 한 경향을 암시하고 있다. 바로 낭만주의적 경향이다. 엄밀히 말하자면 「빈처」는 당면한 빈궁을 객관적 현실로 그려낸 소설은 아니다. 더 엄밀히 말하자면 '나'는 진짜 가난한 작가도 아니다. 물질적 풍요를 즐기는 사람들을 '나'는 폄하하지만 그렇다고 '나'가 가난의 현실에 붙들린 사람은 아니라는 말이다. 요컨대 이소설이 강조하는 것은 객관적 현실로서의 빈궁이 아니라 "아무도 인정해주지 않은 무명작가인 나를" "깊이깊이 인정"해주는 아내의 헌신적인 사랑이다. 「빈처」의 '나'는 당면한 문제를 아내의 사랑으로 초월하려는 로맨티스트이다. 「빈처」의 '나'는 낭만주의적 자세로 당면한 문제를 비약적으로 초월하는 성격이 강하다.

현진건이 낭만주의에 경도되어 있다는 말은 자기와 현실의 문제를 주체적으로 극복할 사상이 없다는 말을 의미하기도 한다. 「빈처」의 '나'는 사실 삶의 가치관을 정립한 성숙한 어른, 사상의 세계에 도달한 성숙한 어른을 연상시키지는 않는다. 비판적으로 말하자면, 「빈처」를 쓸 시기의 현진건의 정신적 수준은 썩 깊은 게 아니었다. 그는 그를 사회적 자아로 정립시킬 그리고 사회 속에서 그의 존재를 견인시킬 어떤 사상이 없었다. 요컨대 현진건은 작가 등단을 강하게 갈망한 반면 그에 상응하는 사상과 세계관이 결여되어 있었다는 말이다. 그렇기에 현진건에게는 젊은 이 특유의 불안감에 사로잡힐 수밖에 없었다.

현진건은 불안했다. 그는 과연 창작하는 인생을 살아갈 수 있을지 때로는 회의하기도 했다. 그는 불안이 깊어갈수록 「술 권하는 사회」의 주인공처럼 술을 마다하지 않았다. 그런데 아직 현진건은 자신의 불안이 어디에서 오는지를 잘 몰랐다. 때로는 개인적인 능력의 부족에서 오는 불안일 거라고 생각했다.

　그러나 꼭 그런 것은 아니었다. 이른 나이에 서울, 일본, 상해를 돌아
다니며 견문을 넓힌 현진건이었다. 그러나 그런 그에게 식민지 현실은
마땅히 할 일을 주지 않았다. 그랬다. 그의 불안은 식민지의 불안한 상황
에서 오는 것이기도 했다. 그는 속이 탔다. 양자로 입적된 현진건은 예전
처럼 그의 마음이 내키는 대로 해외 유랑의 길에 오를 수도 없었다. 그
렇다고 그가 국내에서 할 수 있는 일은 별로 없었다. 절망과 분노로 뒤
섞인 착잡한 마음을 그는 소설을 빌려 다음과 같이 말하기도 했다.

　　"되지 못한 명예 싸움, 쓸데없는 지위 다툼질, 내가 옳으니, 네가 그르니,
　　내 권리가 많으니 네 권리 적으니 …… 밤낮으로 서로 찢고 뜯고 하지. 그
　　러니 무슨 일이 되겠소?. 회뿐이 아니라 회사이고 조합이고……. 우리 조선
　　놈들이 조직한 사회는 다 그 조각이지. 이런 사회에서 무슨 일을 한단 말이
　　오? 하려는 놈이 어리석은 놈이야. 적이 정신이 바루 박힌 놈은, 피를 토하
　　고, 죽을 수밖에 없지, 그렇지 않으면, 술밖에 먹을 게 도모지 없지. 나도
　　전자에는 무엇을 좀 해보겠다고, 애도 써보았어. 그것이 모두 수포야. 내가
　　어리석은 놈이었지. 내가 술을 먹고 싶어 먹는 게 아니야. 요사이는 좀 낫
　　지마는, 처음 배울 때에는, 마누라도 알다시피, 죽을 애를 썼지. 그 먹고 난
　　뒤에 괴로운 것이야, 겪어 본 사람이 아니면 알 수 없지. 머리가 지끈지끈
　　아프고, 먹은 것이 되돌아 올라오고……. 그래도 아니 먹은 것보담 나았어.
　　몸은 괴로워도, 마음은 괴롭지 않았으니까. 그저 이 사회에서 할 것은, 주
　　정꾼 노릇밖에 없어……."(「술 권하는 사회」, 『전집』1, 66~67)

　「술 권하는 사회」에 나오는 한 대목이다. 아내의 시점으로 서술된 이
소설은 적빈한 집안 분위기와 함께 구식 아내와 신식 남편의 소원한 관
계를 제시한다. 남편이 하는 공부를 "도깨비 부자 방망이" 정도로 여기
는 이 아내는 "도리어 집안 돈을" 쓰거나 "어디인지 분주히 돌아다니는"
남편이 영 이해되지 않는다.

하루는 고주망태가 되어 귀가한 남편에게 술을 그만 마시라고 다그친다. 이에 남편이 아내에게 자기가 왜 술을 마실 수밖에 이유를 토로한다. "되지 못한 명예 싸움", "우리 조선놈들이 조직한 사회는 다 그렇기에", "그저 이 사회에서 할 것은 주정군 노릇밖에" 없다는 남편의 항변에 감추어진 중요한 메시지는 식민지 치하의 젊은이의 전망이 보이지 않는다는 절망이다. 요컨대 식민지 사회에서 사회적 자아로 존립할 수 없는 자신의 답답한 처지를 남편은 아내에게 은연중에 드러내고 있다.

일본과 중국 상해까지 다녀온 현진건이었다. 상해에서는 독일어 공부까지 한 현진건이었다. 그러나 귀국한 그가 할 수 있는 일이란 게 없었다. 고급 실업자 신세였다. 「술 권하는 사회」에 비춰진 현진건의 모습은 이렇게 사회적 자아를 형성시키고 존립시키기 어려운 실업자였다. 예술가적 자의식을 표방한 「빈처」의 현진건, 사회적 자아로 존립할 수 없어 괴로워하던 「술 권하는 사회」의 현진건의 모습은 모두 젊은 현진건의 자화상이었다. 그는 한편으론 예술가적 자의식을 은근히 자랑했지만 다른 한편으론 가장 역할을 수행할 수 없는 자기 처지를 답답하게 여겼다. 그 특유의 낭만으로 당면한 문제를 언제나 외면할 수는 없었다. 그래서 그는 술을 찾았다. 술로 답답한 마음을 풀어볼 궁리였다.

그런데 술은 술이었다. 술을 마신다 해서 그의 불안이 원천적으로 사라지는 것은 아닌 까닭이다. 「술 권하는 사회」에는 술을 마실 수밖에 없는 자기 처지를 비관하는 현진건의 방황이 묘사되고 있지만 술을 권하는 사회를 비판적으로 해부하는 작가의 시선은 결여되어 있다. 현진건은 그에게는 술을 권하는 식민지 사회의 성격을 좀 더 거시적이고 구조적인 맥락에서 파악하지 않고 있다. 공부나 사회라는 말의 의미를 이해하지 못하는 구식 아내에게 괜히 화를 내며 자기의 절망을 토로하는 것은 왠지 미덥지 않다.

「빈처」와 「술 권하는 사회」의 현진건은 이렇게 당면한 문제를 그 문제를 낳게 한 사회 속에서 파악하지 못하고 있다. 아직은 성숙한 어른이 아니었다. 이십대 초반의 현진건은 낭만적 문사였다. 그는 자기를 주체적 인간으로 존립케 할 사상이 결여되어 있었다. 그런 만큼 이 시기의 현진건은 다분히 자기중심성이 강한 초보 문사였다. 현진건이 자기중심성이 강하다는 말은 그에게 일어난 문제의 원인을 자기 바깥에서 찾는다는 말과도 그 의미가 상통한다.

이미 「술 권하는 사회」에서 확인했지만 현진건은 그가 연일 술을 마시게 된 이유를 "되지 못한 명예 싸움, 쓸데없는 지위 다툼질, 내가 옳으니 네가 그르니, 내 권리가 많으니 네 권리 적으니 …… 밤낮으로 서로 찢고 뜯고" 싸우는 조선 사회로 돌리고 있다. 「술 권하는 사회」만 그런 게 아니다. 「타락자」에서도 현진건의 자기중심성은 반복되고 있다.

> 나는 가끔 이런 괴로움을 그에게 끼치었다. 일뿐 아니라 가슴이 답답할 제, 비위가 틀릴 제, 화증 풀이도 그에게 하였다. 설운 사정도 그에게 하였다. 사회에서 받는 나의 불평, 가정에서 얻는 나의 울분, 또는 운명에 대한 저주들 말끔 그에게 퍼부었다. 그가 이 모든 불행의 원인인 듯하게 나는 그를 들볶았다.(「타락자」, 『전집』2, 35)

때로는 요릿집 기생에게 그의 불평과 울분을 토로한 현진건이었다. 이렇게 한다고 문제가 해결되지는 않겠지만 입양 이후 현진건은 그의 불평과 울분을 기생에게 하소연할 정도로 자기중심적인 유아성이 강했다. 마치 이 모습은 어머니한테 하소연하는 어린아이의 투정을 연상시킨다. 이런 '나'를 두고 성숙한 어른의 모습이라고는 할 수 없다는 건 명약관화하다.

현진건은 「빈처」로 「희생화」의 오욕을 회복한다. 그러나 「빈처」의 현진건은 성숙한 어른이 아니었다. 「술 권하는 사회」, 「타락자」의 현진건도 그렇다. 이 작품들에 투영된 현진건의 모습은 진정으로 타자의 존재를 배려하는 어른이 아니다. 심리학적인 비유를 들자면, 이 시기의 현진건은 어머니와의 행복한 관계를 그리워하는 모성 고착증에 붙들린 모습을 보여주고 있다. 그 명확한 예가 바로 「타락자」가 된다는 것은 의심의 여지가 없다.

　이러던 그가 모처럼 직장을 구한다. 바로 신문사 입사이다. 작가가 되려는 열망도 중요했지만 가장의 역할도 외면할 수 없었던 현진건은 「희생화」를 『개벽』에 발표한 그해 1920년에 『조선일보』에 입사한다. 현진건은 모성 고착증을 탈피해 좀 더 큰 어른의 세계로 현진건은 진입해야 했다. 이 세계가 어떤 환멸을 주더라도 할 수 없었다. 좀 더 큰 어른의 세계에서 그는 그의 자기중심적인 유아성을 붕괴시켜야만 했다. 그렇지 않고서는 「희생화」 수준의 작품만이 나올 따름이었다.

『백조』의 세계에서
『백조』이후의 세계로

이미 가졌던 빛은 퇴색된 지 오래였고, 새로운 이의 부르짖음은 아직도 뜨겁지 못하여 옛날의 번쩍거리던 영화의 꿈 이야기만 몽롱히 회색 하늘에 스러져 가는 별빛 같은데, 애달픈 추억의 동네에 헤매는 젊은 사람의 마음은 얼마나 서늘한 가슴 미어지는 애수에 적시었으랴. 밤마다 고요한 밤마다 어지러운 풀동산 위에 앉아 하염없이 이슬에 젖어 떠는 풀을 나꾸며 가만가만히 노래 부르고 돌아가는 북두칠성을 안아 눈물 섞인 아프고 슬픈 긴 추억의 냄새에 맥맥한 가슴만 쥐어뜯을 뿐이다.

어디에 실린 누구의 글일까? "빛은 퇴색되었으며, 회색 하늘에 별빛은 자취를 감추고, 젊은 사람의 마음은 미어지는 애수에 적시어진다"는 이 낭만적인 수사, "아프고 슬픈 긴 추억의 냄새에 가슴만 쥐어뜯는다"는 이 수사의 출처는 어디일까?

이것은 우리나라 낭만주의의 진원지인 『백조』 창간호에 실린 월탄 박종화의 글이다. 꿈, 별빛, 애수, 이슬, 눈물, 추억, 가슴 등의 어휘가 환기시키는 분위기는 단연 낭만적이다. 이러한 낭만적 분위기의 글과 1930년 대를 풍미한 역사소설가였던 월탄 박종화와는 왠지 어울려 보이지 않는 다. 그러나 1930년대 역사소설의 한 장을 장식하는 월탄 박종화도 이렇게 젊은 시절에는 낭만적인 분위기에 도취된 문인이었다.

더 흥미로운 사실은 빙허 현진건도 한때는 『백조』가 추구한 낭만적 분위기 한 가운데에 존재하고 있었다는 것이다. 『백조』가 장기간 발간된 잡지가 아니었고 그에 따라 현진건이 이 잡지에 여러 편의 글을 쓴 것은 아니지만 스물 한 살의 현진건이 『백조』의 동인이었다는 사실은 많은 것을 시사한다. 이렇게 「운수 좋은 날」, 「고향」에서 식민지 민중의 고단한 삶을 날카롭게 묘파한 현진건도 한때는 『백조』 동인들과 어울리기도 했다. 아니 한때가 아니라 현진건에게는 본래부터 낭만적인 충동과 경향이 흐르고 있었다. 이 충동과 경향을 현진건은 『백조』에서 극적으로 표출한 것이다.

『백조』 시대 이후 현진건이 이 충동과 경향을 완전히 버린 것은 아니 다. 그에게는 이 충동과 경향이 잠복하고 있었다. 「운수 좋은 날」과 「고 향」을 쓸 때의 현진건은 이 충동과 경향을 멀리 했다. 그러나 『무영탑』의 현진건은 이 충동과 경향을 또 다시 극적으로 표출했다. 『무영탑』의 현진 건은 낭만적 충동과 경향으로 아사달과 아사녀의 비극적 사랑을 완성시 키고 있다. 요컨대 현진건과 『백조』의 만남은 전혀 어색한 일이 아니었다. 본래부터 현진건은 낭만적 충동과 경향이 농후한 작가인 까닭이다.

『백조』는 1922년 1월 창간된다. 『폐허』에 이어 우리나라에서는 세 번째로 창간된 동인지였다. 『백조』는 쉽게 창간된 동인지가 아니었다. 실제 창간되기까지는 적지 않은 우여곡절이 있었다. 『백조』의 한 주역인 박종화는 아래처럼 회고했다.

남문 밖 매지우물골에 있는 내 집에 두 청년이 찾아 왔어요. 하나는 학
교 가는 길에 마주치던 얼굴이었고 또 하나는 할아버지 심부름 때문에 찾
아간 나주부의 한약방에서 건재약을 썰던 소년이었습니다.[47]

박종화의 집을 방문한 두 청년은 배재학당 출신의 박영희와 나도향이
었다. 박영희와 나도향은 배재학당에서 내로라하는 문재들이었다. 이들
은 휘문의숙을 다니면서 신시를 쓰던 박종화에게 문학잡지를 같이 만들
어 보자고 제의했다. 박종화는 휘문의숙에서 인정받는 문재였다. 이들은
의기투합했다. 이들은 노작 홍사용, 뒤에 사회주의 운동에 뛰어든 정지
현 등과 함께 청량사로 야유를 나가, 거기서 『백홍(白虹)』이란 잡지 발행
에 합의하기도 했다. 그러나 그들의 약속은 재정적인 이유로 이루어지지
않았다.

그런데 전화위복의 계기가 찾아온다. 홍사용이 그의 사촌형 홍사중에
게서 문학잡지를 발간할 자금을 얻어낼 수 있었다. 홍사용은 이 돈으로
문화사란 이름의 출판사를 설립했고 박종화는 홍사용에게 문예지 『백조』
와 사상지 『흑조』를 간행하자고 제안했다. 이들은 주변에서 명성을 얻는
젊은 작가들을 물색했다.

「빈처」로 각광을 받은 현진건이 영입되었다. 등단작 「희생화」로 황석
우의 집중 포화를 받은 현진건은 「빈처」로 명예를 회복한 상태였다. 『백
조』가 창간되기 이전에 현진건은 『조선일보』기자로 근무하고 있었는데
그는 박영희, 최승일, 나도향, 이능선 등 배제고보 출신 동창생들이 만든
동인지 『신청년』 그리고 홍사용, 정백, 김장환 등 휘문고보 출신 동창생
들이 만든 『문우』 그룹들이 청량사에서 모임을 가질 때 참석해 인사를
나누었다. 이들은 현진건의 사랑방에서 자주 모임을 가졌고 어느 날 동

---

47) 김병익의 『한국문단사』에서 재인용. 김병익, 『한국문단사』(문학과지성사, 2001), p.72.

향인 현진건을 찾아온 대구 출신 이상화가 이들과 함께 만나게 됨으로써 『백조』의 구성원이 모두 모이게 된다.[48]

1922년 1월 드디어 『백조』가 창간되었다. 안석주가 표지 그림을 그렸고 발행인은 검열을 피할 목적으로 배재학당의 설립자인 외국인 선교사 아펜젤러로 정했다. 그러나 『흑조』는 창간되지 않았다. 돈도 문제였지만 이 젊디젊은 문인들이 사상지까지 발간한다는 것은 사실 무리였다. 『흑조』는 창간되지 않았지만 홍사용, 박종화, 박영희, 노자영, 나도향, 이광수, 오천석, 현진건, 이상화 등의 패기는 놀라웠다. "새로운 예술을 동경하고 커다란 희망을 가슴 가득히 품은 이들이라 한번 금방에라도 일편에 귀신도 울릴 만한 걸작으로써 담박 챗죽에 문단으로 치처달리려 하는 그런 붉은 야심이 성하게 북받쳐 불붙는 젊은 사나이들만이" 모인 까닭에 이들은 장안의 식자들에게 화제였다.[49]

"인생, 예술 그리고 당시 유행주의의 문제였던 상징, 낭만, 퇴폐, 회색, 다다 등 그 따위의 이야기로 싫증도 없이 열심히 밤이나 낮이나 잘도" 떠든 이들은 떼를 지어 술집 순례를 다녔다. "월탄은 술이 취하면 팔때짓, 팔때짓이 지치면 방아타령이요, 빙허는 불호령, 호령이 끝이면 반드시 남도 단가"를 불렀다. "객사문아흥망사 소지노화월일선 초강어부(客事問我興亡事 笑指蘆花月一船 楚江漁父)가 부인배 자라 등에다 저 달을 실어라. 우리 고향 할메가……." 이렇게 술이 취하면 현진건은 가락에 그의 마음을 의탁했다. 남의 눈으로 언뜻 잘못 보면은 아마 모두 몹시 열광병자거나 그렇지 않으면 극도의 신경질로 보일 정도로 현진건과 동인들의 모습은 들떠 있었다.[50]

---

48) 김춘식, 『미적 근대성과 동인지 문단』(소명출판, 2003), p.202.
49) 홍사용, 「백조시대에 남긴 여화」, 강진호 엮음, 『한국문단 이면사』(깊은샘, 1999), p.57.
50) 홍사용, 앞의 글, pp.68~69.

　이 동인들 중에서 소설을 발표한 작가는 현진건과 나도향 둘뿐이었다. 이광수는 창간호에 이름만 보일 뿐 작품을 남기지는 않았다. 오천석은『백조』1호에 번역물을 기고했다. 현진건은『백조』1호에 「전면」을 발표했고 콩트에 가까운 작품인 「영춘류(迎春柳)」를 번역했다. 그리고 3호에 「할머니의 죽음」을 발표했다. 나도향은『백조』1호에 「젊은이의 시절」, 2호에 「별을 안거든 울지나 말걸」, 3호에 「여이발사」 등을 발표했다.

　그런데 흥미로운 사실은 현진건의 「전면」이 삭제되어『백조』창간호가 출간되었다는 것이다. 이를 홍사용은『백조』창간호의 편집후기에서 이렇게 전한다.

> 　벌써부터 절절히 느끼는 것은 부자유란 그것이외다. 금번호에 빙허씨의 전면을 실으려 하였더니 작자는 관능이 직감되는 자연 그대로를 인생의 진상에 상징해서 예술의 법열과 아울러 띄워 참의 비오(秘奧)에 살고자 함이었어더니 불쌍한 불우의 그, 그의 뜻을 알아주는 이 없어 구박(驅迫)에 쫓기어가는 이 되었을 뿐이니 어떻든, 못 내놓게 되었아오니 불상한 불우의 그, 그의 뜻을 알아주는 이 없이 구박에 쫓기어가는 이 되었을 뿐이니 세야(勢也)라 내하(奈何)오.

　홍사용에 따르면,『백조』창간호에 신기로 했으나 삭제된 현진건의 소설은 대단히 관능적이라고 한다. 아쉽게도 이 삭제된 소설의 전모를 확인할 수 없어 과연 어느 정도 관능적이었는지 파악할 수는 없으나 삭제될 정도였다 하니 그 관능의 수준이 만만치 않았으리라 짐작된다. 그런데 "벌써부터 절절히 느끼는 것은 부자유"라는 말이 암시하고 있듯, 현진건 소설의 삭제는 자진 삭제가 아니라 출판 당국의 조치로 보인다.

　그런데 여기서 간과하지 말아야 할 게 있다.『백조』1호와 2호의 실린 글들의 수준이다.『백조』동인들의 작품은 미숙했다. 비유의 과잉과 남발, 감상적 분위기의 작품들이 한 둘이 아니었다. 더 큰 문제가 되는 것은『백조』의 노골적인 관념성이다. 관념 자체가 문제가 될 수는 없겠으나『백조』의 관념은 현실에 호응하는 관념이 아니었다.『백조』의 관념은 현실의 구체적인 대상과 연결되지 않는 대단히 추상적인 관념이었다. 요컨대『백조』는 현실 대응력이 부족한 문제를 드러내고 있었다. 농후한 관능성 때문에『백조』1호에 실릴 수 없었던「전면」도 그렇다. 이 소설이 삭제된 까닭에 그 전모를 알 수는 없으나 그 수준을 짐작하고도 남음이 있다.

「운수 좋은 날」,「고향」에서 식민지 민중의 고단한 삶을 주목하고『무영탑』에서 민족의 재생을 이야기한 현진건에게 이런 관능의 작품이 나올 수 있다는 건 다소 의외일 수 있다. 그러나 꼭 그렇게만 볼 수는 없을 듯하다. 이미 말했지만, 현진건은 본래 낭만적 충동과 경향이 농후한 작가였다. 현진건이 의외의 소설을 쓴 게 아니다. 그는 그에게 잠복되어 있던 낭만적 충동과 경향을『백조』에서 아주 극적으로 드러낸 것이다.

이처럼 한 작가가 자기 세계를 확립하기까지에는 일견 모순되어 보이는 세계까지 경유하는 법이다. 이는 작가들에게는 자연스러운 일이며 현진건이라 해서 예외가 될 수는 없다.「운수 좋은 날」과「고향」의 현진건은 식민지 민중의 가난과 고통을 주목하는 작가였다.「무영탑」의 현진건은 우리 민족의 문화 창조 전통과 저항의 전통을 주목하는 작가였다. 그렇지만 현진건이 식민지 민중과 민족의 존재를 고뇌하는 작가가 되기까지에는『백조』의 세계를 경유해야 했다. 현진건은「빈처」에서 부분적으로 표출한 낭만적 경향을『백조』에서 더욱 강하게 드러낸다. 번역소설「영춘류」도 여기에 합당한 사례가 된다. 사랑하는 연인을 위해 개나리꽃을 꺾다가 자기로 모르는 사이에 바지가 찢어지는 바람에 문지기한테 망신을 당한다는 내용의「영춘류」는 사랑과 연애의 감정을 찬미하던『백조』의 취향에 일치되는 작품이다.

『백조』는 현진건을 관능과 낭만의 작가로 존재하게 했다. 드러내놓고 낭만주의를 표방한 동인지의 성격이 우선 현진건에게 그의 감각을 발현케 한 창작 환경이 되었고 이십 대의 젊음이 그에게 그러한 창작을 가능하게 한 원동력이 되었다. 또한 이른 나이에 어머니를 여읜 그 개인사적 경험이 관능의 욕망을 일게 하는 원인이 되었다

그러나 그는 이러한 관능과 낭만의 감각을 지속적으로 심화시켜 나가지는 않았다. 아니 『백조』 자체가 3호를 계기로 더 이상 관능과 낭만을 지속할 수 없었다. 『백조』는 균열을 일으킨다. 이 균열은 동인들 사이에서 먼저 일어난다. 이 균열을 촉진한 동인들은 김기진, 박영희 등이었다.

> 사실 세상에서 백조파라고 일컫기는 했으나 그때 우리들이 한 파가 되기에는 너무도 사상적으로 차이가 심했다. 22, 3세부터 25, 6세 밖에 안 되는 이때의 우리들은 제법 하나의 사상가로 자처하였을 때인데, 내가 그 때 품고 있던 유물사관적 견해의 기초 위에다 신문학을 수립해야 한다는 취지에 완전합의를 보여준 동지라고는 회월 한 사람밖에 없었다. 월탄은 처음에는 반역정신, 진실탐구정신에 크게 공명하였으나 이 정신의 프로레타리아 해방운동과 사상적으로 결부되는 점에 이르러서는 그는 주저하지 않을 수 없었던 것 같다. 노작도 이와 동일하였다. 그러나 빙허와 도향은 처음부터 그들의 예술지상주의에서 한걸음도 밖으로 나오기를 싫어했다.[51]

사회주의 문학에 서서히 경도되어간 김기진과 박영희는 『백조』의 균열을 앞당긴다. 이들이 하려고 한 문학은 낭만주의 문학이 아니었다. 이들이 하려고 한 문학은 사회주의 문학이었다. 이들에게 『백조』는 종착지가 아니라 경유지였다. 김기진과 박영희가 "프로레타리아 해방운동"을

---

51) 김팔봉, 『한국문단사』(삼문사, 1982), p.237.

천명하자 다른 동인들이 이들과 거리를 두기 시작했다. 『백조』로는 김기진과 박영희의 천명하는 사회주의 문학을 포용할 수는 없었다.

현진건은 이들이 천명한 사회주의 문학에 동참하지는 않았다. 현진건은 김기진과 박영희처럼 일본 유학 중에 사회주의 문학의 세례를 받을 기회가 없었다. 그리고 귀국 이후 사회주의 문학 운동을 펼치는 문인이나 어떤 그룹들과 교류할 기회도 없었다. 그에게 사회주의 문학은 그렇게 친숙하게 다가오지 않는 문학, 낯선 문학이었다.

그렇지만 현진건은 1923년 9월에 발간된 『백조』 3호를 계기로 식민지 현실을 주목하기 시작한다. 스스로 나서서 사회주의 문학을 해야 한다고 말한 현진건이 아니었지만 그는 『백조』 동인으로 자주 만난 김기진과 박영희가 주창한 사회주의 문학에 지대한 영향을 받는다. 김기진이 「클라르테운동의 세계화」(『개벽』 39~40호, 1923. 9~10), 「바르뷔스 대 로망 롤랑 간의 논쟁」(『개벽』 40호, 1923. 10), 「금일의 문학, 명일의 문학」(『개벽』 44호, 1924. 2)과 같은 논쟁적인 비평을 발표하며 프로문학 운동을 전개해 나가자 현진건도 그의 문학이 향배를 고민한다. 그 역시 『백조』 안에서 더 이상 문학 활동을 할 수 없다는 것을 깨닫는다. 『백조』의 낭만과 퇴폐를 접고 식민지 현실을 살펴보기 시작한다. 이에 대한 결과가 『백조』 3호에 실린 「할머니의 죽음」이다.

『백조』 3호는 1923년 9월에 발간된다. 『백조』 2호가 1922년 5월에 나왔으니 1년이 좀 넘어 3호가 창간된 것이다. 3호 발간이 1년이 넘어 이루어졌다는 말은 그만큼 동인지 발간이 여의치 않다는 것을 의미한다. 2호까지의 편집인은 홍사용이었으나 3호부터는 박종화로 바뀌기도 한다. 『백조』는 서서히 종식될 운명을 향해 걸어가고 있었다.

『백조』의 종식은 어떻게 보자면 자연스런 일이다. 비용 문제 때문에 『백조』가 종식된 것은 아니다. 진짜 이유는 다른 데 있다. 『백조』 동인들

은 3호를 출간하게 되면서 그 초기의 미숙성을 탈피할 수 있었다. 현진건
도 그랬다. 현진건은 『백조』 3호에서 초기 소설들과는 그 성격을 달리하
는 작품인 「할머니의 죽음」을 발표한다. 「할머니의 죽음」은 「빈처」, 「술
권하는 사회」와 그 성격이 전혀 다르다. 그리고 창간호에 기고한 「전면」
이나 번역 작품인 「영춘류」와도 다르다.

「할머니의 죽음」은 「빈처」처럼 경험적 자아와 일치되는 소설적 자아
의 정신적 고뇌를 그리는 작품이 아니다. 제목에서 확인되듯, 「할머니의
죽음」은 할머니의 아이러니한 죽음의 과정과 가족들의 이기적인 반응을
서술하는 소설이다. 「할머니의 죽음」에서의 할머니는 죽어가는 할머니
다. 관찰대상으로서의 할머니는 젊은 '나'와는 달리 육체가 쇠잔할 뿐만
아니라 정신도 정상적이지 않은 불후한 인간의 전형처럼 그려진다. 이
할머니를 바라보는 '나'의 감정이 중요하다. 그 감정은 연민이다.

어느 날 할머니의 병환이 위독하다는 전보를 받은 '나'는 할머니의 임
종을 보기 위해 생가를 찾는다. 이 소식을 들은 여러 일가친척들이 할머
니의 생가로 오지만 할머니는 '나'와 친척들의 예상과는 달리 곧 임종하
는 게 아니라 더 연명하게 된다. 일이 이렇게 되니 할머니의 생존이 오히
려 친척들에게 부담이 되어버린다. 일가친척들은 할머니의 생존을 더 이
상 반가운 일로 여기지 않는다. 이 소설의 서술자는 '나'는 바로 이런 점
을 안타깝게 여긴다. 그래서 '나'는 이런 시선을 주변 사람들에게 던진다.

> 나는 경멸과 모욕의 시선을 그들에게 던지었다. 자기가 얼마나 답답하
> 고 갑갑하기에 나의 단추 끼운 것과 옷고름 맨 것과 저고리 입은 것조차
> 답답해 보일 것이랴! 여기는 쓰디쓴 눈물과 살을 저미는 슬픔이 있어야 하
> 겠거늘, 이 기막힌 광경을 조소로 맞아야 옳을까?
> 나는 곧 그들에게 침이라도 배앝고 싶었다. 하되 나의 마음을 냉정하게
> 살펴본즉 슬프다! 나에게는 그들을 모욕할 권리가 없었다. 형수들 앞에서

앞가슴을 풀어 젖히려는 할머니가 민망스럽기도 하고 딱하기도 하였다. 환
자를 가엾다 생각하면서도 나의 속 어데인지 웃음이 움직인 것은 부정할
수 없는 사실이었다. 더구나 내가 젊은이 패가 모인 이웃집 방에 들어갔을
때 무슨 자미스러운 일이나 보고 온 사람 모양으로 득의양양히 이 이야기
를 하고서 허리를 분질렀다……(「할머니의 죽음」, 『전집』1, 90)

'나'는 할머니를 "쓰디쓴 눈물과 살을 저미는 슬픔"의 시선으로 바라
보고 있다. 그런데 '나'의 마음이 착잡한 이유는 "환자를 가엾다고 생각
하면서도 나의 속 어디인지 웃음이 움직인 것은 부정할 수" 없기 때문이
다. '나' 또한 할머니를 우습게 여기는 일가친척들과 별 다른 차이가 없
다는 것이다. 「할머니의 죽음」의 '나'는 이렇게 반성하는 '나'이다. 「빈
처」와 「술 권하는 사회」, 「타락자」의 '나'처럼 당면한 문제를 아내나 사
회로 돌려버리는 '나'가 아니다.

「할머니의 죽음」을 발표할 때의 현진건은 『시대일보』에 입사 중이었
다. 최남선과 홍명희라는 당대 거두 밑에서 그는 기자직을 수행 중이었다.
『백조』의 낭만적 분위기로만 세상을 살 수 없다는 것을 그는 잘 알고 있
었다. 『시대일보』의 분위기는 『백조』의 분위기와는 전혀 달랐다. 『시대일
보』는 『백조』와 같은 낭만적인 동인지가 아니었다. 『시대일보』는 동인지
의 수준을 훨씬 뛰어넘는 일간지였다. 소설의 성격도 적지 않게 변모했
다. 자기 주변을 좀 더 참분한 시선으로 살펴보기 시작했고 반성적인 성
격도 농후해졌다.

이렇게 『백조』 3호에 실린 「할머니의 죽음」은 전적으로 『시대일보』
기자의 감각으로 쓴 소설이다. 자전적 체험의 소설로 보이는 「할머니의
죽음」은 할머니의 죽음을 둘러싸고 펼쳐지는 가족들의 안이하고 이기적
인 대응을 사실주의적으로 그린 작품이다. 이 소설에는 『백조』 1호에서
삭제된 작품인 「전면」의 관능성이나 「영춘류」의 연애 찬미가 나오지 않

는다. 이 작품은 관능성과 연애 찬미와는 아주 거리가 멀다. 이 작품에서 독자들이 확인할 수 있는 것은 죽음을 눈앞에 둔 할머니의 가망 없는 모습과 이 모습을 다소 희화적으로 바라보는 가족들의 이기주의적 반응이다.

한국 낭만주의의 진원지로 불리는 『백조』는 통권 3호로 막을 내리고 이들이 주도한 낭만주의 문학도 서서히 자취를 감춘다. 총독부의 압력을 받아 아펜젤러는 사퇴해버렸기에 새로운 발행인을 구해야 했다. 비용 조달도 여의치 않았다. 홍사용은 부족한 비용을 조달할 목적으로 시골 땅을 팔기까지 했다. 이 백조파들의 기세는 등등했지만 기세만으로 문학을 할 수 있는 것은 아니었다. 『백조』를 창간할 때 이 동인들의 나이는 스무 살 안팎이었다. 이를 홍사용은 이렇게 회고하고 있다.

도향, 월탄, 빙허, 석영, 노작 등 십여 인이 그때의 소위 『백조』파 동인들인데 춘원이 제일 연장자요, 가장 어리기로는 나도향군이다. 도향의 그때 나이는 아마 열 아홉 살이었던가 한다.

우전은 키 큰 패에서도 세상이 다 아는 반나마이요, 월탄은 짧은 외투도 길게 입기로 이름이 또한 높았다. 빙허, 노작, 월탄, 회월은 모두 스무한두 살로 자칫 동갑들이었는데, 빙허, 석영을 당세의 미장부라고 남들이 추어 일컬을 적이면 매양 새침하니 돌아앉아서 깨어진 거울만을 우드먼히 들여다보고 앉았던 도향은, 그의 가는 속눈썹에 새삼스러이 몇 방울 맑은 이슬이 하염없이 듣고 있었다.[52]

이렇게 『백조』 동인의 전부가 인생과 문학을 바라보는 시선이 성숙하다고 할 수 없는 약관의 나이였다. 감성과 감각, 절망에 사로잡힌 청춘들이었다. 이 낭만파들은 식민지 현실 저 너머의 절대 낭만을 동경했다. 그러나 이들이 보려고 한 절대 낭만은 어디까지나 그들의 관념 속에 존재

---

52) 홍사용, 위의 글, p.55.

하는 신기루였다.

사정이 이렇다보니 『백조』의 생명은 오래 갈 수 없었다. 그들의 문학은 식민지의 구체적인 모순 앞에서 취약할 수밖에 없었다. 그들의 문학은 점증하는 식민지의 모순과 만나면서 그 방향을 잃을 수밖에 없었다. 비용 조달이 여의치 않아서만 문제가 된 것은 아니었다. 김기진과 박영희의 사회주의 노선 때문에 『백조』가 3호로 그치게 된 것도 아니었다. 더 중요한 것은 이들의 낭만이 처음부터 식민지 현실에 등을 돌린 낭만이라는 데 있었다. 혁명적인 낭만이 아니었으며 전위적인 낭만이 아니었다.

동인들은 『백조』 이후의 길을 모색했다. 동인 중의 한 명이었던 김기진이 『백조』의 울타리 밖으로 나갔다. 이미 일본 사회주의 문학에 크게 영향을 받고 있었던 팔봉 김기진은 『백조』와는 다른 세계로 나가고 싶었다. 그는 박영희와 주동이 되어 1923년 파스큘라를 조직했으며 당시 그 존재가 별로 알려지지 않은 염군사와 합작으로 1925년 카프를 결성한다. 이렇게 팔봉은 낭만에 대한 동경을 더 이상 멈추고 사회주의 문학을 제창했다. 그는 이후 박영희와 함께 사회주의 문학을 주도하는 작가 겸 이론가로 행세한다. 현진건도 『백조』의 울타리 안에만 있지 않았다. 그는 낭만을 접고 현실의 삶에 밀착한다. 마치 한 바탕의 꿈처럼 그는 『백조』의 낭만과 여유를 정리한다.

그렇다고 그가 김기진처럼 사회주의 문학의 길을 걸어간 아니다. 문학에 관한 견해가 팔봉과 다른 까닭이다. 당장에 본인이 걸어가야 할 문학의 방향과 성격에 관해 생각을 정리한 것은 아니었다. 그러나 그는 더 이상 백조의 낭만주의 문학을 지속하고 싶은 마음은 없었다. 식민지 현실은 엄중했으며 그는 이 엄중한 현실에 관해 좀 더 밀착된 태도로 문학을 해야 한다고 생각했다. 이제 서서히 그만의 색채를 만들어가야 할 시점에 현진건은 이르게 된다. 현진건은 1924년 2월에 자신의 문학관을 정리한 글 「이러쿵 저러쿵」을 『개벽』 44호에 발표한다.

> 예술은 예술적 가치만 있으면 물론 훌륭한 예술이다. 그러나 내용적 가
> 치가 문예작품에 있어서 매우 중요하다고 나는 주장 않을 수 없다. 예술적
> 가치, 예술적 감명만을 짓는 걸로서 또는 얻는 걸로써 만족하는 이도 있겠
> 지만 그것만으로 만족치 않는 이도 많은 줄 안다. 물론 예술적 가치, 예술
> 적 감명만이 인생에 필요치 않다는 건 아니다. 인생을 향상시키지 않는다
> 는 건 아니다. 그러나 그것만이라면 너무나 미약하다, 희박하다.
> 예술이 예술되는 소이연은 거기 예술적 표현의 유무에 따라서 결정될
> 것이로되 그 결정된 예술이 인생에 대하여 중대한 가치가 있느냐 없느냐
> 는 오로지 그 작품의 내용적 가치, 생활적 가치를 따라서 결정될 것이라고
> 생각한다.
> 이브센의 근대극, 톨스토이의 작품이 일대의 인심을 진동시킨 이유의
> 하나는 그 속에 있는 사상의 힘이다. 그 예술만의 힘이 아니다. 예술에만
> 숨어서 인생을 알라고 하는 작가는 상아탑 속에 숨어서 은피리를 불고 있
> 는 세음이다.
> 문예는 경국의 대사라고 하지마는 내 생각 같아서는 생활의 제일이요,
> 예술이 제이다.[53]

일단 이 글에서 현진건은 무조건적인 예술지상주의를 경계하고 있다.
"예술이 예술되는 소이연은 거기 예술적 표현의 유무에 따라서 결정"되
는 것이지만 그렇게 되어서는 안 된다고 충고하고 있다. 이와 같은 현진
건의 충고는 문학을 예술지상주의 차원에서 옹호한 당대의 형식주의 문
학론을 비판하는 의의를 지닌다. 1920년대 초, 중반 김동인은 문학의 심
미적 가치를 중시하는 문학관을 강하게 표방했다. 김동인은 문학이 오로
지 미를 추구해야 한다고 생각했다.
현진건은 바로 이런 스타일의 문학관을 강하게 거부하고 있는 것이다.

---

53) 현진건, 「이러쿵 저러쿵」, 『개벽』 44호, 1924. 2, pp.120~121.

현진건은 작품의 내용적 가치, 생활적 가치가 진정으로 중요하다고 생각했다. 작품은 예술적으로 표현이 되어야 하겠지만 작품의 감동은 이 표현 여부에서 오는 게 아니라고 현진건은 말하고 있다. 생활적 가치를 지닌 작품이 아니라면 작품의 감동은 독자들에게 파급력을 미칠 수 없다고 현진건은 생각하고 있다. 요컨대 작품이 인간들의 인생에 대하여 중대한 영향을 미칠 수 있기 위해서는 작품의 내용적 가치, 생활적 가치를 중시해야 한다는 말이다.

그런데 현진건의 발언은 좀 추상적으로 들린다. 예술적 가치보다는 내용적 가치가 더 중요하다는 현진건의 발언의 의미가 '명료하지' 않다는 말이다. 여기서 현진건은 내용적 가치, 생활적 가치의 구체적 양상을 상세히 거론하지는 않았다. 그런 점에서 이 글은 현진건의 문학관을 정확하게 정립한 사례가 아니다. 문학관을 본격적으로 개진한 사례라기보다는 예비적 단계의 문학론에 가깝다고 할 수 있다.

이 글을 발표한 1925년은 프로문학이 맹위를 떨치던 시절이다. 보통 맹위가 아니었다. 한국문학을 주도하는 주류문학의 위치를 프로문학은 차지하고 있었다. 그렇지만 현진건은 프로문학 진영에 합류하지는 않았다. 현진건으로서는 계급적 이념을 중시하는 프로문학의 명제가 대단히 도식적이라고 느껴졌다.

그러던 현진건은 1926년 「이러쿵 저러쿵」보다 그 성격이 좀 더 명확한 문학론을 『개벽』 65호에 발표하게 되었으니 바로 그 유명한 「조선혼과 현대정신」이다.

　　금년의 문단이 어찌될까. 해가 바뀌는 이 때에 한번 생각해볼만한 문제다. 그러나 아무리 머리를 짜서 생각해본다 할지라도 뜻때로 아니 되는 이 세상일이어니 예상이 틀림없이 들어마질 것을 누가 보증하랴. 그럼으로 나는 예상을 늘어 늣는이보담 차라리 희망을 말하리라.

　시간과 장소를 떠나서는 아무것도 존재치 못하는 것이다. 달나라의 소
요도 그만둘 일이다. 구름 바다의 유희도 그칠일이다. 조선문학인 다음에
야 조선의 땅을 든든이 디디고 서야 될 줄 안다. 현대문학인 다음에야 현
대의 정신을 힘있게 호흡해야 될 줄 안다. 남구의 쪽으로 그린다하다는 한
울에 동경의 한숨을 보내도 쓸데없는 일이다. 금강의 힌뫼뿌리에 부신 햇
발이 백금으로 번쩍이지 않느냐. 깜아득한 미래의 낙원에 상상의 날애를
펼침도 소용 없는 노릇이다. 손을 벌리면 잡을 수 있는 눈앞에 쌀쌀하게
피인 한떨기 개나리가 봄소식을 전하지 않느냐. 로만틔즘도 좋다 리아리즘
도 좋다 상징주의도 나쁜 것이 아니오 표현주의도 버릴 것이 아니다 오직
조선혼과 현대정신의 파악! 이것이야말로 다른 아모의 것도 아닌 우리 문
학의 생명이오 특색일 것이다. 달뜬 기염에서 고지식한 개념에서 수고로운
모방에서 한거름 뛰어나와 차근차근하게 제 주위를 관조하고 고요하게 제
심장의 고동하는 소리를 드을제 이것이야말로 우리문학의 운명인 줄 깨달
을 수 있을 것이다.

　이 참다운 우리 작품이 금년부터 많이 생기기를 희망하고 그만둔다.[54)](#)

　「조선혼과 현대정신의 파악」을 발표한 현진건은 폐간된 『시대일보』를
그만두고 『동아일보』에 입사하고 있었다. 신문 기자로도 어느 정도 이력
이 붙은 시기였다. 중진 기자는 아니었으나 신참 딱지를 뗀 경력 기자였
다. 현진건은 신문 기자로 재직하면서 식민지 조선의 현재를 응시하는
일이 중요하다는 것을 서서히 깨닫는다. 현진건은 "시간과 장소를 떠나
서는 아무것도 존재치 못"한다고 생각하고 있었고 "조선문학인 다음에
야 조선의 땅을 든든이 디디고 서야"되고 "현대문학인 다음에야 현대의
정신을 힘있게 호흡해야" 한다고 생각하고 있었다.

　현진건의 문학은 점점 식민지 현실과 밀착되어 갔다. 조선의 현실을
주목하는 문학을 해야 한다고 생각한 현진건은 "달뜬 기염에서 고지식한

54) 현진건, 「조선혼과 현대정신의 파악」, 『개벽』 65호, 1926. 1, pp.134~135.

개념에서 수고로운 모방에서 한거름 뛰어나와 차근차근하게 제 주위를 관조하고 고요하게 제 심장의 고동하는 소리"를 들어야 한다고 말했다. 조선혼과 현대정신을 성취하기 위해서는 달뜬 기염, 고지식한 개념, 수고로운 모방에서 탈피해야 한다고 현진건은 생각했다. 자학적이고 퇴폐적인 문학을 토하는 달뜬 기염, 경향문학의 고지식한 개념, 일본에서 서양문학을 공부하고 돌아온 사람이 많아지면서 증가된 수고로운 모방을 극복하지 않고서는 조선혼과 현대정신의 성취는 가능하지 않다고 현진건은 생각했다.55)

시간과 장소를 떠난 문학을 해서는 안 된다고 주장한 현진건은 그렇지만 카프에는 합류하지 않았다. 카프문인들과 교류가 없는 것은 아니었다. 카프로 가버린 김기진과는 『백조』 시절부터 잘 알고 지낸 사이였다. 하지만 당시에 맹위를 떨치던 카프에 입문하지는 않는다. 그는 체질적으로 카프가 주창하는 계급주의 문학에 그렇게 매력을 느끼지 않고 있었다. 계급주의 문학은 편향된 문학이라고 그는 생각하고 있었다. 그는 카프와는 거리를 두기는 두되, 조선의 현실을 주목해야 한다고 생각하고 있었다. 바로 이 점이 현진건 문학의 특색이다.

그런데 여전히 현진건의 문학관에는 불투명한 대목이 있다. 현진건은 "조선혼과 현대정신의 파악! 이것이야말로 다른 아모의 것도 아닌 우리 문학의 생명이오 특색"이라고 생각하고 있었지만 조선혼과 현대정신의 정체는 명료하지가 않다. 현진건은 조선혼과 현대정신의 파악을 조선의 현실주의를 파고들어가기 위해 요청된 개념으로 보고 있지만 이 말들의 의미는 추상적이다. 현진건은 카프 문인들이 제기한 계급문제보다 조선의 현실, 현진건의 어법으로 고쳐 말하면 조선혼을 발견하는 게 더 중요

---

55) "달뜬 기염", "고지식한 개념", "수고로운 모방"의 의미는 조동일 교수를 참고. 조동일, 「현진건」, 『한국문학사상사시론』(지식산업사, 1978), p.441.

하다고 생각하고 있었지만 조선혼의 의미가 그리 명확하지 않다는 말이
다. 현진건은 이 글에서 조선혼의 의미를 따로 설명하지 않고 있다. 국혼
이나 조선심을 연상시키는 현진건의 조선혼은 그 말의 의미가 워낙 추상
적이어서 별도의 설명을 필요로 하지만 아쉽게도 현진건은 그 설명을 하
지 않고 있다.

왜 하필 조선혼이었을까? 「조선혼과 현대정신의 파악」은 현진건이
1926년 1월 『개벽』 65호에 발표된 글이다. 이미 말했지만 1926년이면
『동아일보』 기자 재직 시절이다. 당시 『동아일보』에는 현진건과 함께 『동
명』, 『시대일보』에서 익히 잘 알고 지내던 최남선이 객원논설위원으로
있었다. 일제에 투항한 최남선이지만 그는 당대 국사학계의 거두였다.
만만한 학자가 아니었다. 이렇게 현진건은 새로운 문학은 계급문학이어
야 한다는 카프의 문제의식보다는 최남선이 주도한 조선주의에 더 강한
매력을 느끼고 있었다.56) 현진건의 조선혼은 최남선의 지적 영향력 속에
서 탄생한 민족주의적 이미지를 띤 용어로 보인다. 그는 조선혼의 의미
를 말해주지는 않고 있지만 이와 같은 용어의 활용은 현진건이 앞으로
민족주의의 길을 걸어가게 되리라는 것을 예고해 주기에 충분하다.

『백조』 이후의 현진건의 행보 중에서 주목되는 게 있다. 바로 『조선문
단』과의 인연이다. 『조선문단』은 동인지는 아니었다. 춘해 방인근이 나
서서 만든 잡지였다. 카프에 거리를 둔 현진건은 반카프의 노선을 취한
『조선문단』57)이 주관하는 조선문단합평회에 적극적으로 참여했다. 『조

---

56) 최남선은 1926년 『조선문단』 5월호에 「조선국민문학으로서의 시조」에서 시조부흥운동
을 제안했다. 시조야 말로 조선심(朝鮮心), 조선아(朝鮮我)의 구현물이라고 최남선은 주
장했다. 이 시기의 최남선은 민족정신의 대리적 표현인 조선심, 조선아 등의 용어를 설
정해 놓고 문학은 조선심, 조선아의 표현이 되어야 한다고 말했다.
57) 『조선문단』은 『개벽』보다 4년 늦은 1924년 10월 등장한다. 춘해 방인근이 발행인 겸
편집인이었다. 91면 30전짜리 3천 부를 찍은 『조선문단』은 처음에 이광수, 주요한, 전
영택 그리고 자금주인 방인근 등 4명 등의 동인 체제였으나 춘해의 주장으로 외부 원

선문단』은 카프의 이념에 동조적이었던 『개벽』과는 달리 순문예지가 되기를 모색했다.

『개벽』이 점점 카프에 동조하는 모습을 보이자 현진건은 1925년도부터 집중적으로 『조선문단』에 글을 기고하거나 좌담회에 참석했다.[58] 흥미로운 사실은 현진건이 『조선문단』이 의욕을 가지고 만든 조선문단합평회의 정기 멤버였다는 것이다. 그는 『조선문단』6호부터 시작한 합평회에 참석해 신인들의 신작에 관한 자기 소견을 진술하는 방식으로 그의 문학관을 독자들에게 밝혔다. 박종화, 염상섭, 이광수, 최학송, 김억, 김기진, 방인근 등이 좌담회의 멤버들로 이들은 저마다의 문학관에 근거해 신인들의 작품을 평했다. 현진건은 어떤 관점으로 신인들의 작품을 평했을까?

그 시골집에 가서 보기 싫은 마누라에게 대한 심리라거나 집을 뛰어나오다가 우물을 보고 마누라가 빠지는 것을 생각하든데며 다시 들어가서 담요로 덮혀주든데, 묘사 그것으로는 절박한 느낌이 없으나 사실 그것으로 보아서는 절절한 느낌이 일어나요. 이것이 소위 내용적 가치겠지요.

체험같은 것은 둘째처놓고 통털어말하면 처참미와 건실미가 있다고 생

고를 받아들였다. 1936년 최종호를 내기까지 통권 26호, 순문예지로서의 화려한 공헌을 세운다. 김동인의 「감자」, 나도향의 「물레방아」, 최서해의 「탈출기」를 비롯, 120편의 소설과 8백여 편의 시를 발표한 『조선문단』은 최초로 신인 추천제를 실시, 최서해 채만식 박화성 안수길 등 탁월한 작가들을 배출, 작품 없이 이데올로기만 강요한 사회주의 문학파에 우수한 창작으로 대결했다

58) 『조선문단』에 실린 기고문과 좌담회의 목록은 다음과 같다. 「처녀작 발표 당시의 감상」 (『조선문단』 6호, 1925. 3), 「조선문단합평」(『조선문단』 6호, 1925. 3), 「목도리의 복면」 (『조선문단』 7호, 1925. 4), 「조선문단합평」(『조선문단』 7호, 1925. 4), 「조선문단합평」(『조선문단』 8호, 1925. 5), 「설 때의 유쾌와 나흘 때의 고통」(『조선문단』 8호, 1925. 5), 「조선문단합평」(『조선문단』 9호, 1925. 6), 「조선문단과 나」(『조선문단』 10호, 1925. 7), 「조선문단합평」(『조선문단』 10호, 1925. 7), 「조선문단합평」(『조선문단』 11호, 1925. 8), 「춘추문단소설평」(『조선문단』 12호, 1925. 10), 「도야지와 진주」(『조선문단』 13호, 1926. 3)

각합니다. 그런데 작자가 알뉴이파세프에게 사숙하였는지 모르겠으나 묘
사가 그 식이 있습니다. 그럼으로 말미암아 근문의 작품에 대해서 평면묘
사가 많다고 비탄소리가 높은 이때에 이 묘사로 말하면 평면을 벗어나서
입체묘사에 제일보를 떼어놓은 것이 무엇보다도 반갑습니다.[59]

『조선문단』 7호(1925. 4)의 좌담회에 수록된 현진건의 작품평이다. 여
기서 거론되는 작품은 『개벽』 3월호에 발표된 조명희의 「땅 속으로」이
다. 여기서 주목해야 하는 것은 작품의 내용적 가치를 기준으로 작품의
수준을 판단하는 현진건의 문학관이다. 『조선문단』 합평회 자리에서 현
진건이 주로 높이 평가한 작품들은 이처럼 인생의 문제를 재현하면서 절
실한 느낌을 주는 작품으로 현진건의 어법으로 말하자면 내용적 가치가
뛰어난 작품들이다. 현진건의 또 다른 평을 보기로 하자.

> 그런데 이 작품을 보라! 얼마나 우리의 가슴을 치게하며 머리를 뒤흔들
> 어 놓는가! 그 간결하고도 강렬한 표현은 이 평범하고도 단순한 사실에 대
> 하여 감았던 우리의 눈을 호둥그렇게 떠우지 않고는 말지 않는다.[60]

『여명』에 실린 최서해의 「기아」를 평하는 대목 중 하나다. 조명희의
작품 「땅 속으로」를 긍정적으로 평한 현진건은 또 다른 작품 좌담회에서
최서해의 「기아」를 높이 사고 있다. 현진건에 따르면, 최서해는 단순한
사실을 놀라운 작품으로 만드는 재질이 있는 작가로 조명희처럼 최서해
도 내용적 가치가 뛰어난 작품을 제작할 줄 아는 작가다. 이처럼 현진건
은 작품을 평하는 데 있어 작품의 형식적 가치보다는 내용적 가치를 우
선하면서 현실적인 비애와 처참 등을 주목하는 작품들을 특히 높게 사고

---

59) 『조선문단』 7호, 1925. 4.
60) 현진건, 「신춘문단소설평」, 『조선문단』 12호, 1925. 10, p.177.

있다.

이렇게 현진건은 문학을 예술을 위한 예술의 개념으로 파악하지 않고 인생을 위한 예술의 개념으로 파악하고 있었다. 그는 변모하고 있었으며 변모의 종착지는 리얼리스트였다. 그는 「빈처」의 현진건에서 「운수 좋은 날」의 현진건으로 바뀌고 있었다. 현진건은 작품의 내용적 가치를 중시하는 리얼리스트로 변모했지만 계급문학의 정당성을 옹호하는 카프문학과는 일정하게 거리를 두려고 했다. 내용적 가치와 계급적 가치는 별개의 문제라고 그는 생각하고 있었다. 그는 이런 생각을 일인일당주의로 표현했다.

> 끝으로 한마디 할 것은 나는 언제든지 일인일당주의다. 개인과 개인 사이에는 친불친이 있을지언정 예술의 이름에 있어서는 그야말로 광풍제월 (光風霽月)과 같이 일호의 사가 없는 줄로 자신한다. 나는 사람인 다음에야 감정상으로 시비선악이 전도되지 않음은 아니로되 귀치 않은 예술적 양심이 나를 편달하고 나를 제어하기 때문에 그런 비소한 감정이 발호를 못한 것만 만행이라 하겠다. 신성한 예술의 궁전에까지 추악한 진세의 파도가 밀려와서 구구한 이해득실로 말미암아 파를 나누고 당을 갈라 서로 해치랴들고 서로 못먹어한다면 나는 예술가 되기를 사퇴하란다.[61]

이렇게 현진건은 카프와는 거리를 두는 일인일당주의를 제창했다. 그에 따르면, "파를 나누고 당을 갈라 서로 해치랴들고 서로 못먹어 한다면 나는 예술가 되기를 사퇴"할 생각이라고 말하고 있다. 작가는 파당을 만들어가서는 안 되며 작가 하나 하나가 독립적인 개체라고 현진건은 생각하고 있었다. 요컨대 『백조』의 낭만과 결별한 현진건은 카프로는 가지 않으면서 작품의 내용적 가치를 중시하는, 그의 말에 따르면 일인일당주

---

61) 현진건, 「조선문단과 나」, 『조선문단』 10호, 1925. 7, p.139.

의자로 변모한 것이다.

　그는 이런 입장에 서서 잡지 『별건곤』이 특정한 계급의 잡지가 아니라 모든 대중이 즐겨 읽는 잡지가 되어야 한다는 소신을 밝히기도 했다.

> 　『별건곤』은 매우 자미가 있고 실익이 있는 좋은 잡지로 생각합니다. 우리 조선에도 잡지가 생긴지는 이미 역사가 오랬고 퍽 많았지마는 대개는 어떤 계급에 한하여만 읽게 되고 일반 민중이 다같이 읽을만한 잡지는 이때까지 없었습니다. 『별건곤』은 취미와 실익을 중심으로 하야 기사를 취급하니 만큼 자기마 많고 실익이 많은 동시에 문자가 또한 평이하여 학생이나 청년이나 구가정부인이나 신가정부인이나 실업가 농민 그 어느 계급을 막론하고 다 읽을 만 합니다. 일부의 인사들은 취미라도 좀 더 고상한 기사를 취급하였으면 좋겠다고 하는 말을 들었습니다마는 그것은 일반의 정조와 조선의 사정을 모르는 말로 생각됩니다. 양요리가 아무리 고등요리라 할지라도 일반 민중에게는 양요리보다도 설렁탕이나 목로집 술이 좋을 줄로 압니다. 아무리 고생한 취미 기사를 취급하더라도 일반독자가 이해를 못하고 읽지를 않는데야 어찌 하겠습니까? 또 조선에 있어서 고상한 취미 기사를 취급하잔들 여러 가지가 빈약하고 소조 적막한 우리 조선에서 무슨 고상한 취미의 재료가 있겠습니까. 내의 희망까지는 『별건곤』이 앞으로 더욱 문제를 평이하게 하고 취미와 실익의 기사도 좀 더 일반이 알만한 것을 취급하여 아주 민중의 잡지가 되기를 바랍니다.[62]

　현진건은 『별건곤』이 "청년이나 구가정부인이나 신가정부인이나 실업가 농민 그 어느 계급을 막론하고 다 읽을" 만한 잡지가 되어야 한다는 주장을 펼치면서도 조선주의를 제창한다. "양요리가 아무리 고등요리라 할지라도 일반 민중에게는 양요리보다도 설렁탕이나 목로집 술이 좋을 줄로" 안다고 말하는 현진건의 발언 속에는 조선 사람들은 조선적인 문학을 해야 한다는 조선주의가 내포되어 있으며 이는 계급편향을 경계하

---

62) 『별건곤』 10호, 1927. 10.

는 현진건의 문학관을 다시 한 번 우회적으로 드러낸 것이다.

「이러쿵 저러쿵」, 「조선혼과 현대정신의 파악」, 「조선문단과 나」 등에서 내용적 가치를 우선하는 문학, 조선혼과 현대정신의 동시적 파악을 중시하는 문학, 일인일당주의의 문학을 주장한 현진건은 서서히 그의 문학적 색채를 바꿔간다. 『백조』의 낭만과 결별한 현진건의 작가적 시선은 식민지 민중을 향해간다. 바로 이 지점에서부터 현진건의 고민은 점점 깊어지고 있다.

『백조』 1호는 1922년 1월에 창간된다. 마지막 호가 되어버린 3호는 1923년 9월에 나온다. 현진건은 1년 8개월 여를 『백조』의 동인으로 활약했다. 그리 길다고는 할 수 없는 시간을 그는 『백조』의 한 동인으로 존재하고 있었다. 현진건은 이 1년 8개월 동안 여타의 『백조』 동인들과 함께 절대 낭만을 동경하는 열혈 문인으로 활약했다. 그러나 1920년대 초반의 식민지 조선 문단을 장악한 『백조』는 안으로부터 균열되고 있었다. 김기진, 박영희 등이 사회주의 문학을 주창했다. 현진건은 이들과 같은 길을 걸어가지는 않았지만 백조의 울타리에 안주하려고 하지 않았다. 현진건도 변모하고 있었다.

『백조』의 동인으로 합류하기 이전의 현진건은 『조선일보』 기자였다. 그런데 『백조』가 실제로 발간되자 현진건은 『조선일보』를 그만두고 최남선이 만든 동명사에 입사한다. 1922년 9월 동명사에 입사한 현진건은 최남선 밑에서 일하다가 동명사의 『동명』이 『시대일보』로 바뀌자 이번에는 『시대일보』로 자리를 옮긴다. 이렇게 그는 『백조』가 발간되기 이전에는 『조선일보』의 기자로, 『백조』가 발간된 후에는 『동명』과 『시대일보』의 기자로 활약했다. 이렇게 『백조』의 동인이 되어 절대 낭만을 동경한 현진건의 내면에는 『동명』의 역사, 『시대일보』의 현실이 혼재하고 있었다. 그러니까 현건건의 변모는 외적으로는 좀 더 조선의 현실을 천착하려고 한 김기진, 박영희 등의 변모에 영향을 받아 이루어지고 있으며 내적으로는 현실의 보고자가 되어야 하는 신문 기자를 수행하면서 이루어지고 있다.

이 혼재를 승화하며 문학 작품을 만들어가야 하는 게 현진건의 과제가 되었다. 그렇다면 그의 문학을 어떻게 만들어가게 될까? 현진건의 과제는 이렇게 그의 눈앞에 다가오고 있었다. 카프를 반대한다는 말로만 그의 문학을 설명할 수는 없었다. 그 이상의 설명과 실천이 나와야 했다. 즉 「할머니의 죽음」보다 더 넓어지고 깊어진 수준에서 식민지의 현실을 묘파하는 작품이 나와야 했다. 『백조』의 낭만과 결별한 현진건은 서서히 식민지 민중의 고단한 현실에 접근하게 된다. 그는 식민지 민중들에게서 조선의 얼굴을 본다. 예술가적 자의식과 엘리트적 자의식이 강한 현진건, 소설을 사적 체험의 반영 정도로 여긴 현진건은 변모하고 있었다. 그는 식민지 조선이라는 객관 현실의 구체성을 살피는 작가로 변모하고 있었다. 그 변모는 로맨티스트에서 리얼리스트로의 변모였다. 『백조』 이후의 현진건은 치열하게 고민하고 있다.

「할머니의 죽음」 그 이후

흔히 현진건을 기교파 작가로 부르는 관행이 있다. 그 관행이 아주 틀린 것은 아니다. 그러나 이 관행에 의지해 현진건 문학을 이해하는 것은 적절하지 않다. 일단 이 관행은 현진건을 문학적 기교를 최우선적으로 중시하는 작가처럼 보이게 한다는 점에서 옳지 않다. 현진건이 문학적 기교가 뛰어난 작가인 것은 사실이지만 그의 문학은 문학적 기교 그 이상의 자질을 성취하고 있다.

「이러쿵 저러쿵」, 「조선혼과 현대정신의 파악」과 같은 글이나 『조선문단』 합평회에서 확인할 수 있듯 현진건은 작품의 내용적 가치와 조선주의를 중시한 작가였다. 이뿐만이 아니다. 현진건은 식민지 민중의 고단한 처지를 주목하는 작품들을 여러 편 발표하기도 한다. 그런데도 현진건을 기교파 작가로 인식하는 관행은 여전하다. 그러면 현진건을 기교파 작가로 부르게 관행이 시작하게 된 유래를 보기로 하자.

현진건군. 그는 어데로 보든지 재조 있는 사람이다. 그의 작품을 보든지 그의 살림살이를 보든지 그의 성격을 보든지 나중에는 그의 얼굴까지라도

재기만만. 사람으로 하야금 귀인성스럽고 재조 있는 사람이로다 하는 말을
아니 할 수 없게 한다.

그의 작풍은 어디까지든지 안상(安詳)하다. 그리고 또 유려하고 농염하
다. 한 번 어떤 물건을 붙들어 그리게 되면 속속드리까지 들추어내어 가장
핍진하게 리아리스트의 본분을 발휘한다.

월탄 박종화가 1924년 2월 『개벽』 44호에 기고한 「문인인상호기(文人
印象互記)」의 한 대목이다. 다분히 과찬의 흔적이 나타난 글이다. 이 글에
서 현진건은 "리아리스트의 본분을 발휘"하는 작가로 박종화의 칭찬을
받고 있다. 박종화의 글에서 우리는 한 가지 사실을 알 수 있다. 1920년
대 문인들 사이에서 현진건이 "한 번 어떤 물건을 붙들어 그리게 되면
속속드리까지 들추어"내는 묘사력이 출중한 작가로 인정받았다는 것을
말이다.

박종화처럼 일관되게 현진건을 호평한 문인도 드물다. 그는 「문인인상
상호기」에서 현진건을 "가장 핍진하게 리아리스트의 본분을 발휘하는"
작가로 평가하기 이전에 『백조』 2호에서 현진건의 소설을 "오묘의 기교"
가 흐르는 작품으로 평하기도 했다. 이 또한 과찬이다. 그렇지만 여기서
도 박종화가 현진건 문학을 어떻게 인식하고 있는가를 충분히 추론할 수
있다.

그런데 박종화만 그런 생각을 지닌 게 아니었다. 조선 최고의 일급 문
인이라고 자처한 김동인도 현진건을 인정했다. 김동인은 현진건 문학을
설명하는 어느 짧은 글[63]에서 현진건을 "비상한 기교의 천재", "몹시도
아름다운 경지를 보는 느낌"을 주는 작가로 평했다. 김동인까지 이렇게
말할 정도이니 현진건 문학에 기교적인 속성이 보이는 것은 사실이랄 수

---

63) 김동인, 「한국근대소설고」, 『김동인문학전집』 제12권(대중서관, 1983), p.469.

있겠다. 황석우, 이익상, 안석영 등도 현진건을 기교파의 대표 작가로 부르는데 주저하지 않았다.

후대의 문학 연구자들도 현진건을 기교파로 부르는 데 그렇게 의문을 제기하지 않았다. 백철은 현진건을 "단편과 중편을 거의 실수 없이 만들어 놓은 공인"이며 "일언하여 기교파에 속하는 작가"로 규정했다.[64] 백철만 그런 게 아니었다. 조연현도 현진건을 대단히 세련된 기교주의 작가로 평가했다.[65]

이런 까닭 때문일까? 오늘날의 대표적인 문학사에서 발견되는 관행적 표현 중의 하나가 현진건은 기교파 작가라는 것이다. 현진건 문학을 긍정적으로 평하던 평하지 않던 하나같이 그의 문학이 기교가 뛰어난 문학이라고 당대 문인들은 증언하고 있으며 후대의 문학사가들도 그렇게 설명하고 있다.

사실 이런 평가가 아주 무리한 것은 아니다. 그를 대놓고 기교파 작가의 전형으로 볼 필요는 없겠으나 그의 작품이 기교가 돋보이는 것은 사실이다. 문학적 기교에 관한 한 현진건은 뒤로 처질 작가가 아니라고 말해도 좋을 정도로 그의 작품은 공들인 흔적이 돋보인다. 한 예로 소설의 구조를 긴밀하게 엮어가는 데에도 현진건은 남다른 안목이 있었다. 이에 관한 좋은 예가 「운수 좋은 날」이다.

> 새침하게 흐린 품이 눈이 올 듯 하더니 눈은 아니 오고 얼다가 만 비가
> 추적추적 나리는 날이었다.(「운수 좋은 날」, 『전집』1, 121)

「운수 좋은 날」의 서두를 장식하는 문장이다. 이 문장은 이 소설의 전

---

64) 백철, 『백철문학전집』4(신구문화사, 1968), pp.261~269.
65) 반면에 프로문학 비평가들은 현진건을 민족주의계의 소시민적 자유주의자, 당파주의자라고 비판했다.

체적 분위기를 예리하게 함축하고 있다. 이 문장에서 독자들은 눈과 비가 뒤섞인 추위에 노출된 주인공의 외로운 심리, 주인공을 감싸고 있는 더 할 나위 없는 쓸쓸한 분위기를 파악할 수 있다. 또한 이 문장은 「운수 좋은 날」이 결국에는 파국적인 결말에 도달할 것임을 충분히 암시해주고 있다. 요컨대 「운수 좋은 날」의 파국은 이 서두의 문장에 이미 마련되어 있다.

「운수 좋은 날」의 서사구조는 흔히 알려진 대로 상황의 아이러니로 그 특징이 요약될 수 있다. 이 상황의 아이러니를 이끌어가는 현진건의 서술 능력은 단연 돋보인다. 문장 하나하나가 예외 없이 깔끔할 뿐만 아니라 예사롭지 않은 상징성을 하나같이 지니고 있다. 또한 상황의 아이러니로 조감되는 식민지 민중 김첨지와 그 가족의 파탄이 환기시키는 비극적 울림은 크다. 이번에는 「B사감과 러브레터」의 한 대목이다.

> 여러 겹 주름이 잡힌 훌렁 벗겨진 이마라든지 숱이 적어서 법대로 쪽 찌거나 틀어 올리지를 못하고 엉성하게 그냥 빗겨 넘긴 머리, 꼬리가 뒤통수에 염소 똥만하게 붙은 것이라든지, 벌써 늙어 가는 자취를 감출 길이 없었다. 뾰족한 입을 앙다물고 돋보기 너머로 쌀쌀한 눈이 노릴 때엔 기숙생들 오싹하고 몸서리를 치리만큼 그는 엄격하고 매서웠다.(「B사감과 러브레터」, 『전집』1, 153)

B사감의 외양을 묘사하는 대목이다. 그런데 이 대목은 단지 외양만을 재현하지 않고 있다. 이 대목은 B사감의 강파른 성격까지 드러내주고 있다. 주름 잡힌 이마, 엉성한 머리모양새, 뾰족한 입, 쌀쌀한 눈 등은 B사감의 외양만을 묘사하는 언어적 표현이 아니다. 이 언어적 표현이 환기시키는 것은 철두철미 B사감의 성격이다. 이렇게 현진건의 언어 운용 능력은 단연 돋보였다. 그는 소설언어의 비유적 속성을 정확히 알고 이해

하면서 소설을 쓴 작가였다.

「B사감과 러브레터」는 「운수 좋은 날」처럼 반어적 구조에 의지해 독자들에게 예기치 않은 결말을 보여주는 소설이다. 고상하기 이를 데 없는 B사감의 정체가 결말에서 반전되는 구조를 「B사감과 러브레터」는 취하고 있다. 결말에서 독자들은 인간적 외로움에 노출된 한 여인을 목격하게 된다. 여성이면서도 남성을 연기하며 사랑을 갈구한 B사감의 진실을 드러내는 작가의 서술 능력은 독자들의 흥미를 한결 배가시킨다.

여기서 좀 더 주목해야 하는 게 있다. 현진건을 기교파 문인으로 부를 경우 그 기교는 작품의 형식적 층위와만 연결되는 게 아니라는 것이다. 그의 기교는 작품의 내용적 가치를 좀 더 문학적으로 세련된 효과를 낳는다는 것을 주목해야 한다. 요컨대 현진건을 기교파 문인으로 부를 경우에도 그 기교는 형해화된 형식주의적 의미로 이해되어서는 안 된다는 말이다. 현진건의 기교는 어디까지나 그가 중시하는 내용적 가치를 좀 더 심화시키는 결과를 낳는다.

그런데 현진건을 기교파 작가로 간주한 작가들이 대개 반카프계열의 인사들이라는 걸 유념하기로 하자. 그 누구보다도 현진건의 작품을 기교의 문학으로 파악한 박종화와 김동인은 카프와는 확실하게 거리를 둔 작가들이었다. 그렇다면 카프계열의 작가들은 현진건의 문학을 어떻게 이해했을까?

카프계열의 작가들은 전혀 다른 관점으로 현진건 문학을 비판했다. 박종화와 김동인 등은 현진건 문학이 기교적인 문학, 그래서 좋은 문학이라고 평했지만 카프계열의 작가들은 현진건 문학이 계급성이 결여된 소부르주아의 문학에 불과하다고 비판했다. 특히 현진건 문학을 강하게 비판한 카프 계열의 이론가가 있었으니 바로 팔봉 김기진이다.

팔봉 김기진은 한때 현진건과 함께 『백조』 동인으로 활약한 이론가이다. 그는 잘 알려진 대로 『백조』 3호를 마지막으로 계급주의 문학의 길을 걷는다. 그 길의 한 편에서 팔봉은 한때 『백조』의 동인이었던 현진건 문학을 강하게 비판하고 있다. 그 비판의 근거는 기교의 문제가 아니었다. 경향성의 결여가 문제가 되었다.

팔봉 김기진은 그의 평론 「조선문학의 현재의 수준」(『신동아』, 1934. 1)에서 현진건 문학을 민족주의 문학으로 규정했다. 김기진은 이 평론에서 조선문학을 민족주의 문학과 계급주의 문학으로 구분했다. 이 두 문학 중에서 김기진의 비판을 호되게 받는 건 민족주의 문학이다. 여기서 김기진이 말하는 민족주의 문학은 소시민적 세계관이 주축을 이룬 부르주아지 문학을 의미한다. 민족주의 문학을 국수주의 문학, 봉건적 인도주의 문학, 소시민적 자유주의 문학, 교회문학, 계급협조주의 문학 등으로 다시 구분한 김기진은 현진건 문학이 소시민적 자유주의 문학에 속한다고 비판한다.

그렇지만 팔봉이 이 평론에서 현진건의 작품을 구체적으로 해석하면서 그의 주장을 열어가지는 않고 있다. 대단히 개괄적인 성격의 평론이어서 팔봉이 어떤 근거로 현진건 문학을 소시민적 자유주의 문학의 영역에 넣고 있는지는 확연하게 알 수 없다. 그렇지만 한 가지 사실은 명확하다. 카프계열 문인의 시각에서 보자면 현진건 문학은 경향성이 결여된 문학, 그만큼 자유주의적 색채가 농후한 문학이라는 사실이다. 그러나 알고 보면 이들의 비판은 박종화의 현진건 옹호처럼 자의적이다. 이들의 비판이 구체적인 근거를 확보한 비판은 아니라는 말이다.

이렇게 현진건은 당대 문인들 사이에서 한편으로는 기교파 문인으로 또 다른 한편으로는 소시민적 자유주의 문인으로 설명되고 있다. 그러나 두 설명은 하나같이 현진건 문학의 일면만을 고찰하는 오류로부터 자유롭지 않다. 달리 말하자면, 현진건 문학의 전체적 실상을 역동적으로 고찰하는 파악이 아니라는 말이다.

『백조』 3호에 「할머니의 죽음」을 발표한 이래 현진건은 그의 작가적 시선을 가정 바깥으로 확장시킨다. 현진건은 「빈처」, 「술 권하는 사회」, 「타락자」의 세계 곧 자기의 사적 영역에 머물던 작가적 시선을 더 넓은 세계로 넓혀간다. 요컨대 「할머니의 죽음」을 계기로 가정이라는 사적 영역에 머물던 현진건의 작가적 시선이 서서히 타자의 세계로 혹은 조선의 사회로 나아간다고 할 수 있다. 달리 말하자면, 「할머니의 죽음」을 계기로 현진건의 소설은 일인칭 서술자 '나'의 심경을 고백하는 단계에서 3인칭의 존재들을 그리는 단계로 변모한다고 할 수 있다.

「할머니의 죽음」은 현진건의 작가적 시선이 점차적으로 확대되는 계기와 징후를 보여준다. 여전히 이 소설이 가정이라는 사적 영역을 조망하지만 그 조망은 일인칭 서술자 '나'의 심경 고백에 있는 게 아니라 소외된 존재인 할머니와 이 할머니의 죽음을 은연중에 기다리는 이기적인 가족들에게 향해 있다.

그렇다면 「할머니의 죽음」 이후 현진건 문학은 어떻게 변모하고 있을까? 그의 작가적 시선은 작가의 경험적 자아인 '나'와 사적 영역인 가정을 떠나 식민지 민중과 주변부적 존재들에게 향해가고 있으니 그 소설이 바로 「운수 좋은 날」(『개벽』 48호, 1924. 6), 「불」(『개벽』 55호, 1925. 1), 「B사감과 러브레터」(『조선문단』 5호, 1925. 2), 「그의 얼굴」(『조선일보』, 1926. 1. 4), 「신문지와 철창」(『문예공론』 3호, 1929. 7), 「정조와 약가」(『신소설』 1호, 1929. 12) 등이다. 「빈처」, 「술 권하는 사회」, 「타락자」 등에서 볼 수 있었던 자전적 성격을 아주 탈피하고 있는 이 소설들은 3인칭 객관적 시점이나 1인칭 관찰자의 시점으로 식민지 민중의 고단한 삶이나 주변부적 존재들의 고통과 소외를 서술하고 있다.

여기서 다시 주목해야 하는 것은 현진건의 직업이다. 그는 신문 기자였다. 신문 기자라는 직업은 3인칭적 대상들을 취재하는 직업이다. 1인칭의 심경을 고백하는 직업이 아니었다. 이처럼 현진건이 3인칭 객관적 시점이나 1인칭 관찰자 시점으로 식민지 민중들을 그리게 된 데에는 신문 기자라는 그의 직업이 중요한 이유를 차지한다. 기자라는 직업이 사회 관찰의 직업이라는 점, 그 누구보다 기자들이 사회 관찰에 능하다는 점을 고려하자면 3인칭의 대상들을 그리는 현진건의 소설이 괜히 나온 게 아니라는 걸 알 수 있다. 현진건의 이런 소설들은 단지 기교의 문제가 아니라 식민지 조선의 밑바닥과 주변부적 존재들을 주목하는 그의 직업이 만들어낸 사례라고 할 수 있다. 더 자세하게 보기로 하자.

「운수 좋은 날」의 관찰 대상은 김첨지와 그의 가족들로 이들은 가난하기 이를 데 없는 식민지 민중의 전형이다. 더 자세히 말하자면, 이 소설의 주인공격인 김첨지는 인력거꾼으로 도시빈민이다. 그리고 그의 가족들 또한 도시빈민들로 하루하루의 생존이 고역인 인물들이다. 이렇게 「운수 좋은 날」의 관찰 대상들은 모두 경제적으로, 사회적으로 소외된 인물들이다.

「불」은 어떤가? 「불」에서는 어린 나이에 시집을 와서 밤에는 남편의 성노예로 낮에는 고된 시집살이로 이중의 고통에 시달리는 순이가 관찰 대상이다. 순이는 주야로 착취를 당하는 인물로 성욕에 굶주린 남편과 며느리를 밉게 보는 시어머니 사이에서 고통스러워한다. 그리고 「그의 얼굴」을 개작한 「고향」에서는 한국, 중국, 일본을 떠돌아다니는 식민지 민중이 관찰 대상이다. 한국, 중국, 일본의 노동 현장을 떠돌아다니는 이 유랑 노동자의 약혼녀는 유곽으로 팔려가기도 한다. 요컨대 현진건은 『백조』 3호의 「할머니의 죽음」을 발표한 이후 경제적으로 사회적으로 소외된 처지의 할머니와 소녀, 식민지 민중들의 존재를 포착하는 창작 태도를 보여주고 있다.

관찰 대상만을 놓고 보자면, 그는 기교파 작가가 될 수 없다. 오히려 사회파 작가라는 말이 더 어울릴 정도다. 다시 한 번 강조하지만, 현진건은 문학적 기교의 완성을 자기 문학의 궁극적 과제로 설정한 작가가 아니었다. 이미 확인했지만 현진건은 문학의 형식적 가치보다 내용적 가치가 중요하다고 말한 작가다. 이런 점에서 현진건이 기교파 작가라는 말은 현진건 문학의 역동적 성격을 이해하는 데 다소 걸림돌이 될 수도 있다.

현진건의 기교는 그 자체가 문학적 목적이 아니라 그의 문학을 독자들에게 좀 더 극적으로 전달하는데 필요한 장치와 같다. 비유하자면, 문학적 기교는 현진건 문학의 본질이 아니다. 그에게 기교는 그가 중시하는 내용적 가치를 좀 더 감동적으로 구조화하는 미학적 장치인 것이다. 바로 이런 맥락에서 현진건의 문학적 기교는 이해될 필요가 있다. 그를 기교파로 부를 때에도 우리가 잊지 말아야 할 것은 그는 사회파라는 사실이다. 이를 간과하고 현진건을 기교파로 불러서는 안 될 것이다.

그런데 현진건을 사회파 작가로 볼 경우에도 예의주시해야 할 게 있다. 관찰 대상과 작가와의 거리 문제다. 더 자세히 보기로 하자. 현진건은 1926년 3월 20일 두 번째 작품집 『조선의 얼굴』을 출간한다. 이 작품집의 제목은 그 상징성이 강하다. 작가로서 자기의 의무가 조선의 얼굴을 그리는 데 있다는 것을 가리키는 제목이다. 현진건의 작가적 지향을 확연하게 드러내는 제목이다. 그렇다. 소설가로서 현진건은 조선의 얼굴을 그리려 한 작가였다. 기교가 문제가 아니었다. 그는 할머니, 인력거꾼 김첨지, 순이, B사감, 유랑 노동자 등의 고단한 처지를 묘사하면서 조선의 얼굴을 그리려고 하고 있었다.

이런 점에서 현진건은 기교주의 작가가 아니라 식민지 민중의 가난과 모순, 주변부적 존재들의 비참한 삶을 극적으로 재현하려고 한 리얼리스트였다고 할 수 있다. 그런데 여기서부터 문제가 된다. 본래 현진건은 예술가적 자의식, 엘리트적 자의식이 강한 작가였다. 그가 처음부터 조선의 얼굴을 그리려 한 리얼리스트는 아니라는 말이다. 그는 「할머니의 죽음」 이후부터 서서히 리얼리스트의 면모를 드러낸다. 여기서 주목해야 하는 문제가 있으니 바로 거리의 문제다. 작가와 관찰 대상인 민중 사이의 거리의 문제 말이다.

관료 가문의 후예인 현진건과 관찰 대상으로서의 민중 사이에는 어떤 거리가 전제될 수 있다. 특히 심리적 거리가 전제될 수 있다. 이에 대한 적절한 예가 「운수 좋은 날」이다.

「운수 좋은 날」에는 사회 밑바닥에서 일어나는 세상사를 차분하게 관찰하는 관찰자의 시선이 개입되어 있다. 이러한 시선으로 현진건은 인력거꾼 김첨지의 하루살이를 아이러니의 기법으로 그려내고 있다. 이 아이러니 기법으로 포착된 김첨지의 하루살이는 여러 손님들로부터 예상치 않은 돈을 벌어들이는 행복한 상황으로 시작되어 아내의 죽음을 목격하는 불행한 결말로 마무리된다. 더 자세히 설명하면 이렇다. "오래간만에 닥친 운수 좋은 날" 김첨지는 생각지도 않은 돈을 번다. 급기야는 귀가하던 길에 동네 선술집에 들러 친구와 오랜만에 기분 내키게 술을 마신 김첨지는 아내가 먹고 싶다던 설렁탕을 사기까지 한다. 그러나 집에 와보니 아내는 이미 차갑게 죽어 있었다. 이 날은 김첨지에게 '운수 좋은 날'이 아니라 '운수 없는 날'이 되고 말았다.

「운수 좋은 날」은 단편이 지녀야 할 품격을 골고루 구비한 그야말로 부족함이 없는 작품이다. 나무랄 데가 없는 작품이다. 문체, 작중인물의 성격, 극적인 반전 구조 등 이 소설은 제대로 된 단편소설의 전형이 될 만하다.

그렇지만 이 소설은 한국근대소설의 수준을 격상시킨 걸출한 작품이기는 하지만 그와 동시에 현진건의 한계를 그대로 반영한 작품이기도 하다. 어떤 한계인가? 우선 작가와 관찰 대상과의 거리가 문제로 지목될수 있다. 현진건은 이 작품에서 어디까지나 관찰자의 시선으로 김첨지의하루를 독자들에게 보고하고 있다. 개입하는 시선이 아니라 바라보는 시선으로 그는 하층 민중의 삶을 관찰하고 있다. 그는 그의 관찰 대상과거리를 두고 있다. 스물 네 살의 신문 기자이자 작가인 현진건과 김첨지로 대변되는 하층 민중 사이에는 거리가 있다. 이 거리를 엘리트 지식인과 하층 민중의 거리라고도 부를 수 있다.

여기서 작가는 그 정체를 뒤로 감추고 거리를 유지한 채 김첨지를 주시하고 있다. 작가는 오로지 관찰 대상으로서의 김첨지와 그의 아내를바라보고 있지 이 주시를 넘어서서 김첨지의 삶에 개입하지는 않고 있다. 현진건은 이 관찰 대상들과 냉정한 거리를 유지하고 있다.

또 하나의 문제. 김첨지의 가난을 바라보는 현진건의 인식 수준이다.그는 김첨지의 가난을 사회적 가난으로 인식하지는 않고 있다. 그는 이가난을 김첨지와 그 가족들의 가난으로 보고 있다. 즉 김첨지의 가난을개인의 가난으로 인식하고 있다는 말이다. 현진건은 김첨지의 가난을 조선의 다수 민중들을 가난과 빈곤으로 내모는 식민지의 구조적 상황과 연관시켜 사유하지 않고 있다. 아니 사유하지 않는 게 아니라 사유하지 못하고 있다. 김첨지의 가난은 어디까지나 김첨지의 가난이었다. 현진건은이 소설에서 김첨지의 가난을 식민지 민중들의 가난으로까지 그리지는않고 있다. 바로 이 대목이 이 소설의 한계다.

이렇게 현진건의 작가적 시선은 관찰 대상을 사회적 구조 아래에서 면밀하게 고려하지 않는다. 달리 말하자면 현진건의 작가적 시선은 대상의깊이까지 도달하지 않는 한정된 시선이었다. 이 시선을 엄밀히 말해 리얼리스트의 시선으로 볼 수는 없다. 「운수 좋은 날」을 읽은 독자들은 하나같이 말한다. 「운수 좋은 날」은 아이러니 기법이 탁월한 소설이라고.

그렇지만 바로 이 자체가 이 소설 그리고 현진건의 한계가 되고 있다. 좀 더 비판적으로 이 소설을 읽자면, 식민지 민중의 가난과 고단한 삶을 아이러니의 기법으로 그려내는 그 자체가 이 소설과 현진건의 명백한 한계일 수 있다. 식민지 민중의 가난은 아이러니의 기법으로 형상화되기에는 너무도 적빈하고 고통스럽고 사회 구조적인 가난이었던 까닭이다.

　이미 말했지만, 현진건은 예술가적 자의식과 엘리트적 자의식이 본래부터 강한 작가였다. 그런 까닭에 사회 밑바닥 존재들인 민중들과 처음부터 동고동락할 수는 없었다. 현진건은 거리를 두고 이들을 관찰할 수밖에 없었다. 그 예가 바로 「운수 좋은 날」이라는 것. 우리는 이 점을 알아야 한다.

　「운수 좋은 날」에 이어 발표된 소설 「불」도 그렇다. 「불」에서도 작가와 관찰 대상 간에는 거리가 존재한다. 이 소설은 열다섯 살 순이의 고된 행적과 비극적인 파탄을 서술한다. 순이는 "온종일 물이기, 절구질하기, 물방아찧기, 논에 나간 일군들에게 밥나르기" 등으로 정신을 차릴 수 없다. 밤에는 "복날 개와 같이 헐떡거리는" 남편의 성행위로 순이는 "허리와 엉치가 뻐개내는 듯, 쪼개내는 듯, 갈기갈기 찢는 것같이, 산산히 바수는 것같이 욱신거리고 쓰라리고 쑤시고 아파서 견딜 수 없었다." 시어머니의 패악도 어린 순이를 괴롭힌다. 순이를 밉게 보는 시어머니는 "고밀개 자루로 머리, 등, 다리 할 것 없이 함부로" 순이를 구타하기도 한다. 어린 순이의 하루는 이렇게 고된 노동으로, 남편의 성행위로, 시어머니의 구타로 여간 고통스러운 게 아니다. 이 고통을 견디다 못한 순이는 부엌에서 집을 불태워버린다.

　그런데 이 소설은 고통 속의 순이를 객관적인 서술 대상으로 서술할 뿐 순이의 고통을 더 깊은 차원에서 다루지는 않는다. 작가의 시선은 순이의 고통을 객관적으로 재현하는 데 있지 순이의 내면에 있는 게 아니다. 「불」

에 이어 발표된 소설로 「B사감과 러브레터」(『조선문단』 5호, 1925. 2), 「사립 정신병원장」(『개벽』 65호, 1926. 1) 등이 있다. 주목해야 하는 것은 이 소설들도 「운수 좋은 날」, 「불」처럼 관찰 대상과 거리를 둔 소설이라는 점이다. 그런데 놀라운 변화가 일어난다. 현진건은 이 거리를 좁혀갈 뿐만 아니라 스스로 고난 받는 민중과 동일한 입장에서 소설을 서술하기도 한다. 민중과의 거리를 극도로 좁힌 소설이 「그의 얼굴」을 개작한 「고향」이며 민중과 동일한 입장에서 서술한 소설이 「신문지와 철장」이다.

먼저 「고향」을 보기로 하자. 「운수 좋은 날」이 일관되게 3인칭 시점으로 서술된 소설이라면 「고향」은 1인칭 관찰자 시점으로 서술된 소설이다. 그러니까 「고향」은 작가 현진건을 연상시키는 1인칭 '나'가 식민지 조선과 중국, 일본을 유리걸식하며 유랑한 조선 청년에 관한 관찰 기록이 된다고 하겠다.

> 대구에서 서울로 올라가는 차중에서 생긴 일이다. 나는 나와 마주 앉은 그를 매우 흥미있게 바라보고 또 바라보았다. 두루막 격으로 '기모노'를 둘렀고 그 안에서 옥양목 저고리가 내어 보이며, 아랫도리엔 중국식 바지를 입었다. 그것은 그네들이 흔히 입는 유지 모양으로 번질번질한 암갈색 피륙으로 지은 것이었다. 그리고 발은 감발을 하였는데 짚신을 신었고, '고부가리'로 깎은 머리엔 모자도 쓰지 않았다. 우연히 이따금 기묘한 모임을 꾸미는 것이다. 우리가 자리를 잡은 찻간에는 공교롭게 세 나라 사람이 다 모이었으니 내 옆에는 중국 사람이 기대었다. 그의 옆에는 일본 사람이 앉아 있었다. 그는 동양 삼국 옷을 한 몸에 감은 보람이 있어 일본말도 곧잘 철철 대이거니와 중국말에도 그리 서툴지 않은 모양이었다.(「고향」, 『전집』1, 179)

공교롭게도 대구에서 서울로 상경하는 기차 안에서 '나'는 우연히 "동양 삼국 옷을 한 몸에 감은" 정체불명의 청년과 동승한다. 이 괴청년을 바라보는 '나'의 시선은 어디까지나 흥미며 동시에 냉소다. "그 주적대는 꼴이 어줍지 않고 밉살스러"워 "나는 쌀쌀하게 그의 시선을 피해" 버리기까지 했다. 요컨대 이 소설은 처음부터 지식인을 연상시키는 '나'와 가난한 민중인 정체불명의 청년 사이에 괴리를 전제하고 진행된다. 이 소설의 서술자 '나' 스스로 밝히고 있듯, '나'는 이 청년이 궁금하게 여기는 "일자리에 대하여 아무 지식이 없는 지식인이었다. 그렇다면 '나'와 이 청년 사이의 거리는 어떻게 좁혀지는가?

대구 인근이 고향인 이 경상도 청년은 서울에 일자리를 구하러 가던 중 '나'를 만나 자기 처지를 하소연하고 있다. 청년은 '나'가 따라주는 술을 마시며 고향이 폐농이 되어버린 이야기, 영양실조로 부모가 죽게 된 사연, 자기와 혼인을 약속한 고향 처녀가 열일곱 살 된 겨울에 대구 유곽에 팔려간 이야기를 들려준다. 이 이야기를 듣는 '나'는 그 청년에게서 음산한 조선의 얼굴을 발견한다.

이처럼 청년이 '나'에게 들려주는 이야기는 1920년대 중반 식민지 민중의 처참하고 고단한 삶을 압축한 시대적 증언의 성격이 강하다. '나'는 이 증언을 청취하며 서서히 그 청년에 대한 심리적 거리를 좁힌다. '나'는 식민지 민중의 고난을 들려주는 그 청년에게 진한 연민을 느끼고 있다. 이 연민은 달리 말하자면, 식민지 치하에서 내일의 희망을 상실한 민중들에 대한 사랑을 의미한다. 이 소설의 시작장면에서 나타나는 이 괴청년에 대한 '나'의 냉소는 결국 연민의 태도로 변모하고 있다.

그러나 여전히 현진건이 그 청년과 동질화된 관계를 이루게 되었다고 말하기는 어렵다. '나'는 그 청년에 대해 동정적이기는 하지만 그 청년처럼 동양 삼국을 유리걸식하거나 고향이 폐농이 되자 일자리를 구하러 상경하는 처지가 아니었다. 더군다나 '나는' 청년이 원하는 일자리에 관한 정보를 전혀 모르는 엘리트였다.

"시방 가면 무슨 일자리를 구하겠는기오?"

라고 그는 매어 달리는 듯이 또 재쳤다.

"글쎄요? 무슨 일자리를 구할 수 있을는지요."

나는 내 대답이 너무 냉랭하고 불친절한 것이 죄송스러웠다. 그러나 일자리에 대하여 아무 지식이 없는 나로서는 이외에 더 좋은 대답을 해줄 수가 없었던 것이다.(「고향」, 『전집』1, 181)

이처럼 현진건은 "일자리에 대하여 아무 지식이" 없을 뿐만 아니라 "이외에 더 좋은 대답을 해줄 수가" 없는 인물, 달리 말하자면 민중 체험이 결여된 지식인이다. 현진건이 아무리 삼국을 유랑한 괴청년에게 동정적이라 하더라도 그는 어디까지나 식민지 조선의 엘리트였다. 현진건은 복귀할 직장과 가정이 있지만 청년은 그럴 여건이 아니었다. 괴청년은 하릴없이 유랑해야 하는 빈민이었지만 현진건은 그렇지가 않았다. 이렇게 「고향」도 원천적인 한계를 지닌 소설이었다.

이러한 현진건이 억압받는 민중의 시각으로 한 편의 소설을 만들어내었으니 그 소설이 바로 「신문지와 철창」이다. 「신문지와 철창」은 「고향」보다 더 깊은 차원에서 식민지 민중의 고통을 서술하는 작품이다. 우선 「신문지와 철창」의 서술자가 어떤 처지에 놓여있는가를 볼 필요가 있다.

이 소설의 서술자는 "어줍잖은 일로 삼남 지방 T경찰서 유치장에서 며칠을 보낸" 수인인 '나'다. 이 소설의 서술자는 「고향」의 '나'와는 달리 구속된 신분으로 자유로운 처지가 아니다. 수인 처지의 서술자는 아래와 같이 묘사되고 있다.

식당과 변소와 침대를 한 자리에 모아놓은 냄새, 딱딱하고 불결한 널바닥, 쌀인지 모래인지 까닭모를 콩밥, 소금덩이를 오줌궁이에 적셔내온 듯한 까만 무우채 반찬, 타는 듯한 갈증, 마음과 몸을 조여매는 듯한 구속, 이제야 나가나 저제야 나가나 하는 조맛증, 쇠자물통이 덜컥 하고 열릴 때

마다 울렁거리는 가슴, 제가 아니고 남인 것을 알 때의 기막히는 실망! 이
모든 견디기 어려운 고통보다도 나에게는 이 한숨 소리가 가장 견디기 어
려웠다.(「신문지와 철장」, 『전집』1, 220)

이와 같이 억압받는 서술자의 모습을 「신문지와 철장」 이전의 소설들
에서는 발견하기가 어렵다. 「신문지와 철장」 이전의 서술자는 다소 자유
로운 처지에서 식민지 민중을 관찰하고 있다. 그러나 「신문지와 철장」의
서술자는 구속된 서술자로 그 어떤 소설의 서술자보다 민중 친화적인 태
도를 보여줄 수밖에 없다.

어느 날 "불쌍하고 거룩한 노인" 하나가 잡혀 들어온다. "백주대도에
곤봉을 휘두르며 사람을 상한 강도"로 알려진 노인이 일본 경찰에 잡혀
유치장에 감금된다. 공교롭게도 이 노인은 '나'가 갇힌 방으로 들어오게
되는데, '나'는 이 정황을 듣고 "백수를 휘날리며 곤봉을 휘두르고 거침
없이 뛰어들어 협박하는 무서운 장면"을 상상하기도 한다. "무서운 인물
을 꺼리는 공포증과 영웅의 목소리를 직접으로 들어보겠다는 숭배열"을
동시에 느끼던 '나'는 막상 노인을 보고 실망하고 만다.

우리는 그 범인을 한 번 보고 놀래었다.
도야지 꼬리만한 상투, 설마른 암치쪽처럼 누렇게 뜬 주름 많은 얼굴,
불에 타다가 만 듯한 경성자못한 흰 수염, 휘어들고 꼬부라든 좁은 어깨,
졸음이 오는 듯한 눈꼽 발린 광채 없는 눈, 갈기갈기 찢어진 하피쪽 밑에서
내다뵈는 콧물이 케케히 말라붙은 광목 적삼 앞자락, 앞에둘이엔 역시 때
묻은 광목 고의, 발은 벗었고 대님으로는 상점에서 물건 살 때에 쓰는 끄나
풀을 매었다. 왼손에는 노란 수건을 들었고 오른 손에는 생무껍질을 벗겨
만든 듯한 꼬부장한 지팡이를 쥐고 있다.(「신문지와 철장」, 『전집』1, 225)

"백주대도에서 곤봉을 휘두르며 사람을 상"하게 했다는 강도는 알고

보니 파리 한 마리 죽일 수 없는 무력한 노인네였다. '나'의 눈에 비친
노인은 절대 강도일 수 없었다. 노인의 외모는 비루한데다가 옷차림에는
적빈의 흔적이 역력하기 그지없었다. 노인은 '나'와 일행들에게 말한다.
자기에게 죄가 있다면 경찰서장 집 앞에 배달된 신문지를 훔친 일이 전
부라고. 노인은 경찰서장 집 앞에 떨어진 신문지를 주인 없는 신문지로
알고 이를 팔아 밥을 사려했는데, 마침 경찰서장 집에서 사람이 나와 노
인이 가져가려는 신문지를 빼앗으며 다툼이 일어나고 만 것이다. 노인은
"밥 싸갈 욕심에 눈이 어두워 지팡이로 그 계집을" 때리고 말았는데, 이
일로 노인은 "백주대도에 곤봉을 휘두른" 강도로 잡히고 만다. 손자를
위해 밥벌이를 하다가 공권력의 자의적인 판단에 따라 강도로 피체된 노
인의 존재는 식민지 하층 민중들이 얼마나 반인권적인 처지에 놓여 있는
가를 여실하게 증명한다. '나'와 유치장의 일행들은 이 노인을 연민의 태
도로 대하기 시작한다.

그러던 어느 날 예기치 않은 사건이 터지고 만다. 밥 심부름 하는 아이
와 노인 사이에 다툼이 일어난다. 노인은 밥을 안 받았다고 우기고 아이
는 노인이 한 끼에 두 번씩 받아먹는다고 난리였다. 이에 경찰이 노인의
몸을 뒤지자 노인의 고의춤에서 콩밥 뭉치가 나오고 만다. 이에 노인을
동정하던 수인들의 태도는 돌변한다. 수인들은 노인에 대한 동정과 호감
을 거두고 노인을 "유치장 안에서도 도적질을 하는" 범죄인으로 여기고
만다. 그러나 '나'는 노인에게 더 강한 연민을 느낀다.

> 나는 손바닥을 뒤지는 듯이 돌변한 그들의 태도에 분개하느니보담 차라
> 리 그 노인을 위해 슬펐다. 이때까지 동정을 아끼지 않던 마지막 동무까지
> 잃어버리고 쓸쓸한 사막에 외로이 제 길을 걸어가는 성자(聖者)를 보는 듯
> 한 슬픔이 나의 가슴에 복바치었다.(「신문지와 철창」, 『전집』1, 230)

노인과 사환 아이와의 다툼 이후에 유치장 일행들은 이 노인을 멀리하지만 '나'는 노인을 감싸 안는다. "그 잘난 밥! 우리 인식이나 줄걸!" 이렇게 외치는 노인을 보고 '나'는 "이때까지 동정을 아끼지 않던 마지막 동무까지 잃어버리고 쓸쓸한 사막에 외로이 제 길을 걸어가는 성자를 보는 듯한" 슬픔에 빠진다. 그리고 '나'는 깨닫는다. "가난한 이의 사랑은 종교"라는 것을.

이렇게 「신문지와 철장」은 「고향」처럼 민중 친화적인 성격을 띤 소설이다. 아니 「고향」보다 더 강하게 민중 친화적인 성격을 띤 소설이 「신문지와 철장」이다. 유치장 안의 모든 이들이 노인을 냉소적으로 대하지만 '나'는 그렇지 않다. '나'는 사람들 모르게 훔친 밥을 고의춤에 숨긴 노인을 오히려 더 강한 연민의 시선으로 바라볼 정도로 민중 친화적인 태도를 보여주고 있다. 확인할 수 있듯, 「신문지와 철장」의 서술자 '나'와 관찰 대상으로 설정된 식민지 민중 사이의 거리는 극도로 좁혀지고 있다. 바로 이 간극의 협소화를 주목해야 한다. 현진건이 기교파에 머무는 작가가 아니라는 점, 바로 이 점을 주목해야 한다는 말이다.

그런데 여기서 중요한 사실 하나를 확인할 수 있다. 현진건이 식민지 민중을 묘사하는 방식이다. 카프계열의 작가들이 식민지 민중을 사회주의 문학 논리에 부합되는 이념 지향적인 인물로 설정된다면 현진건은 그렇지 않다. 현진건이 묘사하는 식민지 민중은 어떤 선험적인 논리에 부합하는 인물이 아니다. 선험적인 이념성과 사회성에 구속되지 않는 날 것 그대로의 순수 민중을 현진건은 묘사하고 있다.

이는 「정조와 약가」에서도 확인된다. 현진건은 「정조와 약가」에서 「운수 좋은 날」, 「불」, 「고향」, 「신문지와 철장」과는 성격이 전혀 다른 인물을 독자들에게 보여준다. 「운수 좋은 날」, 「불」, 「고향」, 「신문지와 철장」이 식민지 치하에서 정당한 삶을 보장받을 수 없었던 식민지 민중들의 희생을 주목한 소설이라면 「정조와 약가」는 이와는 달리 좀 더 능동적인 태도로 자기의 당면한 문제를 해결하는 한 여성의 적극적인 행보를 서술하고 있다.

"최주부는 조그마한 D촌이 모시고 있기에는 오감할 만큼 유명한 의원이다." 최주부는 "이 촌에서 저 촌으로 그야말로 궁둥이 붙일 겨를도 없이 불려 다니고 심지어 서울 출입까지 항다반" 있었던 명의였다. 그러던 어느 날 최주부가 "일찌거니 논꼬에 물이나 마르지 않았나 하고 머슴들을 데리고 휘 한 바퀴 돌아오니깐 마당 가운데 개처럼 쭈그리고 앉은 여자의 모양을 발견"하게 된다.

이 젊은 여인은 죽어가는 남편의 병구완을 위해 최주부를 데리러 온 것. 이 여인의 아름다움에 반한 최주부가 싫은 척하고 길을 따라 나선다. 여인을 따라나선 최주부는 흑심을 품고 여인을 희롱하는데, 여인은 별 앙탈을 부리지 않는다. 이에 최주부는 이렇게 여인을 비꼰다.

> 최 주부가 도리어 겸연쩍었다.
> '조금 더 앙탈이라도 하였더면!'
> 하고 혼자 웃었다. 정조관념이란 약에 쓰려도 없고 아모한테나 몸을 맡기고도 눈곱만한 부끄러운 맘을 모르는 것이 불쾌하였다.
> '이런 것들은 할 수가 없어……'
> 하고 속으로 제법 개탄까지 하였다. 거기다 심심하면 쫓아가서 손도 쥐어 보고 뺨도 만져 보았건만 그 여자는 그의 하는 대로 맡기고 눈썹끝 하나 움직이지 않았다. 물결치는 대로 떠나가는 부평초 같이 걸리면 멈추고 놓으면 또 흘러갈 뿐이다. 하늘가에 흐르는 흰 구름 모양으로 모든 것이 무심하고 심상하다.(「정조와 약가」, 『전집』1, 293)

최주부는 자기 마음대로 이 여인을 희롱하면서도 이 여인이 정조관념이 없다고 개탄하고 있다. 한의원으로 치부를 한 최주부의 눈에 이 여인은 정조관념이 전혀 없는 무식한 여인네로 보이고 있다. 그런데 여인의 집에 도달한 최주부는 전혀 예상치 않은 일을 겪는다. 여인은 최주부에게 자기 집에 기거하면서 남편의 병을 치료해주기를 요구하면서 밤마다 최주부와 동침한다. 남편 또한 "마치 손님에게 밥이나 권하는 듯이 아내와 같이 자기를" 최주부에게 권한다. 자기 집으로 갈 수 없게 된 최주부는 하루라도 빨리 집으로 가기 위해 이 여인의 남편에게 "제 돈을 들여 닭마리도 사서 고아 먹이게 하고 나중에는 제 집 쌀까지 가져오래서 이 밥을 지어 먹이게" 했다. 이렇게 되니 "환자의 회복은 하루가 다르고 한 시가 달랐다. 열흘이 되매 기동도 맘대로 하게 되고 뼈만 남았던 몸에 살까지 부옇게 찌게 되었다."

여인의 집에서 놓이게 된 최주부는 "저런 것들은 정조도 모르고 질투도 모르는 모양"이라고 힐난하면서 자기 집으로 돌아간다. 최주부는 이 여인을 시종일관 정조관념이 없는 하찮은 부녀자로 비판하지만 작가는 그렇지 않다. 오히려 더 어리석은 인물은 여인이 아니라 최주부였다. 처음부터 여인을 겁탈할 목적으로 동행한 최주부가 한 여인의 정조관념을 거론한다는 자체가 허위적이다.

여인은 죽어가는 남편을 살려내기 위해 최주부와의 동침을 망설이지 않는다. 이 모습은 강요된 희생이라기보다는 이 여인의 자발적인 선택처럼 보이며 이 선택은 정조관념이라는 양반 위주의 윤리 범주를 뛰어넘는 하층 민중들의 구체적인 결단처럼 보이기도 한다. 최주부에게 여성 육체는 성적 욕망의 대상이지만 이 여인에게 자기 육체는 그런 대상이 아니었다. 열흘 가까이 최주부와 동침한 이 여인은 음란한 여인이 아니라 건강한 여인으로 보일 정도다. 그녀는 그의 육체를 겁탈당한 희생의 여인이 아니라 그의 육체를 남편의 병구완을 위해 능동적으로 제공한 자기헌신의 여인으로 보인다. 남루해 보이는 사람은 최주부이며 위대해 보이

는 사람은 이 여인이다. 적어도 이 소설에서 여인은 수난 받는 여인이
아니라 수난을 뛰어넘는 여인으로 보인다.

「정조와 약가」 이후에 발표된 소설 중에 「서투른 도적」이란 게 있다.
이 소설은 일전에 현진건이 발표한 「신문지와 철장」의 연장선상에 놓인
소설이다. 「신문지와 철장」에서는 할아버지가 손자를 밥 먹이기 위해 동
분서주하고 있다면 「서투른 도적」에서는 할머니가 굶주리는 손자를 위
해 도둑질을 마다하지 않고 있다. 「신문지와 철장」에서도 그렇지만 「서
투른 도적」에서도 현진건은 도둑질을 한 할머니를 비난하지는 않는다.

> 나는 그 할멈의 한 일을 서투른 도적의 노릇으로 웃어 버리기엔 너무
> 맘이 저리었다.
> 대욱의 말마따나 할멈은 과연 파출소를 겁내었을까? 아모도 몰래 안전
> 하게 제 품속에 든 동전 세 푼이 귀신 아닌 사람에게 발각되리라고 믿었
> 을까? 사랑하는 손자에게 옥춘당으로나 변할 그 귀중한 동전 세 푼을 확실
> 치 않은 겁결에 그리 쉽사리 내어 놓았을까?(「서투른 도적」, 『전집』1, 305)

할머니는 굶는 손자를 위해 주인 몰래 쌀을 훔치지만 발각되고 만다.
그 수법이 너무도 서툰 까닭이다. 집에서 부리는 아이인 대욱이는 할머
니가 "그런 짓을 하니까 없는 사람이 대접을 못 받는다고 펄펄 뛰며 할
멈을 맞대해 놓고 욕지거리를" 했지만 '나'는 이 할머니를 비난할 수 없
다. 이 할머니를 '나'는 깊은 연민으로 대하고 있다. 이 할머니에 대한
연민은 가난과 고통 속에 내버려진 식민지 민중을 향한 연민이다. 그는
민중의 리얼리스트로 변모하고 있었다.

「할머니의 죽음」은 1923년도의 작품이다. 「서투른 도적」은 1931년도
의 작품이다. 현진건은 『백조』 3호에 「할머니의 죽음」을 발표한 이래 해
마다 주목할 만한 작품들을 발표했다. 1924년도에는 「까막잡기」, 「그립

은 흘긴 눈」, 「운수 좋은 날」, 「발」 등을 발표했다. 1925년도에는 「불」, 「B사감과 러브레터」, 「그의 얼굴」 등을 발표했다. 그리고 1925년에는 단편집 『조선의 얼굴』을 간행했다. 「할머니의 죽음」 이래 현진건은 조선의 현실을 포착하는 작품을 활발하게 만들어 냈다. 그리 많은 나이라고 할 수 없는 20대 중반에 그는 『조선의 얼굴』이라는 문제적인 작품집을 간행까지 한다. 단편작가로서 최고의 상승기를 보인 시기가 1920년대 중반이라고 말해도 좋을 만큼 그는 이 시기에 다수의 문제작들을 남겨 놓고 있다.

그런데 더 주목해야 하는 것은 그의 문학적 변모에 있다. 초기 3부작으로 일컬어지는 「빈처」, 「술 권하는 사회」, 「타락자」와 「할머니의 죽음」 이후의 작품들 사이에는 적지 않은 변모가 자리 잡고 있다. '나'의 심경을 주로 고백하던 작가가 조선의 얼굴을 그리는 작가로 변모했으며 자아와 세계의 문제를 낭만적인 태도로 대하던 작가가 식민지 민중들의 비참하고 냉혹한 현실을 발견하는 작가로 변모하고 있었다. 그는 민중의 고난을 주목하는 리얼리스트로 변모하고 있었다.

그러나 이 변모에도 어느 정도 한계는 있었다. 그와 식민지 민중 사이에는 심리적 거리가 존재하고 있었다. 최서해처럼 정말로 가난하게 살아보지 않은 현진건이었기에 이는 어쩔 수 없는 일이었다. 그는 대한제국 관료의 아들로 식민지 민중들의 비참을 사실은 잘 모르고 있었다. 그의 출생과 성장 과정에는 경제적 궁핍의 그늘이 없었다. 결혼 후에도 그랬다. 그에게는 직장이 있었다.

「서투른 도적」에 묘사되지만 현진건에게는 직장이 있었고 집에서 부리는 아이를 두고 살고 있었다. 그렇기에 그의 작품에는 식민지 민중들과의 심리적 거리가 나올 수밖에 없었다. 그렇지만 다행스러운 것은 이 거리가 점점 좁혀진다는 점이며 그만큼 식민지 민중을 향한 작가의 연민은 깊어진다는 것이다. 이 연민이 아주 무의미하다고 말할 수는 없다. 그는 카프계열의 문인은 아니었지만 식민지 민중을 포용하는 연민으로 이들의 가난과 궁핍을 그 어떤 작가보다도 사실적으로 형상화한 공로를 지니고 있다. 조선의 얼굴을 총체적으로 그리는 리얼리스트의 탄생은 그렇게 쉬운 일이 아니었다.

현정건과 『적도』

한 인간의 정신은 어떻게 깊어지는 것일까? 아마도 여러 요인이 있을 것이다. 그렇지만 그 요인이 무엇이든 제일 먼저 고려되어야 할 것이 있다. 인간의 정신은 또 다른 인간과의 부단한 교섭 과정에서 깊어진다는 진리를 우리는 먼저 고려해야 한다. 인간의 정신은 진공 속에서 깊어질 수도 없으며 스스로 깊어질 수도 없다. 인간의 정신은 인간 속에서, 인간과 함께 깊어가기 마련이다.

그렇다면 현진건의 경우는 어떨까? 현진건의 가족들 중에서 현진건의 삶에 결정적인 영향을 던진 사람이 있다. 아버지는 아니다. 현진건의 아버지는 현진건에게 삶의 행로를 결정적으로 열어준 사람이 아니었다. 현진건에게는 세 명의 형이 있었다. 홍건, 숙건, 정건이 바로 그들이다. 이 형들 중에서 유독 돋보이는 행보를 보여준 형이 있었으니 바로 현정건이다.

현정건은 그의 아버지 현경운이나 그의 형 홍건, 숙건과는 전혀 다른 인생의 길을 걸어갔다. 이 길은 일제의 추적을 당하는 고난의 길이었으며 역사의 현장에 자기를 내던지는 길이었다. 대한제국의 관료였던 아버지 현경운, 친일적인 관료였던 숙부 현영운과는 달리 현정건은 예민한 정치 감각을 지니고 있었다. 식민지로 전락한 고국을 뒤로 한 현정건은 고난의 길을 마다하지 않았다. 그런 만큼 현정건의 행보는 비극으로 그 끝을 맺을 수밖에 없었다.

현정건은 현진건의 형이면서 동시에 인생의 스승이었다. 현정건은 현진건에게는 거인 같은 존재였다. 현진건은 현정건을 통해서 한 가지를 사실을 깨닫는다. 자기의 안위와 욕망을 뛰어넘어 대의에 헌신하는 사람들이 참으로 많다는 사실을 말이다. 현진건은 현정건을 보면서 자기희생의 삶이 식민지 치하에서 진정 중요하다는 것을 발견하게 된다. 현정건의 상해 활약과 피체, 이어지는 수형 생활 등은 현진건을 조선의 현실과 더 밀착하게 하는 요인이 되고 있다.

이처럼 현진건이『백조』의 낭만과 결별하고 식민지 민중의 가난과 고통을 주목하게 된 또 하나의 이유를 제공한 사람이 현정건이다. 어렵사리 상해에서 만난 형의 모습을 현진건은 좀처럼 잊을 수 없었다. 자기 안위를 내던지고 여러 동지들과 함께 풍찬노숙하는 형의 모습은 현진건에게 충격이었고 부러움이었고 어떤 감동이었다. 형은 언제나 현진건의 내면에 존재하고 있었다. 형은 현진건의 내면에 존재하는 역사라는 이름의 대명사였다.

현정건이 언제 식민지 조선을 뒤로 하고 상해로 출행했는지, 어떤 경로로 상해로 가게 되었는지 현재로서는 그 정확한 내용을 알 수 없다. 그러나 현정건이 그의 전 존재를 걸고 상해에서 일본 제국주의와 전면적으로 대결한 것은 결코 부인할 수 없는 사실이다. 그는 이역만리 상해에서 그의 청춘을, 그의 열정을 아낌없이 쏟아 부었다.

상해에는 언제나 혁명과 비밀의 분위기가 감돌았다. 망국의 망명객들이 상해로 모여들었다. 왜 하필 상해였을까? 1842년 남경조약에 따라 열강에 문호를 개방한 이후 외국주권이 허용된 국제적인 조계지였던 상해는 망국의 망명객과 혁명가들이 활동할 수 있는 최적지였다. 조국을 잃은 조선의 망명객들과 혁명가들이 상해로 모여든 것은 당연한 일이었다.

또한 상해에는 중국 신해혁명의 거물들인 손문, 송교인 등이 활약하고 있었다. 이들은 조선의 망명객과 혁명가들에게 우호적이었다. 이처럼 중국 내의 그 어떤 현장보다도 상해는 조선의 망명객들이 독립운동을 펼치기에 유리한 조건을 지니고 있었다. 현정건이 상해로 간 까닭도 바로 여기에 있다.[66)

당시 상해에는 여러 유형의 정치 노선을 추구하는 망명객, 혁명가, 독립운동가들이 포진하고 있었다. 현정건은 어떤 정치 노선을 견지했을까? 여기에는 좀 더 자세한 설명이 필요하다. 1919년 상해 대한민국 임시정부 임시의정원 경상도 의원으로 보선된 현정건은 1923년 상해에서 개최된 국민대표회의에서 고려공산당 상해파의 일원으로 윤해, 신숙 등과 함께 활동했다. 이때 고려공산당 상해파의 리더는 이동휘였다. 상해에서의 현정건을 주목할 때 놓칠 수 없는 인물이 이동휘(李東輝, 1873~1935)이다.

청일전쟁과 러일전쟁으로 이어지는 제국주의 열강들의 치열한 각축은 조선인들의 이산과 유랑을 촉진했다. 몰락하는 대한제국을 뒤로 하고 수많은 조선인들이 일본으로, 러시아로, 중국으로, 저 멀리 하와이, 멕시코로 떠나는 유랑의 길에 올랐다. 이 중에서 러시아 극동지역에는 1922년 말 현재 25만 명에 달하는 조선인들이 체류할 정도로 유입 인구가 많았다. 이들에게도 레닌이 주도한 혁명의 소용돌이가 몰아친다. 러일전쟁이 일본의 승리로 막을 내리자 절대무한권력을 행사하던 차르는 폐위되었고 러시아 구체제도 몰락했다. 1917년 10월에는 페트로그라드에서 볼세

---

66) 1925년 7월 21일 상해 주재 프랑스 영사관이 본국 외무부에 보고한 자료에 따르면, 당시에 상해에 거주하는 한국인 수는 프랑스 조계 내에 4백 명, 국제조계 내에 2백 명 등 6백여 명에 달했다. 임정이 수립된 1919년 4월에는 1천 명에 가까운 한국인들이 상해에 있었다하니 상해는 그야말로 혁명의 전선기지였다.

비키 무장봉기가 일어났다. 10월 혁명은 차르 중심의 정치지형을 완벽하게 바꾸어 놓게 되었으니 러시아 극동지방의 권력도 볼세비키들이 장악하게 되었다.

러시아 극동지역에 거주하던 한인들은 동요할 수밖에 없었다. 가만히 사태를 관망하기보다는 무엇인가를 해야 한다는 의견이 한인들 사이에서 오고갔다. 이리하여 1918년 4월 28일 최초로 한국인이 결성한 사회주의 정당이 창당되었다. 그 정당의 이름은 한인사회당이다. 한인사회당의 중앙위원으로는 위원장 이동휘, 부위원장 오바실리, 군사부장 유동열, 선전부장 김립, 김알렉산드리아 등이 선임되었으며 중앙위원회의 소재지는 하바로프스크로 결정되었다.

여기서 주목해 볼 인물은 이동휘다. "조선후기 한미한 집안 출신으로 지방 하급관리로부터 시작하여 대한제국 무관이 된 후 중앙의 고위 무관직에 올라 직업적인 군인으로 활동했으며, 기독교도 및 정치가로서 종교교육 활동을 통하여 활발한 구국 운동을 전개"[67]한 이동휘는 러시아 혁명 후 최초의 한인 사회주의 조직이었던 한인사회당을 조직하였고 이후 상해 임시정부의 초대 국무총리로서, 상해파 고려공산당을 이끈 거물이었다.

1911년 105인 사건에 연루되어 투옥된 이동휘는 국내 활동이 여의치 않자 러시아로 망명한다. 그러나 여기서도 이동휘는 활동의 제약을 받는다. 러시아 극동 지역에서 활동하던 이동휘는 1917년 4월 16일 블라디보스톡에서 독일 스파이 활동혐의로 게렌스키 임시정부 관리들에 의해 체포된다. 독일과의 전쟁에 정신이 없었던 게렌스키 임시정부가 일본과 우호적인 관계를 유지하고자 이동휘를 투옥한 까닭이다.

---

67) 김방, 「이동휘의 국권회복운동」, 『한국근현대사연구』 제6집(한울, 1997), p.5.

이동휘를 따르던 한인들이 이동휘 석방 운동을 주도했다. 그러던 중
서서히 권한이 강화된 극동 지역의 볼세비키들과 이들을 지지한 한인들
의 노력으로 이동휘는 같은 해 11월 중순에 석방된다. 이런 배경 속에서
이동휘는 한인사회당을 창당하는 주요 멤버로 활동하기에 이른다.

1919년 3·1만세시위는 해외 망명객들을 큰 고민에 빠지게 한다. 한
반도 전역에 밀어닥친 독립운동의 분위기를 결집하는 조직을 건설해야
한다는 고민에 그들은 빠진다. 논란 끝에 상해에 임시정부가 조직된다.
연해주에서 활약하던 한인사회당 계열의 인사들은 거듭 고민한다. 상해
에 조직된 임시정부에 참여하느냐 마느냐를 놓고 이들은 논쟁에 논쟁을
거듭했다. 찬반양론이 있었지만 독립운동 진영 내에 사회주의 영향력을
확대할 목적으로 이들은 상해임시정부에 가입하기로 결정한다. 1919년
11월 이동휘는 임시정부 국무총리로 부임하기 위해 상해로 오게 되었고
이는 상해에 고려공산당이 결성되는 계기로 작용했다.

1921년 1월 24일 이동휘는 임시정부 국무총리직을 사임한다. 이 지역
의 독립운동가들을 고려공산당에 포섭하기 위해서였다. 이 포섭의 결과
로 만들어진 게 상해파 고려공산당이다. 더 정확히 말해, 이동휘는 이해
5월 23일 러시아 국내 한인들로 구성된 이르쿠츠 공산당에 대항하여 상
해파 고려공산당을 결성한 것이다.

이후 양파는 모스크바 코민테른의 승인을 얻기 위하여 외교적 역량을
총동원했다. 이동휘는 상해에 있을 수 없었다. 러시아 극동지방으로, 모
스크바로 다니며 조직의 정통성을 인정받기 위한 노선 투쟁에 들어가기
위한 까닭이다. 상해파 고려공산당은 러시아 국내 한인들로 조직된 이르
크크츠파와 노선이 달랐다. 이르크츠파가 계급해방을 우선하는 공산주의
혁명을 중시했다면 상해파는 민족해방투쟁을 중시했다. 이르크츠 사회
주의자들은 철저한 프롤레타리아 혁명을 지지하고 있었다. 그들은 민족

해방과 사회주의 혁명의 완성을 동시에 수행할 수 있다고 생각하고 있었
다. 이와는 달리 상해파는 긴급하게 시행해야 할 당면 목표로 한국의 독
립을 설정하고 있었다. 이들은 일본이 조선을 강점한 상황에서는 사회주
의 건설보다 민족해방을 선행시켜야 한다는 입장을 견지하고 있었다.

아마도 현정건은 이 시기, 즉 이동휘가 상해에서 상해파 고려공산당을
건설하던 시기에 고려공산당 상해파에 가입했을 것으로 추측된다. 피압
박민족의 민족해방투쟁을 주된 활동 목표로 설정한 고려공산당 상해파
의 일원으로 참여하게 된 현정건이기에 그를 계급투쟁만을 중시한 편향
된 공산주의자로 볼 필요는 없다. 현정건은 기본적으로 공산주의 노선을
지지한 열혈 공산주의자이기는 했지만 시급하게 해결해야 할 과제로 조
국의 독립을 설정한 민족주의이기도 했다. 공산주의자는 공산주의자이되
민족해방을 일급 과제로 인정한 민족주의자가 바로 현정건이었다.

상해에서 현정건은 어떤 활동을 펼쳤을까? 1924년 6월 상해에 인성학
교가 설립되었다. 현정건은 인성학교 예비강습소에서 영어를 가르쳤다.
당시 상해에는 조선의 젊은이들이 이런 저런 이유로 거주하고 있었다.
공부할 목적으로 체류하는 젊은이들도 있었고 독립운동하려고 건너온
젊은이도 있었다. 그런데 그 이유가 어떻든 이 젊은이들은 국제적 조계
지인 상해에서 조선말 외에는 할 수 있는 게 없었다. 인성학교는 상해에
체류하는 조선의 젊은이들에게 영어와 기타 과목을 가르치는 학교였다.
여기서 현정건은 김규식, 여운형 등과 함께 영어를 가르쳤다. 외국어에
능통한 집안의 재능이 현정건에게도 있었는지 그는 후배들에게 영어를
가르쳤다.

1924년 10월에 청년동맹회가 결성된다. 청년동맹회는 민족의 분열 없
는 통일운동을 촉구하는 항일단체였다. 현정건은 이 단체의 집행위원으
로 선출된다. 그런데 더 눈에 띄는 것은 1927년 상해에서 독립전선의 역

량을 총집결하기 위해 결성된 한국유일독립당 상해 촉성회의 집행위원
으로 현정건이 선출되었다는 사실이다. 청년동맹회 집행위원 현정건, 한
국유일독립당 상해 촉성회 집행위원 현정건은 운동 노선의 차이 때문에
민족의 분열이 일어나서는 안 된다고 생각하고 있었다.

1920년대 중반 무렵, 임시정부 내의 독립운동 세력들은 저마다 선호
또는 의탁하고 있던 운동노선의 차이 때문에 극단적으로 대립하고 있었
다. 일본과의 싸움보다 더 긴급한 과제로 부각된 게 분열된 독립운동 세
력들을 통합시키는 일이었다. 임시정부의 독립운동 노선을 둘러싼 분열
과 대립, 그에 따른 민족운동의 침체를 극복하는 방안이 독립운동 세력
들의 과제로 부각되었다.

유일독립당은 바로 이와 같은 문제를 해결하기 위해 제시되었다. 독립
운동전선에 포진하고 있는 세력, 단체, 개인들의 수평적 융화와 광범위
한 결속을 가능케 해줄 조직적 고리로서, 좌우익 진영의 통합 구심점 형
성해 줄 조직적 고리로서 당이 요구되었다. 이리하여 우여곡절을 거치면
서 1927년 3월 21일 한국유일독립당 상해촉성회가 결성되었다.[68]

한국유일독립당 상해 촉성회 집행위원으로 선출된 현정건은 좌고우면
하지 않았다. 그는 민족의 대동단결을 외치며 독립운동에 헌신했다. 그
러던 중 1928년 현정건은 상해 패륵로 항거리에서 상해 일본 총영사관
경찰에게 피체된다. 이때 현정건의 나이 35세였다. 일본 경찰에 피체된
이후 현정건은 엄혹한 형극의 길을 걷는다. 현정건은 국내로 압송되었다.
몇 차례의 공판 끝에 평양복심법원은 1929년 6월 10일 현정건에게 징역
3년을 언도했다.

---

68) 일경이 파악한 집행위원은 다음과 같다. 홍진, 이동녕, 이규홍, 조상섭, 조완구, 홍남표,
조봉암, 정백, 황훈, 나경선, 이민달, 나창헌, 최석순, 최창식, 김철, 김갑, 오영선, 김두
봉, 안태근, 김구, 윤기섭, 송병조, 김규식, 현정건. 이 가운데 사회주의자 내지 조공 관
계자는 홍남표, 조봉암, 정백, 황훈, 이민달, 현정건 등이다.

김형식의 출옥할 날은 가까워 온다. 고려 공산당 청년회 사건으로 평양 복심 판결에서 삼년 징역을 받을 때엔 아무리 각오한 노릇이로되 눈앞이 캄캄하였다. 스물 한 살이면 한창 좋은 인생의 봄철 아닌가. 빛나는 이 청춘의 한 토막을 이 세상 지옥에서 썩고 배겨낼까. 삼년이면 일천 구십 오일! 이 숱한 날짜가 과연 지나갈 것인가? 이 아득한 시간의 바닷속에 떠올라 보지 못하고 아주 잠으러 버리지나 않을까.(「연애의 청산」, 『전집』1, 307)

평양복심법원에서 3년 형을 언도받은 현정건을 현진건은 「연애의 청산」에서 스물 한 살의 김형식으로 대치시키고 있다. "고려 공산당 청년회 사건으로 평양 복심판결에서 삼년 징역을" 언도받은 김형식은 동지이며 애인인 혜경과 면회하면서 석방될 날만을 기다리고 있다. 그러던 어느 날 면회를 온 혜경은 형식에게 "학생 격문사건으로 이태 징역을 치르고 나온 이풍우 동무"와 애인이 되기로 했다고 통보한다. "사랑이란 유동체니까 한 군데 매어 둘 필요"가 없다고 혜경은 형식에게 말하고 있다.

그렇지만 현실은 더 엄혹하다. 「연애의 청산」의 김형식은 한 여자로부터 구원과 배신을 체험하는 스물 한 살의 청춘으로 묘사되지만 실제 현정건은 그렇지 않다. 1932년 6월 10일 현정건은 평양 형무소에 수감 중 만기 출옥한다. 출옥 후 6개월이 흘렀다. 현정건은 고문과 옥고 후유증으로 병사하고 말았다. 참으로 안타까운 일이다. 그런데 비극은 여기서 그치지 않는다. 현정건의 아내 윤덕경은 남편이 죽은 다음 해인 1933년 자살하고 만다. 현정건의 무서운 투지, 열정, 재능은 허망한 죽음으로 그 끝을 내리고 말았다.

그러나 그의 죽음은 끝이 아니다. 그의 죽음은 현진건과 그를 따르던 동지들 사이에서 기억되고 있다. 특히 현진건은 형의 비극적인 죽음을 외면할 수 없었다. 상해파 고려공산당의 일원으로, 청년동맹회의 집행위원으로, 한국유일독립당 상해 촉성회 집행위원으로 활약한 현정건은 현진건에게 어떤 영향을 미친 존재일까? 1918년 상해로 건너간 현진건이 그의 형 정건을 안 만날 까닭이 없다. 현진건이 상해에서 호강대학을 다니며 독일어를 공부만 했을 리는 없다. 현진건은 아주 자주는 아니더라도 형 현정건을 만났을 것이고 현정건을 통해 민족의 존재와 식민지의 현실을 고민하게 되었을 것이다. 더군다나 국내로 피체된 후 옥사 후유증으로 죽은 형이 아닌가? 현진건에게 영향을 미치더라도 깊은 영향을 미쳤을 존재가 바로 현정건이다.

그렇다. 현정건은 세상을 바라보는 현진건의 시선을 성숙하게 만들어 준 존재였다. 그는 풍찬노숙의 고통을 마다하지 않고 상해에서 민족해방 투사로 활약한 형을 보면서 아내가 신여성이 아니라는 사실로 괴로워하는 유치한 자기 모습에 부끄러워했으리라. 또한 자기 고민에 붙들린 부끄러운 자화상과 결별해야 된다고 반성했으리라.

상해에서 개인의 영달과 안위를 포기하고 민족해방에 투신한 자기희생적인 인물이었던 현정건을 현진건은 장편 『적도』에서 부활시킨다. 통속소설의 한 사례처럼 알려진 『적도』는 형식적으로는 애정갈등을 취급한 소설처럼 읽힌다. 그는 일단 이 소설을 멜로드라마적 성격이 강한 소설이 되도록 연재했다. 김여해와 박병일, 홍영애와 명화 등을 대립적 관계의 인물로 설정한 현진건은 신문연재소설이 요구하는 오락성을 『적도』의 문학적 성격이 될 수 있게 했다. 이들의 관계는 돈과 음모, 허위적인 사랑이 뒤섞인 관계다. 옛애인 김여해를 집으로 불러들인 홍영애나 이를 허락한 남편 박병일 그리고 박병일의 여동생을 강간하는 김여해, 기생 명화에게 정신이 팔린 박병일, 입원한 김여해를 방문해 김여해의 과거를 밝혀내는 명화 등은 하나같이 허위의 늪에서 허덕이는 청춘남녀들이다.

다수의 청춘남녀를 설정해 한 편의 멜로드라마를 만들어가는 현진건은 신문연재소설이 요구하는 미학적 코드를 정확하게 이해하고 있었다.

그는 속고 속이는 음모와 폭로, 술수가 뒤엉킨 애증의 멜로드라마를 흥미롭게 만들어 놓고 있다. 그러나 현진건은 역시 현진건다웠다. 그는 『적도』의 후반부를 은근히 수정한다. 기생 명화의 옛애인 김상열의 등장을 계기로 『적도』의 멜로드라마적 성격은 적지 않게 탈색된다. 이 김상열이 보통 인물이 아니었다. 병약하기 그지없어 본의 아니게 모종의 임무를 김여해에게 맡기게 된 김상열은 상해에서 국내로 비밀리에 잠입한 비밀결사의 회원이다. 요컨대 김상열은 상해가 환기하는 불온성을 온전히 드러내는 문제적 인물이다.

왜 하필 현진건은 김상열을 상해에서 귀국한 인물로 설정했을까? 이유는 분명하다. 현진건에게 상해는 중국의 한 도시가 아니다. 그에게 상해는 식민화된 조선을 해방시키는 역동적인 힘을 소유한 혁명의 상징 그 자체였다. 이처럼 『적도』는 그 행간마다 현정건의 투쟁과 죽음으로 요약되는 당대성을 숨기고 있다.

> 김상열은 본래 작은 키는 아니었다.
> 그러나 위아래 구격이 꽉 찼을 때에는 훤출한 중키밖에 더 되지 않았었다. 목고개도 달라붙지 않을 정도로 좋게 패인데 지나지 않았었다.
> 그런데 이렇게 멋거리없이 왜가리 모양으로 기름해졌을 줄이야, 더구나 그 건드렁건드렁 하는 목은 바람만 불어도 떨어질 듯하다.
> 전에도 해사한 얼굴이었지마는 연연한 흰빛이 눈이 부실 지경이다. 둥그스럼하던 뺨이 홀쩍 빨아들고, 드러난 광대뼈 언저리엔 발그스럼한 도화색이 떠돈다.
> 서글서글하고 든든하고 다부진 옛 모양은 찾으려 찾을 수가 없다. 빳빳하고 건들건들하고 마른 나뭇가지처럼 꼬장꼬장은 하건마는 손만 대면 뚝하고 부러질 것 같다. 조금 날카롭게 변하기는 하였으나, 그래도 다정하고 영채 도는 눈만이 옛날 상열을 방불하게 할 뿐이었다.(『적도』, 『전집』2, 299)

『적도』의 김상열은 기생 명화의 애인으로 상해에서 국내로 비밀리에 파견된 비밀결사의 회원이다. 여기서 주목해야 할 대목은 김상열의 왜소한 외모다. "뻣뻣하고 건들건들"한 "마른 나뭇가지" 같은 김상열의 왜소한 외모는 1930년대의 위축된 민족해방운동의 위기를 상징한다고 과언은 아니다. 그러나 이 위기가 아주 절망적인 것은 아니다. 바로 "영채도는" 상열의 눈이 이를 증명한다. 상열의 외모에는 고생의 흔적이 역력하지만 그의 정신은 그 고생의 흔적을 뛰어넘은 고결함을 간직하고 있다.

비밀리에 국내로 잠입한 김상열은 '적도'와 같은 열정을 소유한 김여해에게 삶의 방향을 제시한다. 김여해는 김상열을 만나기 이전에는 오로지 열정의 움직임에 따라 충동적으로 삶을 영위한 젊은이다. 어떤 방향성이 없는 충동적인 젊은이가 바로 김여해였다. 김여해는 김상열을 만나기 이전에는 적도와 같은 열정만 가득한 사람이었다. 그 열정이 지나쳐 박병일을 죽이려 했고 박병일의 여동생을 강간까지 한다. 그리고 그 열정으로 죽음 직전의 이 여동생을 구하기도 한다. 그는 오로지 열정에 붙들린 인물이었다. 김여해의 열정은 김상열을 만나면서 방향을 얻게 되었으니 결국 김여해는 자폭으로 그의 인생을 정리한다. 상해에서 비밀리에 파견된 김상열이나 김상열의 임무를 대행하는 김여해나 하나같이 현정건의 분신으로 보일 정도로 이 소설은 현정건의 삶과 죽음과 분리시켜 생각할 수 없는 소설이다.

「경성전보」 경성 ××서에서는 지난 12일 밤 조선인 청년 한 명을 검거하여 취조 중, 그 청년은 어디 감추고 있었던지 폭탄 한 개를 깨물어 굉연한 음향과 함께 현장에서 즉사하였는데, 취조 받은 피의자가 폭탄을 깨물고 자살하기는 전무후무한 사실로 일대 센세이션을 일으켰으며, 그 청년은 상해 방면에서 잠입한 듯한 모라고 하나 취조가 진행되기 전에 죽어버렸으므로 공범 관계라든지, 계통 기타는 전연 알 수 없다고(『적도』, 『전집』2, 347)

  김여해는 김상열을 대신해 1930년대의 시대악인 일제에 저항한다. 보통의 저항이 아니다. 강력한 저항이라고 해야 할 저항을 김여해는 택한다. 김상열은 명화, 박은주와 동행에 다시 중국으로 잠입해 새로운 생활을 설계하고 김여해는 취조 받던 중에 자폭해 버리고 만다. 자폭으로 마무리되는 결말은 다소 비현실성을 띠기는 하지만 이 결말은『적도』를 사회성이 짙은 소설로 쇄신하는 효과를 낳는다.『적도』의 결말을 장식한 이 의미심장한 신문 기사의 주인공은 현정건의 문학적 분신으로 보아도 무방하다. 이처럼 현정건은 현진건을 통해 부활하고 있다. 현진건은 자기희생의 숭고함을 실천적으로 실현한 현정건을『적도』의 세계로 호출하고 있다.

  아마도 현진건은 상해에서 형이 잡혀와 3년 옥살이 끝에 죽는 일이 없었다면『적도』의 결말을 이렇게 쓰지 않았을 것이다. 그는『적도』를 그 흔한 애정소설의 하나가 되도록 했을 것이다. 이런 점에서『적도』는 현진건의 작품이하지만 어떤 면에서는 현정건의 작품이라고 해도 좋다. 어쩌면 두 사람의 합작품이었다고 말해도 상관이 없다.

기자 현진건

　지금도 그렇지만 현진건이 등단한 1920년대는 작가에게 극히 불리한 환경이었다. 소설만을 써서는 생계를 유지할 수 없는 시절이었다. 이 박복한 시대에 현진건은 작가로 등단하기를 희망했다. 그런데 현진건은 가장이었다. 가족들을 부양해야 했다. 직장이 있어야 했다. 그래서 들어가게 된 직장이 신문사였다. 『조선일보』 기자로 시작한 현진건의 언론활동은 『동아일보』에서 그 끝을 맺는다.

　현진건의 명성은 언론계에서도 만만치 않았다. 현진건은 한국근대단편소설의 수준을 깊게 한 작가라는 문학사적 의의를 인정받기도 하지만 근대언론사의 한 페이지를 장식한 현직 기자 및 사회부장으로도 그 명성을 인정받고 있다.

　이 명성은 가만히 앉아서 얻은 게 아니었다. 그의 부단한 노력으로 얻은 명성이었다. 언론인 현진건의 명성은 『동아일보』 사회부장으로 재직하는 동안 최고조로 상승했다. 1925년 9월 『시대일보』가 폐간되자 『동아일보』로 입사한 현진건이었다. 제호를 결정하고 기사를 배치하는 그의 안목은 천부적이었다. 사장 이하 전 직원이 현진건을 신뢰했다. 그러나 그는 불행스럽게『동아일보』를 물러나야 했다. '동아일보 일장기 말소 사건'으로 인해 그는『동아일보』사회부장 자리를 포기해야 했다. 1925년『동아일보』에 입사한 현진건은 1936년에 일어난 일장기 말소 사건으로『동아일보』를 물러나기까지 근대언론사의 한 주역으로 당당하게 자기 이름을 알리고 있었다. 문학과 언론 이 두 영역에서 자기 이름을 알린다는 것이 쉬운 일이 아니었다. 현진건이 언어를 다룰 줄 아는 타고난 안목을 지니고 있었기에 가능한 결과였다.

지금은 그렇지 않지만 현진건이 언론에 투신한 1920년대는 언론과 문단의 구분이 명확하지 않았다. 한 사람이 두 영역을 넘나들어도 흠 볼일이 아니었다. 한 사람이 작가와 기자를 동업해도 그리 문제 될 게 없는 시절이었다. 총독부의 소위 문화 정치 이후 민간 신문사들이 몇 개 창업되었다. 그러나 인력은 항상 부족한 까닭에 언어를 구사하는 능력이 뛰어난 작가들이 신문사에 적지 않게 영입되었다. 그렇다보니 문인들이 신문사에서 일하는 게 자연스러웠다. 적지 않은 작가들이 이 두 영역을 오가며 때로는 작품을, 때로는 기사를 쓰며 호구지책을 연명했다.

예를 들면 이렇다.『동아일보』창간 전후에는 작가 이상협, 진학문, 김형원, 김정진, 염상섭, 유광렬, 이서구가 참여했다. 이어 노자영, 설의식, 민태원이 입사했고 당대의 거두 이광수가 입사했다. 이밖에도『동아일보』에는 채만식, 이익상, 주요섭, 윤백남, 이무영, 홍효민 등이 있었고 시인으로 김억, 김동환, 주요한, 이은상, 변영로, 심훈 등이 근무했다.

『동아일보』만 이런 게 아니었다. 1924년 3월에 최남선이 창간한『시대일보』에도 당대의 내로라하는 문인들이 기자로 입사했다. 후에『중외일보』,『중앙일보』,『조선중앙일보』등으로 제호를 변경한 이 신문사에는 홍명희, 진학문, 현진건, 염상섭, 이태준 등이 한 자리를 차지하고 있었다.

현진건이 처음부터 『동아일보』에 입사한 것은 아니다. 1920년 11월에 『조선일보』에 입사한다. 그런데 『조선일보』에 오래 있지 않았다. 그럴 만한 이유가 있었다. 『지새는 안개』에 그 이유가 어느 정도 제시되고 있다.

> 이 썩은내, 더러운내, 곰팡내, 음탕한내가 떠도는 분위기를 처음으로 마실제 창섭은 구역이 날 것 같았다. 숨이 막힐 것 같았다. 그는 사람의 집인 줄 알고 들어왔다가 도야지 우리에나 빠진 것 같이 놀래었다. "이럴 리가 있나 이럴 리가 있나"하며 눈을 닦으면 닦을수록 질퍽거리는국해, 우물거리는 구덕이, 벅신거리는 벌레를 볼 뿐이었다. 그러나 이 도야지 우리야말로 사람의 집인 줄 깨달을 제 그의 놀램은 몇 곱절이었다. 기막히는 환멸이었다. 차라리 도야지 우리에 잘못 들어왔던들 뛰어라도 나가련만 이것도 사람의 집일 줄이야! 이 오예, 이 추악, 이 암흑! 이것도 사람의 집일 줄이야! 그러나 사람의 집임에 어찌하랴![69]

이 대목에서 묘사되는 "도야지 우리"는 『조선일보』를 지칭한다. 도대체 어찌된 연유인가? 현진건은 『조선일보』에 입사해 한 일 년여를 근무하다가 그만둬 버린다. "썩은내, 더러운내, 곰팡내, 음탕한내가 떠도는 분위기"를 감내하기 어려웠던 까닭이다. 이를 박종화는 이렇게 증언한다.

> 이때에 신문이 네 종류나 있으니 재래로 내려오던 배일지 『대한매일신보』의 후신이요 지금 『서울신문』의 전신인 당시 총독부 기관지였던 『매일신보』가 있었고 재등(齋藤)의 소위 문화 정치를 표방한 뒤에 새로이 창간된 민족주의의 대표 여론지인 박영효 사장과 송진우 편집국장인 『동아일보』가 있었고 송병준을 중심으로 한 대정친목회의 기관지 『조선일보』(월남 이상재 선생 사장 취임 전기)가 있었고 일본국회의 참정권을 운동하는 것을 목표로 하는 민원식(후에 양근식에게 암살됨)의 『시사총보』가 있었다.
> 나중에 『시사총보』는 민원식의 암살로 인하여 폐간되었거니와 월남 이

---

69) 『개벽』 39호, 1923. 9, pp.137~138.

상재 선생 사장과 신석우 부사장, 민세 안재홍 편집국장 등이 취임하기 전
의 초기 『조선일보』에는 양심 있는 사람으로는 오래 거접(居接)할 것이 아
니었다.[70]

바로 이런 까닭이다. 『조선일보』는 월남 이상재 선생이 사장으로 취임
하기 전에는 노골적인 친일신문을 표방하고 있었다. 박종화의 증언처럼
"초기 『조선일보』에는 양심 있는 사람으로는 오래 거접(居接)할 것이 아
니었다." 이런 까닭에 현진건이 『조선일보』에 오래 있을 수 없었다. 박종
화가 입사 삼일 만에 『조선일보』를 나와 버릴 정도로, 현진건이 "도야지
우리", "기막히는 환멸"이라고 말할 정도로 창간 전후의 『조선일보』의
사정은 좋지 않았다.

잘 알려진 얘기지만, 3·1운동의 물결이 한반도 전역을 강타한 이후
총독부는 민간신문의 발간을 허용한다. 누구나 맘대로 신문을 낼 수는
없었지만 극히 제한된 범위 안에서 신문을 낼 수 있었다. 총독부는 1920
년 1월 6일자로 『동아일보』, 『조선일보』, 『시사총보』의 발간을 허용한
다. 이해 3월 5일 창간된 『조선일보』의 발행 주체는 친일경제단체인 대
정실업친목회였다. 발기인은 민영기, 조진태, 예종석, 송병준, 최강, 유문
환, 권병하, 서만순 등 대정실업친목회 회원들이었다.

초기의 편집진용은 인천에서 일본인이 발행하던 『조선신문』의 조선어
판 편집부장이었던 최원식을 편집부장으로 하여 15명의 실무진이 있었
다. 이들은 최강, 최국현, 방한민, 홍덕유, 설의식, 이봉수 등이었고 그 후
에 박종화, 최찬식, 현진건도 참여했다.

삼촌은 숭늉으로 양치를 한두번하고 나더니 창섭을 보며

---

70) 박종화, 「빙허 현진건군」, 『신천지』, 1954. 10, pp.139~140.

"너 요사이 무엇을 하니"라고 닷자곳자로 묻는다.

"뭐…… 하는 것이 있습니까"라고 창섭은 고개를 숙여 장판만 나려다 보며 대답하얏다. 이것은 창섭의 어른을 뫼시고 이약이할때의 버릇이엇다.

"그래 놀기가 심심치 안흐냐"

"네……" 창섭은 모호하게 어물어물하며 겸연쩍게 해죽웃엇다.

"그래 노는맛이 어떠탄말이야 설탕맛이냐 소태맛이냐. 응."하고 삼촌은 껄걸웃는다. 그는

제 자질을 데불고도 이런 웃개를 잘 부티엇다. 창섭은 무에라고 말을 해야흘지몰라 묵묵히 안저 잇섯다.

"웨 아모말이 업느냐 응. 놀기가 설탕맛도 아니고 소태맛도 아니고 심심하게 물맛이냐"하고 늙은이는 또 한번 크게 웃엇다. 그리고 젊은이가 또 멈웃멈웃해하는 것을 보고

"너 신문기자 노릇 좀 해볼터이냐"라고 인제야 정작 제물을말을 물엇다.

"신문기자요?" 창섭은 놀래인 듯이 재우쳣다.[71]

현진건의 자전적 장편『지새는 안개』는 신문기자 취직을 삼촌이 소개한 일로 밝히고 있다. 신문기자 노릇을 좀 해보라는 삼촌의 말에『지새는 안개』의 주인공은 화들짝 놀란다. 반가웠던 까닭이다. 꼭 하고 싶은 일이었던 까닭이다. 그러나 현진건은『조선일보』를 얼마 안 되어 그만 두었다. 친일 색채가 농후한 발행 주체들, 수시로 뒤바뀌는 발행인 때문에 현진건은 소신을 펼칠 수 없었다. 현진건은 그의 이상을『조선일보』에서 펼칠 수 없었다. 본래 현진건은 신문기자를 단지 생업 해결을 위한 직업 정도로 여기지 않았다. 그는 신문기자를 단순히 생계를 위한 직업이 아니라 사회를 심판하는 무관제왕의 직업으로 생각하고 있었다. 그는『지새는 안개』에서 신문기자를 이렇게 평하고 있다.

---

71)『개벽』38호, 1923. 8, pp.138~139.

신문기자! 창섭이가 속 은근히 희망하는 직업이었다. 붓 한자루를 휘둘
러 능히 사회를 심판하야 죄있는 놈을 버히고 애매한 이를 두호하며 세계
의 대세를 추측하야 능히 선전도 하고 능히 강화도 하는 무관제왕이란 존
호를 가진 신문기자! 젊은이의 가슴을 뛰게하는 직업이었다. 더구나 창섭
으로 말하면 동경유학을 반둥건둥하고 서울에 있는 동안 문학서를 침독하
였었다. 불수록 그의 문학에 대한 취미는 깊어 갔었다. 따라서 그는 시인
으로나 문사로 몸을 세워보려고 하였다. 문사와 기자가 그 성질에 있어 아
주 다른 것이건만 창섭의 생각에는 대동소이한 듯 싶었다.[72]

확실히 현진건은 엘리트 의식이 강했다. 뒤에 처지기보다는 앞에서 이
끌어야 한다는 의식이 강했다. 그런데 직접 『조선일보』에 와보니 그의
이상은 환멸이 되어버렸다. 신문사가 "도야지 우리"에 불과하다는 환멸
에 빠져버리고 만다. 현진건은 『지새는 안개』에서 신문기자를 "젊은이의
가슴을 뛰게 하는 직업"으로 묘사했지만 실상은 괴리가 큰 것이었다.

더 이상 『조선일보』에 있을 수 없었다. 『조선일보』를 박차고 나온 현
진건은 새로운 자리를 물색했다. 다행히 마음에 드는 자리가 있었다. 그
는 1922년 동명사에 입사한다. 동명사에 모여든 식자들의 면면은 하나같
이 만만치 않았다. 육당 최남선, 횡보 염상섭, 백화 양건식, 묵재 최성우,
순성 진학문, 애유 유식규, 위전 손준모, 청오 차상찬, 도향 나빈 등이 동
명사의 식구들이었다. 하나같이 쟁쟁한 인물들이었다.

여기서 주목해 볼 인물이 육당 최남선이다. 최남선은 총독부의 요주의
인물이었다. 3·1만세 시위의 주동 인물 중 하나였던 까닭이다. 총독부는
최남선을 관리할 필요가 있었다. 총독부는 최남선에게 잡지 발간의 기회
를 줌으로써 그의 저항적 태도를 순화시키려 했다. 3·1만세 시위로 2년
6개월 징역살이를 살다가 나온 최남선에게 총독부는 잡지를 발간할 기회

---

72) 『개벽』 38호, 1923. 8, p.139.

를 준다. 총독부의 허가를 받은 그는 1922년 9월 『동명』을 발간한다.

『동명』의 인기는 놀라웠다. 창간호 2만부가 2, 3일 동안 다 팔렸고 제 3호부터는 육당이 집필한 「조선역사통속강화」가 실려 학생 독자의 큰 인기를 끌었다. 『동명』은 '시사주보 동명'이라는 제호 아래 "조선 민족아 일치합시다", "민족적 자조에 일치합시다"라는 슬로건을 크게 내걸고 민족정신을 고취하는데 앞장섰다. 당대에 간행된 잡지 중에 그나마 민족주의적 편집 경향을 강하게 드러낸 게 바로 『동명』이다. 『동명』의 인기는 대단했다. 동명 붐이 일어난다고 할 정도로 『동명』이 누린 인기는 여러 신문들과 잡지들을 압도했다. 육당 최남선이 워낙 인기 있는 문인이며 사상가였고 3·1운동 이후 국내에 고조된 민족주의가 『동명』의 인기 요인이었다.

『조선일보』의 분위기와 『동명』의 분위기는 달랐다. 『조선일보』의 환경과 『동명』의 환경은 달랐다. 현진건은 『동명』의 최남선 밑에서 기자직을 수행하면서 자국의 역사와 민족의 운명을 깊게 고민하게 되었다. 그렇게 안 될 수가 없었다. 『동명』의 성격은 『조선일보』와 달랐다. 문제가 없지 않겠으나 『동명』은 기본적으로 역사지향적 성격을 추구하는 잡지였다. 현진건은 최남선이 주도한 『동명』의 분위기에 감화 받고 있었다. 현진건이 훗날 『동아일보』 기자로 재직하면서 「고도순례 경주」, 「단군성적순례」 등을 쓸 수 있었던 것은 이렇게 『동명』에서 최남선을 만나지 않았다면 가능할 일이 아니었다.

『동명』에는 유독 국학관계의 논문들이 자주 연재됐다. 최남선의 저 유명한 「조선통속역사강화」나 문일평의 「조선과거의 혁명운동」, 이능화의 「조선 신교 원류고」 등이 모두 이 잡지에 연재된 논문들이다. 이런 까닭에 『동명』은 시시때때로 총독부의 검열을 받으면서 금지처분을 당했다. 그러던 『동명』은 1923년 6월 3일자를 마지막으로 자진 정간했다. 새로운 일간지 체제로 나가기 위해서였다.

『동명』이 폐간되자 몇몇 사람이 나서서 최남선에게 아예 일간 신문을 만들어 보자고 제안했다. 이 결과 1924년 3월 31일에 『시대일보』가 창간되었다. 새로 창간된 『시대일보』에서 현진건은 사회부 기자로 활약했다. 사장 겸 주간으로는 최남선, 편집국장 진학문, 논설반 안재홍, 변영만, 주종건, 정치부장 안재홍, 정치부 기자 신태옥, 이시목, 사회부장 염상섭, 사회부 기자 현진건, 나빈, 김달진, 유연화, 경제부장 김철수, 경제부 기자 권수갑, 이건혁, 영업국장 이정희 등이 『시대일보』의 주역들이었다.

그런데 『동명』과 『시대일보』에서 현진건이 그렇게 기자직을 오래 수행한 게 아니다. 『시대일보』가 영업상의 이유로 창간 삼 개월 만에 휘청거린다. 최남선은 제작비와 인건비를 감당할 수 없었다. 결국 『시대일보』도 폐간의 수순을 밟아나갔다.73) 그러나 『동명』과 『시대일보』에서의 기자 생활이 현진건의 개인사에서 차지하는 비중은 만만치 않았다. 『동명』과 『시대일보』를 창간하고 꾸려나간 이는 당대 지식계의 거두였던 최남선이었다. 이 약관의 기자에게 최남선이란 존재는 압도적인 거물 같았다. 현진건은 그의 형 현정건에게서 민족의 현실을 발견했다면 최남선에게서 역사를 사유하는 방식을 배우게 된다. 그러나 『시대일보』는 창간 삼 개월 만에 휘청거린다. 최남선은 제작비와 인건비를 감당할 수 없었다. 결국 『시대일보』도 폐간의 수순을 밟아나갔다.

『시대일보』를 그만두게 된 현진건은 1925년 9월 『동아일보』에 입사한

---

73) 최남선은 1928년 10월 총독부의 산하기관인 조선사편수회의 편수위원직을 수락하면서 친일대열에 본격 합류한다. 최남선은 1936년 6월부터 1938년 3월까지 중추원 참의를 지냈으며 1938년 4월에는 만주에서 발간된 친일신문 『만몽일보』의 고문에 오른다. 그리고 만주국 건국대학의 교수로 부임한 최남선은 이 대학의 교수로 재직 중 1940년 10월에 조직된 동남지구 특별공작후원회본부의 고문직을 맡기도 했다. 한 시대를 풍미한 최남선은 30년대 말에는 이광수와 함께 대표적인 친일인사로 변모하고 만다.

다. 오히려 잘 된 일이었다. 현진건은 『동아일보』에 입사한 지 3년 만에 사회부장이라는 요직을 차지한다. "나중에 사회부장의 책임을 맡은 뒤에 그는 대장을 놓고 제목을 붙이는데 편집 칠팔명이 모여선 중에 붉은 잉크를 붓에 덤뻑 찍기만 하면 민각을 누연치 않고 진주 같은 제목명을 이곳저곳에 낙필 성장으로 비치듯 떨어져서 선후배들로 하여금 그 귀재에 혀를 둘러 감탄케 할 지경"이라는 명성을 얻을 만큼 현진건은 능숙하게 일을 처리했다.

『백조』 시절부터 그랬지만 현진건은 『동아일보』에 다니면서도 그 특유의 두주불사식 음주를 마다하지 않았다. 하루는 이런 일도 있었다. 여러 사원들과 함께 명월관에서 송년 회식 중에 술이 오른 현진건이 사장 고하 송진우에게 "이 놈아 먹어라, 먹어라" 하며 술을 권하다가 송진우의 뺨을 쳤다는 것이다. 모종의 불만이 있었던 까닭이다. 이렇게 술이 오르면 격해지는 현진건이었다. 사장이었던 고하 송진우에게 무슨 불만이 있었는지 사원들이 보는 앞에서 부장이 사장의 뺨을 친 것이었다. 그러나 고하 송진우는 현진건을 내치지 않았다. 현진건의 실력을 높이 본 까닭이다.

> 그렇게 새벽까지 만취가 되어도 아침이면 천연스럽게 신문사에 출근해서 그 어려운 사회부장 일을 척척 잘해 넘긴다. 미다시(題目) 붙이는 데 민활하고도 묘미 있게 붙이는 재주가 비상하다. 그리고 시비 판단을 잘한다. 그러기 그 어려운 사회부장 자리를 오래 지켜 나간다. 신문사 내막을 나는 잘 모르지만 사회부가 제일 어렵고 말썽이 많은 덴데 약관인 그는 기사취급이나 부하기자를 통솔하는데 실수가 없고 인심 얻어가며 잘해 넘기는 재주가 비상하다.[74]

---

74) 방인근, 위의 글, p.212.

신문사 사회부는 비유하자면 야전 사령부 같은 곳이다. 하루가 멀다 하고 일어나는 잡다한 사건들을 신속하게 취재해야만 했다. 품위를 돌보며 일할 만한 데가 아니었다. 현진건은 관록이 만만치 않은 사회부장이었다. 휘하의 기자들이 취재한 기사들을 현진건은 지면에 적절히 배치했다. 버릴 기사는 과감하게 버리고 취할 기사는 신속하게 취했다. 현진건은 언론계의 명인 같은 존재였다.

그런데 예기치 않은 사건이 터지고 만다. 1928년 1월의 일이다. 사회부장으로 발령받기 두 달 전이다. 그의 형 현정건이 일경에 체포되었다는 소식이다. 상해에서 풍찬노숙을 마다하지 않으면서 그의 전 존재를 걸고 독립운동에 투신한 형이었다. 현진건은 놀란 가슴을 진정 시키기 어려웠다. 상상하기 싫은 일이 실제로 일어나고 말았다. 일 년을 끈 재판 끝에 현정건은 징역 3년 형을 선고받는다. 잠이 제대로 올 리 없었다. 불면증에 걸린 환자처럼 현진건은 제대로 된 생활을 할 수 없었다. 이때의 답답한 일과를 현진건은 이렇게 말하고 있다.

> 오전 다섯시에 기침. 이불 속을 독서실로 삼아 문예나 혹은 사상서류를 재미있게 보다가는 칠시경 쯤하야 산으로 또는 천변으로 식전순례를 하고 팔시쯤 하여 조반을 먹는다. 신문사 와 집이 원래 소원한 까닭에 팔시반에 떠나 구시반에 나 출근하게 된다. 오후 사시반까지는 신문편집에 골몰하고 그 시간이 마친 다음에는 숙직실에서 가서 바둑으로 재미를 붙인다. 황혼이 될 때에 집에를 간다. 저녁밥을 먹고 나면 별로 놀러갈 곳도 없으니까 책으로 유일한 친구를 삼는다. 원래에 불면증이 있는 까닭에 어떤 때에는 무리하게 오전 삼시까지도 독서를 한다.[75]

현진건은 말하고 있다. "원래에 불면증이 있는 까닭에 어떤 때에는 무

---

75) 현진건, 「각 방면 명사의 일일생활」, 『별건곤』 17호, 1928. 12.

리하게 오전 삼시까지도 독서를 한다"고. 그런데 이 불면증이 괜히 생긴 불면증이 아니다. 그를 불면의 밤에 들게 한 사람은 피체된 형 현정건이었다.

그렇지만 현진건이 형을 구제할 방법이 없었다. 현정건은 일경 입장에서 보자면 중범인데다가 현진건은 이런 형을 뒤로 빼돌릴 실력자가 아니었다. 현진건이 아무리 민완 기자라 해도 이 사건은 해결될 일이 아니었다. 결국 현정건은 3년 형을 선고 받고 징역살이를 할 수밖에 없었다. 그런데 일이 더 안 좋게 꼬였으니 3년 옥살이를 하고 난 뒤 현정건이 후유증으로 죽게 된다. 그리고 형수마저도 자결해 버린다. 이 사건은 현신건을 극도로 분노케 하고 동시에 절망케 한 사건이다. 형을 죽음으로 내몬 총독부 당국의 조치 앞에서 그는 분노했고 그 자신이 아무 일도 할 수 없다는 사실 앞에서 그는 절망했다. 찾게 되는 것은 술이었다.

그러나 술만 마실 일이 아니었다. 그는 이 답답한 현실을 타개할 어떤 일을 하고 싶었다. 이 암담하기 그지없는 부정적 상황을 물리치고 싶었다. 그는 데스크에만 있을 수는 없었다. 1929년 7월 현진건은 데스크를 뒤로 하고 현장으로 떠난다. 그 현장이 바로 경주였다. 현진건은 민족 역사의 현장을 순례할 목적으로 고도순례 경주 여행에 나선 것이다. 7월 8일 서울을 떠나 12일까지 경주의 고적과 유물, 전설을 순례하고 돌아온 현진건은 『동아일보』에 「고도순례 경주」를 7월 18일부터 8월 19일까지 13회에 걸쳐 연재한다.

이 여행의 의미는 각별하다. 바람이나 쐬려는 여행이 아니었다. 여기에는 설명이 필요하다. 1926년 2월 총독부의 산하단체인 조선교육협회의 기관지 『문교의 조선』 2월호에 당시 경성제국대학의 예과부장 오다 쇼고(小田省吾) 교수가 논문 「소위 단군전설에 대하여」에서 단군의 존재를 부인하자 『동아일보』는 이해 2월 11일, 12일 양일간에 걸쳐 「단군부인의 망」이란 사설을 발표해 단군 부정론을 정면 반박한다.

이 사건을 계기로 단군 입론 운동을 펼친『동아일보』는 최남선에게 3월 3일부터 7월 15일까지「단군론」을 77회 연재케 하고 현진건에게는 7월 8일부터 23일까지 묘향산, 평양, 강동 등을 순례한「단군성적순례」를 연재케 한다.76) 이렇게 총독부는 조선사를 아예 왜곡하기 위해 혈안이 되어 있었다. 일본인 학자들을 동원해 한국역사의 기원으로 간주되는 단군을 부정하거나 임나일본부설 같은 왜곡 이론을 만들어내 식민통치를 정당화했다. 현진건의 국토 순례는 일본인 학자들이 조장한 한국사 왜곡에 저항하는 의의가 있다.

시국은 어수선했다. 3·1운동에 놀라 문화정치를 표방한 일본 총독부는 1920년대 말부터 식민지 통치체제를 파시즘 체제로 전환했다. 1930년대는 1920년대와는 달랐다. 1931년의 만주사변을 기점으로 일본은 중일전쟁(1937)에 이어 태평양전쟁(1941)을 연이어 일으킨다. 조선 주둔 일본군이 만주사변 이후 1개 사단이 증가되었고 경찰 병력도 대폭 증가되었다. 일본 총독부는 전시체제를 강조하면서 조선 민중들을 더없이 난폭하게 다루었다. 현진건은 이 시국의 위험성을 직감할 수 있었다. 뭔가 달라지는 분위기를 그는 느끼고 있었다. 그의 두 편의 순례기는 바로 이러한 엄혹한 시국 아래에서 작성된 문화적 저항의 기록과 같다. 단순한 유람기가 아니라는 말이다.

이미 말했지만, 동명사 입사 이후 본격적으로 시작된 최남선과의 만남이나『시대일보』기자 시절 이루어진 벽초 홍명희와의 만남은 현진건에게 예사롭지 정신적 체험을 가져오게 한 계기였을 것으로 추측된다. 앞으로 더 밝혀야 할 문제가 되겠지만 현진건은 유형, 무형의 유물을 역사

---

76) 이에 대해서는『동아일보사』를 참고.『동아일보사』(동아일보, 1975), pp.346~310.

고찰의 항목으로 포함하고 이 항목들에서 계승해야 하는 문화적 전통을 발견하는 최남선의 문화사학에 깊은 영향을 받고 「고도순례 경주」와 「단군성적순례기」를 쓰게 된 것으로 판단된다. 요컨대 현진건은 '조선 민족의 정체성'을 의도적으로 부인하려는 총독부의 오리엔탈리즘적인 역사 조작에 대응할 목적으로 경주와 단군 성적지를 순례하며 이를 연재하고 있다는 점에서 순례기 연재의 의의는 각별하다. 「고도순례 경주」와 「단군성적순례」가 단지 호사취미 차원의 기행이 아니라 식민화된 역사 현장을 현진건 스스로 체험하면서 문화적 전통을 발견하려고 한다는 점 그리고 이를 통해 민족의 과거와 현재를 성찰하고 있다는 점에서 이 두 순례기의 의의가 중요하다는 것이다.[77]

「고도순례 경주」에서 현진건이 주목하는 것은 문화적 전통의 발견이다. 국적 혹은 민족의 정체성을 보증하는 문화적 지표들을 그는 신라사의 주무대인 경주에서 하나하나 살피고 있다. 더 자세하게 말하면 이렇다. 현진건은 박물관 경주분관에 보관된 석기, 토기 시대의 유물을 보고 "인류 발달에 기구가 얼마나 위대한 소임을 하는가"를 깨닫고 있고 신라 금관에서는 "인공을 뛰어넘은 신공"을 발견하고 있고 "동양 서양의 건축사에 가장 영광스러운" 석굴암에서는 "감흥과 법열"을 체험하고 있다. 황옥백옥적을 보고 우리 악기의 독창성에 감탄하고 있고 봉덕사 대종을 보고 "그 음향이야말로 세계에 자랑할 만한 것"이라고 찬탄하고 있다.

---

77) 1920년대 후반부터 문화적 민족주의 운동 차원에서 우리나라의 역사와 문화, 풍속과 지리를 새롭게 조명하는 순례기들이 여러 언론매체에 기고되었으니 순례기를 연재한 작가는 현진건만이 아니었다. 문인으로는 이광수(「금강산유기」), 박종화(「남한산성」), 한용운(「명사십리」, 「해인사순례기」), 정지용(「다도해기」), 이은상(「만상답청기」, 「강도유기」, 「한라산등척기」), 이병기(「해산유기」, 「사비성을 찾는 길에」) 등이 학자로는 문일평(「동해유기」, 「조선의 명폭」), 최남선(「백두산근참기」, 「심춘순례」), 안재홍(「백두산등척기」, 「춘풍천리」, 「목련화 그늘에서」), 고유섭(「송도고적순례」) 등이 순례기를 발표했다.

요컨대 현진건은 이 신라 유물들을 우리 민족의 영구성을 입증하는 문화적 전통의 예들로 이해하고 있으며 더 궁극적으로는 우리 민족을 문화창조 능력이 뛰어난 문화 민족으로 주장하는 증거로 이해하고 있다.[78]

그런데 현진건은 이 순례기에서 문화 창조 능력의 전통만을 강조하지는 않는다. 현진건은 이 순례기에 "계림의 개가 될지언정 왜국의 신하는 되지 않겠다"고 항변하며 분사한 박제상 전설(鵄述嶺傳說, 壯烈한光景, 寧爲鷄林狗)을 자세하게 인용하고 있다. 왜에 항거하다가 죽은 박제상 전설은 우리 민족에게 문화 창조 능력만이 아니라 외래 세력에 항거하는 저항의 전통이 있다는 점을 은연중에 암시한다. 현진건은 이 순례기를 통해 경주 일대에 산재한 유물과 전설을 하나하나 살피면서 세계 최고 수준의 작품을 만들어내는 문화 창조 전통과 외래 세력에 항거하는 저항의 전통을 적극적으로 주목하고 있다. 요컨대 현진건은 이 순례기에서 신라 유물과 박제상 전설을 살피면서 고도의 문화 창조 능력을 지닌 민족, 외래세력에 저항할 줄 아는 항거의 민족을 상상하고 있는 것이다.

바로 이 대목이다. 현진건은 서서히 그의 사유의 폭을 확장하고 있다. 경주에 산재한 유물을 살피고 전설을 취재하는 현진건의 모습은 단지 기자의 모습이 아니다. 「고도순례 경주」를 연재하는 현진건은 위기에 놓인 민족의 운명을 염려하는 민족주의자의 면모를 보여준다. 그는 이 순례기를 통해 경주의 유물과 전설을 실증하려는 게 아니다. 그가 이 순례기에서 진정으로 말하려고 하는 것은 민족의 위엄이며 영광이다. 그런데 여기서 필히 유념해야 하는 게 있다. 현진건에게서 민족주의자의 면모가 보

---

78) 경주 일대에 산재한 과거의 유적에서 문화적 전통을 발견하는 「고도순례 경주」의 선행 모델은 최남선이 동명에 연재한 「조선역사통속강화」일 수 있다. 비록 「조선역사통속강화」는 순례기의 형식을 취하지는 않고 있지만 이 글은 선사시대의 석기, 패총, 고분 등에서 우리 민족의 문화 창조 능력을 발견하고 우리의 전래 종교, 신화, 전설, 설화, 언어 등등에서 민족성의 정수를 발견하는 구도로 작성된 까닭에 「고도순례 경주」의 선행 모델이 되기에 충분한 자격을 지니고 있었다.

인다고 할 때 민족주의의 성격이다. 카프계열의 이론가들은 민족주의를 국수주의와 같은 의미로 이해하며 민족주의자들을 비판했지만 현진건은 그런 의미의 민족주의자가 아니다. 그렇게 말할 수 있는 까닭이 있다.

동명사 입사 이후 현진건은 최남선의 문화적 민족주의에 일정한 영향을 받는다. 그러나 현진건이 전적으로 최남선의 문화적 민족주의에 일방적으로 경도된 것은 아니다. 그는 최남선의 문화적 민족주의와 대극적인 자리에 놓인 신채호의 저항적인 민족주의에도 일정한 영향을 받고 있다. 그러니까 현진건에게는 이 최남선적인 민족주의와 신채호적인 민족주의가 혼재되어 있었다는 말이다. 현진건이 이 순례기에서 박제상 전설을 길게 인용하는 대목을 주의 깊게 볼 필요가 있다. 이 대목에서 현진건이 민족을 원형적 차원으로만 상상하는 게 아니라 조선의 식민화를 타개하기 위한 구체적인 현실 속에서 상상하고 있다는 것을 알 수 있다. 요컨대 현진건은 한편으로는 최남선적인 방식으로 또 다른 한편으로는 신채호적인 방식으로 민족을 상상하고 있다는 것이다.

「고도순례 경주」에 이어 쓴 두 번째 순례기는 「단군성적순례」다. 오늘날에는 단군이 실존 인물인지 신화의 주인공인지 여전히 논쟁거리로 남아 있지만 최남선과 현진건, 당시 사학자들은 단군을 민족의 기원과 주체성의 상징으로 받아들이는 데 이론의 여지가 없었다. 『동아일보』 사회부장직을 맡고 있던 현진건은 1932년 7월 단군성적 순례차 7월 9일 등정하여 태백산, 평양, 강동, 구월산, 마니산 등지를 순례하고 23일 귀사하여 29일부터 순례기를 연재한다. "이 순례는 단순한 관광적 흥미를 돋우기 위한 것이 아니고, 이충무공의 유적보전운동이나 권율 선사의 사당인 기공사 중건의 경우와 마찬가지로 민족을 얼"을 고취하려는 일환으로 행해진 것이다. 당시 『동아일보』는 전사적 차원에서 단군복원 사업에 매진하고 있었다.

1934년 1월에 평양남도 강동에 있는 단군릉이 퇴락하여, 지방유지 30여명이 기성회를 조직, 단군릉 수축을 위한 모금운동을 벌이게 되었을 때, 본보는 이를 크게 보도하고 본사에서도 모금운동에 나섰던 것이다.

본보에서는 크게는 한민족의 시조 단군에 대한 숭앙심을 고취시킴으로써 민족정기를 바로 잡고, 작게는 일제가 굳이 단군을 부정하려하는데 저항, 민중의 관심을 이리로 집중시킴으로써 반일감정을 높이는데 도움이 된다하여 기회있을 때마다 각종 기사를 실어온 바 있었다.

1932년 7월에는 현진건 사회부장을 단군성적 순례차 특파 7월 9일 등정하여 탄강지 태백산, 통치수도 평양, 능묘가 있는 강동, 말년의 거주지 구월산, 제천단이 있는 강화 마니산 등지를 순례하고 23일 귀사, 29일부터 순례기를 연재한 것도 그 하나였다. 이 순례는 단순한 관광적 흥미를 돋우기 위한 것이 아니고, 이미 본사에서 이충무공의 유적보존운동이나, 권율선사의 사당인 기공사 중건의 경우와 마찬가지로 민족의 얼을 민중 속에 심기 위한 정신운동의 일환으로 행해진 것이었다.

그러므로 단군릉 수축을 위한 기운이 달성된 기회에 본사가 이에 적극 호응하여 성금운동의 일익을 스스로 담당한 것은 너무도 당연한 일이었다. 본사에서는 곧 성금 500원을 가지고 양원모 영업국장과 이은상을 현지에 특파, 성금을 전달하는 한편 능을 참배, 현지사정을 조사토록 하였다.[79]

이렇게 『동아일보』는 단군릉 수축 기금을 모금하거나 자사 기자를 특파원으로 보내면서 전사적으로 단군릉을 복원하는 일에 매달렸다. 문화적 민족주의를 중시하는 신문사인 『동아일보』로서 단군릉 복원에 앞장서는 것은 전혀 이상한 일이 아니었다. 그러나 현진건이 자사의 행사를 취재한다는 마음으로만 이 사안에 매달린 것은 아니다. 현진건도 이 사안을 중요하게 여기고 있었다. 스스로 직접 취재원이 되어 경주와 평양 일대를 다녀온 것을 보면 그 자신 이 순례를 얼마나 중요하게 여겼는가를 알 수 있다.

---

79) 『동아일보사』(동아일보, 1975), pp.346~347.

「고도순례 경주」에서 우리 민족의 저력을 탐구한 현진건은 「단군성적
순례」에서 단군릉 유적지와 동명성왕릉, 을지문덕 장군릉을 순례하면서
또다시 민족의 저력을 확인하고 있다. 오늘날 단군이란 존재는 신화의
주인공으로 인식되고 있지만 평양 일대의 지식인과 민중들 사이에서는
단군릉의 존재를 확신할 만큼 단군을 실존 인물로 여기고 있었다.

> 『강동읍지』에 의하면,
> 단군묘재현서삼리(檀君墓在縣西三里)   대박산하위사백십척(大朴山下圍四
> 百十尺) 언전(諺傳) 단군묘(檀君墓) 자본현봉수수호의(自本縣封修守護矣) 정
> 종(正宗) 병오(丙午) 현감서공형(縣監徐公熒) 정묘십년(正廟十年) 팔월수주
> (八月修奏) 계(啓) 명(命) 본도감사(本道監司) 조돈(趙暾) 순로(巡路) 친심(親
> 審)본관(本官) 춘추봉심(春秋奉審).
> 이라 하였다. 이로써 보더라도 이조의 말엽까지 숭앙의 제전과 봉심이 국
> 령으로 거행되었던 것을 짐작할 것이다.(「단군성적순례」, 『전집』6, 263~264)

현진건이 주목하는 것은 단군이 신화의 주인공이 아니라는 것이다. 단
군은 "이조의 말엽까지 숭앙의 제전과 봉심이 국령으로 거행"된 역사상
의 인물로 단군은 우리나라의 웅혼한 기상을 상징할 뿐만 아니라 찬연한
문명을 연 숭조라고 현진건은 생각하고 있었다. 그렇지만 현진건의 이
순례기는 실증주의를 중시하는 현대역사학자들이 보기에는 관념론적인
글처럼 보일 수 있다. 사실 그렇다. 이 순례기는 정확하게 단군릉을 고증
하는 실증적 성격의 논문은 아니다.

그런데 우리가 좀 더 살펴볼 대목은 실증성의 부족이 아니라 현진건
특유의 낭만주의적인 역사적 상상력이다. 현진건은 이 글에서 그 특유의
웅혼하고 비장한 문체로 유토피아적인 비전을 일관되게 제시하려고 하
고 있다. 식민화된 현실의 절망 저 너머의 유토피아를 독자들에게 불어

넣어주려는 열망이 그에게는 있었다. 그에게 중요한 것은 사실 관계의 확인이 아니라 디스토피아를 뛰어넘는 유토피아의 현현이었고 여기서 단군이 그 현현을 가능하게 하는 상징으로 활용되고 있다는 점이다. 현진건은 식민지적 상황을 뛰어넘고자 단군을 재해석, 재구성하고 있다.

현진건은 「단군성적순례」를 열어가는 글에서 단군을 이렇게 묘사하고 있다.

> 묘막(渺邈)한 상하 반만년 동방문화의 연원이시며, 생생화육(生生化育), 2천 3백만, 단족(檀族)의 영과 육의 모태이시며 흑룡강의 남, 황하의 북, 동해의 서, 망망한 5천여 리에 개지척지(開之拓之) 하신 신공성적(神功聖蹟)을 남겼었으니 이 광범한 문화권을 소고(溯考)하고 방대한 지역원을 봉심(奉審)하자면 정말 까마득한 노릇이다. 1년은커녕, 10년은커녕, 일생을 두고 성과 열과 역을 경주하더라도 이 원념(願念)의 만분지일이나 아니 만만분지일이나 달할까 말까.(「단군성적순례」, 『전집』6, 223)

현진건에 따르면 단군은 "상하 반만년 동방문화의 연원"이고 "흑룡강의 남, 황하의 북, 동해의 서, 망망한 5천 여리에 개지척지하신 신공성적을" 남긴 분이다. 이와 같은 진술은 사실 실증적인 수사는 아니다. 더 정확히 말하자면, 현진건의 낭만주의적인 역사적 상상력이 창조한 수사이다. 그런데 이 수사는 일본의 식민지로 전락한 현재적 상황을 일순 초극하는 효력을 지닌다. 총독부가 보기에는 영 마음에 들지 않는 수사일 수 있다. 그렇지만 현진건은 이런 식의 수사를 순례기의 여기저기 배치해놓고 있다. 그러니까 이 순례기는 단지 단군릉의 위치를 실증적으로 복원하는 게 중요한 게 아니라 우리나라 고대사의 기원과 영역을 한반도를 넘어 만주 일대로까지 확장하고 심화시킴으로써 식민지로 변질된 현재적 모순을 상상적으로 해결하는 의의를 지닌다고 하겠다.

현진건이 단군릉 확인과 함께 주목하는 것은 동명왕릉이다. 현진건은 동명왕릉을 참배하면서 이렇게 자신의 소회를 밝히고 있다.

> 능을 걸음으로 재어보니 28보 평방이나 되던가. 정제한 장군석과 석인석마(石人石馬)들, 단청 새로운 사적비각과 제당(祭堂) 등의 전려(典麗)한 건물들. 고대 동양에 가장 강력한 국가를 건설하신 성왕의 능다운 위의(威儀)를 갖추었다. 고적이라면 너무도 황량하고 퇴폐한 것만 보다가 이 능을 뵈오니 적이 마음이 든든하였다.(「단군성적순례」, 『전집』6, 266)

"고대 동양에 가장 강력한 국가를 건설한" 동명왕릉은 단군릉에 비해 "능다운 위의"를 갖추고 있었다. 그래서 "마음이 든든"했노라고 현진건은 자위하고 있다. 단군릉은 새롭게 수축해야 할 만큼 퇴폐되어 있었으나 동명왕릉은 그렇지 않다는 것이다. 동명왕도 단군과 마찬가지로 현진건이 설정한 유토피아적인 상징이 된다고 하겠다. 동명왕은 식민지로 전락된 오늘날의 비참을 일거에 초월하는 존재로 현진건은 언젠가는 동명왕의 시대가 또다시 전개되리라는 희망을 가슴 한 편에 품고 있다. 마지막으로 주목하는 또 한명의 영웅이 있으니 을지문덕이다.

> 승승장구한 그 맹장과 정병은 파죽의 세로 요동들 발(拔)하고 물밀 듯 짓쳐들어오니, 압수와 향산이 벌써 여국(麗國)의 유(有)가 아니었으며 국도 평양의 위(危)함이 누란과 같았으니 만일 을지문덕이 없었던들, 당년 대고구려국이 멸망했을 것은 물론이거니와, 우리 조선 민족이 그때 벌써 어육(魚肉)이 되고 도탄에 빠져, 이 지구상에서 형(形)을 절(絕)하고 영(影)을 잠(潛)하였는지 모르리라. 사멸에서 흥륭으로 치욕에서 광영으로! 역사의 추축(樞軸)을 전환시킨 민족적 대 은인이 그 누구이뇨(「단군성적순례」, 『전집』6, 231)

> 그 위대한 문화적 유업 ─ 고구려와 신라에 와서 찬란한 탈목(奪目)의 색

과 복욱(馥郁)한 경세와 향을 발하던 그 위대한 문화적 유업이 막상 인천
(人天)을 혼동(掀動)할 대과를 맞으려 할 중대 시기에 지니지 못하고 조잔
(凋殘)과 영락(零落)에 맡기었으니 얼마나 황공한 일이냐. 이런 잔손(殘孫)
은 대천세계를 샅샅이 둘러보아도 그 유례와 비주(比儔)를 찾을 수 없으리
라.(「단군성적순례」,『전집』6, 242)

　현진건은 을지문덕 장군이 주도한 살수대첩의 전황을 비교적 자세히
이 순례기에서 거론하고 있다. 을지문덕을 "민족적 대은인"이라고 높게
평가하는 현진건은 서서히 이 글이 단순한 국토 순례기가 아니라는 것을
은연중에 강조하고 있다. 이 글은 국토 순례기로만 읽히는 게 아니라 일
제에 저항하는 탈식민주의적 텍스트로 읽힐 공산이 크다. 특히 을지문덕
장군 대목은 중국이라는 제국주의적 외세에 대한 강력한 저항과 그 승리
로 읽혀지는 대목이어서 이는 일본과 조선과의 현재적 관계를 암시하는
탈식민성을 분명히 지니고 있다고 하겠다. 요컨대 「고도순례 경주」와 「단
군성적순례기」를 빌려 현진건이 말하려고 하는 것은 과거사의 실증적 복
원이 아니라 식민지 조선의 부정적인 상황을 타개하는 데 있다.
　그런데 현진건이 『동아일보』를 사직하게 된 사건이 드디어 터지고 만
다. 바로 '동아일보 일장기 말소 사건'이다. 사실 현진건이 이 사건의 주
역은 아니었다. 엄밀히 말하자면 공범이었다. 이 사건의 주역은 당시 『동
아일보』 체육부 이길용 기자였다. 손기정 선수가 1936년 8월 9일 베를
린 올림픽에서 마라톤을 우승하고 2주일이 지난 8월 25일, 이 사건이 터
지고 만다. 『동아일보』 체육부 이길용 기자는 아사히 신문사가 격주로
발행하는 『아사히 스포츠』를 정기 구독하고 있었다. 24일 아침 이길용
기자는 『오사까 아사히』 신문에 실린 손기정 선수의 사진을 도려냈다.
1위로 들어온 손기정 선수가 월계관을 쓴 사진이 이 신문에 실려 있었
다. 그는 이 사진을 『동아일보』에 실으려 했다. 이길용 기자는 현진건 부

장에게 이 사진을 신되 일장기를 잘 안보이게 하자고 제의했다. 현진건 부장은 이를 허락했다. 순간적인 판단이었다.

24일 오후 『동아일보』의 인쇄가 끝난다. 손기정 선수 가슴의 일장기를 완전히 숨긴 사진이 실렸다. 그날 저녁 큰 소동이 『동아일보』에 일어난다. 손기정 선수의 가슴에 그려진 일장기를 지운 채 신문이 발간된 사실을 안 총독부는 곧 경찰을 파견해 『동아일보』를 둘러쌌다. 이날 저녁 일곱 시경 사회부장 현진건, 사회부 기자 임병철, 그리고 화가 이상범이 동대문 경찰서에 연행되었다.

그리고 곧 얼마 안 되어 현진건은 다시 경기도 경찰부로 연행된다. 『동아일보』 기자들을 잡아들이는 검거 선풍이 분다. 새로운 총독으로 부임한 미나미는 8월 29일자로 『동아일보』에 무기정간 처분을 내린다. 이 사건으로 『동아일보』의 여러 기자들이 연행됐다. 사진부의 백운선, 서영호, 사회면 편집자 장용서, 임병철 등 관련 기자와 사진과장 신낙균, 화백 이상범, 체육부 이길용 및 사회부장 현진건이 연행됐다. 이 사진을 『신동아』에 게재한 잡지부장 최승만과 잡지 사진부 송덕수도 연행됐다. 이 중에서 이길용, 현진건, 최승만, 신낙균, 서영호 등 5명은 『동아일보』를 떠나야 했다. 아니 『동아일보』만을 떠나는 게 아니라 언론계를 떠나야 했다.

　　일장기 말소의거의 직접 책임자로 이길용 기자를 비롯하여 현진건 최승
구 신낙균 서영호 등 5인은
　　1) 언론 기관에 일절 참여 안하고
　　2) 시말서를 쓰며
　　3) 만일 또 다른 운동이 있을 때에는 이번 사건 책임에 가중하여 처벌
　　　받을 것을 각오함
등의 서약서에 서명하고 40일 만에 가까스로 석방되는 수모를 겪어야 했다.[80]

---

80) 한국체육기자연맹편, 『일장기말소 의거기자 이길용』(인물연구소, 1993), p.89.

왜 총독부는 이렇게까지 가혹한 조치를 단행할까? 여기에는 이유가 있다. 본격적으로 중국 본토를 침략할 계획을 세운 일본 정부는 조선을 확실하게 통제하기 위해 이러한 조치를 결행한다. 바로 대륙침략을 위해 조선을 병참화할 목적으로 언론을 혹독하게 통제한다.

아니나 다를까 1937년 7월 7일 중일전쟁이 시작된다. 북경 외곽 노구교에서 포문을 연 일본 군대는 1938년 10월 광동, 무한까지 점령해 들어간다. 중일전쟁이 일어나자 총독부는 본격적으로 황민화 정책을 밀고 나간다. 모든 면에서 통제정책이 요구되었다. 『동아일보』의 정간 사태는 길어질 수밖에 없었고 그만큼 현진건이 신문사로 돌아갈 희망도 점점 적어갔다.

중일전쟁이 확대되면서 일본은 내선일체를 강조했다. 일본어를 국어로 부르게 했고 1938년에는 우리말이 모든 학교 교육에서 사라지기까지 했다. 창씨개명이 단행되었고 약 80%의 조선인이 어쩔 수 없이 창씨개명에 응했다. 무서운 시국이었다. 이광수는 가야마 미쓰오(香山光郎)으로, 주요한은 마쓰무라 고이치(松村紘一)로 창씨개명했다. 그러나 현진건은 창씨개명에 응하지 않았다. 그리고 그는 일제에 동조하는 강연을 하거나 글을 기고하지 않았다. 신문사 복귀를 위해 괜히 총독부에 아부하지도 않았다. 김동인처럼 황군위문작가단을 따라가지도 않았다.

동아일보 일장기 말소 사건은 역설적으로 현진건의 본업으로 되돌아가게 하는 계기가 되었다. 작가의 본업으로 말이다. 사실 현진건은 『조선일보』에서 시작해 『시대일보』, 『동아일보』를 거치면서 차분하게 자리에 앉아 작품 활동을 할 만한 시간적 여유를 가질 수 없었다. 『동아일보』에 입사한 1925년 11월 그는 『적도』의 일부가 된 「새빨간 웃음」을 『개벽』에 발표한다. 그리고 사회부장으로 발령받기 한 해 전 그러니까 1927년 1월에서 3월까지 「해뜨는 지평선」을 3회 『조선문단』에 연재한다. 그러

나 하나같이 완성도 면에서는 불완전한 작품들이었다. 「새빨간 웃음」이
나 「해뜨는 지평선」이나 완성된 느낌을 주는 작품들은 아니었다. 1930년
9월 「웃는 포사」를 『신소설』과 『해방』에 4회 연재를 하지만 곧 중단하
고 만다. 이 작품도 완성된 작품은 아니었다. 그만큼 현진건은 창작에 몰
두할 시간적 여유가 그리 많지 않았다. 1931년에는 두 편의 단편을 발표
한다. 「서투른 도적」과 「연애의 청산」을 발표한다. 그러나 「연애의 청산」
은 독자들에게 그 결말을 이어가며 쓰기로 한 소설이어서 완성도가 떨어
지는 사례였다.

현진건은 강제로 『동아일보』를 퇴사하게 되었지만 굴신하지는 않았다.
자존심이 강한 현진건이었다. 시국이 어수선했지만 일제의 창씨개명을
받아들이지 않았다. 강직한 현진건이었다. 그러나 시국은 일본이 원하는
대로 흘러갔다. 조선인 대부분이 일본식으로 성과 이름을 바꿨다. 우리
말은 학교에서 추방되었다. 일제의 내선일체 정책은 빈틈없이 추진되었
다. 광기의 시대였다.

이런 광기의 시대에서 현진건이 할 수 있는 일은 없었다. 한 무력한
개인이 폭력의 시대와 정면으로 대결한다는 것은 무리였다. 일제는 완전
히 미쳐가고 있었다. 현진건에게는 두 가지 길 중 하나를 선택해야 했다.
하나는 침묵의 길이고 또 하나는 극일의 길이었다. 현진건은 차분하게
후자의 길을 선택한다. 그렇다고 현진건이 그의 형 현정건처럼 상해로
망명해 극일의 길을 걷는다는 것은 아니다. 그는 소설가였다. 그는 소설
로 극일을 모색한다. 그의 소설 안으로 역사가 들어오는 순간이다.

역사소설가 현진건
그리고 비운의 말년

1937년 현진건은 『동아일보』를 떠난다. 아니 그만둘 수밖에 없었다. 『동아일보』를 나온 현진건은 거처를 옮겼다. 관훈동 집을 팔고 서대문구 부암동 325번지에 자그마한 주택을 구입했다. 서울에서도 사람의 발길이 별로 닿지 않는 부암동에 거처를 마련한 것이다. 그는 이 부암동 집에서 양계를 했다. 그러나 양계를 해본 경험이 없는 현진건이 이 일을 잘 해낼 리가 없었다. 지금까지 소설과 신문기사를 주로 써온 현진건이 닭을 키워 돈을 번다는 것은 무리한 일이었다.

> 그게 어느해던가 초가을인상 싶다. 자하문 밖에 빙허를 만나러 찾아갔다. 세검정 근처에 춘원도 만날 겸 고개를 넘어서서 왼편으로 들어가니 경치 좋은데 집이 있고 옆에 양계장이 있는데 흰 레구홍이 구름처럼 흩어졌다. 그는 양계를 한다는 것이다. 시끄러운 세상 떠나서 한적하게 살자는 것이다. 그는 밑천이 있어서 살만한 처지였다.[81]

---

81) 방인근, 위의 글, p.213.

방인근의 「빙허회고기」에 나오는 한 대목이다. 『동아일보』를 그만 둔 후 마땅히 일자리를 구할 수 없었던 현진건은 어떤 이유였는지 집 옆에 양계장을 만들어 양계를 하게 되었다. 그는 그를 찾는 손님이 오면 양계장에서 닭을 내와 술안주로 하곤 했다. 이익이 날 양계가 아니었다. 그렇지만 아주 가난한 살림은 아니었다. 이 일대에서 전화를 들여놓은 집은 현진건 집 밖에 없을 정도로 현진건은 나름대로 여유 있게 생활했다. 부암동 집으로 이사 온 후 1년이 좀 넘어서 현진건은 드디어 한 편의 장편을 연재하기 시작한다. 바로『무영탑』연재였다. 1938년 7월 20일 시작해 1939년 2월 7일에 마친 연재였다. 그리고 이 사이 「장주와 프랑스」란 제목의 수필을『박문』4호에 발표한다. 1938년 7월 20일의 일이다.82)

『무영탑』은 현진건 문학의 후기를 여는 중요한 작품이다. 그는『무영탑』이래『흑치상지』,『선화공주』등을 연이어 발표하면서 자신을 역사소설가의 반열에 올려놓는다. 그저 장편을 쓰는 게 아니라 웅혼한 고대사적 상상력으로 현실 문제를 규명하는 역사소설가로 변모하는 것이다.

이미 이야기한 내용이지만, 현진건은 「고도순례 경주」를 연재하면서 문화 창조와 저항의 문화적 전통을 주목했다. 그러면서 그는 이 문화적 전통으로 식민화된 현재의 부정적인 상황을 타개하고자 했다. 그는 「고도순례 경주」에서 주목한 신라의 문화적 전통을 다시 한 번『무영탑』에서 모색하고 있다. 이런 까닭에『무영탑』의 문학사적 의의가 만만치 않다는 것을 몇몇 학자들이 제기한 바 있고, 이런 견해는 지금도 통용되고 있다.

『무영탑』은 신동욱 교수가 1970년대 초반에 「현진건의『무영탑』」이

---

82) 대단히 낭만적인 분위기가 농후한 수필이다. 이 글에서 현진건은 "곤충이란 유충시대에 모든 제 생활에 필요한 노동과 고역을 다 치르고 최후에 오직 아름다워지고 사랑하기 위하여 나비로 변"한다고 말하고 있다. 인간도 이런 존재일 수 있다는 뉘앙스의 말을 하고 있다.

란 논문을 발표한 이래 역사소설의 새로운 성과로 인정받아왔으며, 여러
연구자들도 이 작품을 역사소설의 긍정적 성과로 평가하는데 그렇게 인
색하지 않았다. 『무영탑』의 문학사적 위상을 가장 긍정적으로 고찰한 연
구자는 송백헌 교수로, 송백헌 교수는 「현진건의 역사소설」[83]에서 "아사
달의 장인의식과 아사녀의 비장한 애정을 통해서 빙허가 제시하고자 한
것은 진정한 역사의 주체는 민중이라는 사실"이었으며 "일상적인 인물
을 역사의 주체로 파악하여 당대의 민중상을 정립함으로써 춘원이나 동
인의 역사소설의 세계를 뛰어 넘어 한국근대역사소설의 새로운 지평을
열어 놓았다"는 견해를 제시했다.

　이에 대해 반론이 전혀 없는 것은 아니었다. 강영주 교수는 "『무영탑』
은 흔히 작자의 민족주의적 이념을 형상화한 작품으로 간주되어 왔으나,
이는 이 작품의 탈고 직후 현진건이 피력한 역사소설관이 하나의 선입견
으로 작용한 탓"이었다고 비판하면서 "『무영탑』은 한편의 낭만적인 연
애소설 혹은 역사를 배경으로 한 일종의 예술가소설"일 수 있다는 흥미
로운 견해를 제시했다.[84]

　『무영탑』에 관한 평가가 어떠하든 『무영탑』이 일본 제국주의에 대응
해 민족을 상상적 차원에서 회복하고자 한 것은 의심의 여지가 없다. 물
론 작가들의 세계관과 문학관, 역사관이 서로 다른 까닭에 이 문학 작업
의 결과가 동일한 내용과 스타일을 창출하지는 않았지만 민족의 기원과
유구한 내력을 제시하면서 민족 공동체를 상상하는 작품들이 1930년대
에 출현한 것은 사실이며, 『무영탑』도 이런 사례에 속한다고 하겠다. 현
진건이 이 소설에서 특별히 주목하고 있는 것은 우리 민족이 문화 창조
능력이 참으로 뛰어난 민족이라는 사실을 상상적 차원에 입증하려 했다

---

83) 송백헌, 『한국근대역사소설연구』(삼지원, 1985), p.248.
84) 강영주, 『한국 역사소설의 재인식(창비, 1991), p.84.

는 데 있다. 그는 이를 작품에서 신흥으로 표현하고 있다.

똑 똑, 바루 추녀 끝에서 완연히 낙수가 떨어지고 자그륵 자그륵 연잎
에 급한 소나기가 지나가는 듯하다가 문득 찡하고 우람한 울림이 지동처
럼 울려 온다.

성기고 배게, 느리고 자지러지게, 높으락낮으락 그 소리는 저절로 미묘
한 곡조를 이루어 쪼는 이의 신흥을 알으켜 준다.(『무영탑』, 『전집』3, 26)

그는 제 핏줄 가운데 제 것 아닌 무서운 힘이 용솟음함을 느끼었다.
오래간만에 참으로 오래간만에 어마어마한 신흥(神興)이 저를 찾아온
줄 그의 넋은 벌써 깨달은 것이다.

이 흥이 오기를 얼마나 바랬던고, 기다리었던고, 이 '흥'이란 한없이
곱고 한없이 사나웁고 철석같이 미쁘다가 바람같이 변한다. 너르자면 왼
누리에 차고, 잘자면 겨자알도 오히려 크다. 활달한 적엔 양양한 바다에
봄바람이 넘놀고, 까다롭자면 시기하는 지어미도 물러앉을 지경이다. 그러
고 갖은 조화를 다 가진 듯 고대 여기 있는가 하면 까마득하게 사라지고,
분명히 손아귀에 들었거니 하다가 돌아서면 간 곳을 찾을 길 없다. 어느
때엔 푸드득 나는 새 나래에서 그대로 뚝 떨어져서 품속으로 기어들고, 어
느 때엔 발부리에 밟히는 조약돌에서도 불쑥 그 안타까운 모양을 나타낸
다.(『무영탑』, 『전집』3, 93)

'흥'은 인제 이글이글한 불덩어리가 되어 그대로 디굴디굴 구은다.
그는 불채쪽에 휘갈기는 사람 모양으로 죽을 판 살 판 정과 마치를 휘
둘렀다.

몇 날이 되었는지 몇 밤이 되었는지 그는 모른다. '흥'이 끊어진 때나 그
에게 낮도 있고 밤도 있었지만, '흥'이 꼬리를 맞물고 잇달아 일어날 때에
야, 기실 그 '흥'이 계속되는 동안이 그에게는 도모지 한 순간인지 모른다.
머리에는 아직도 꽃불이 법새를 넘고 뒹구는데 몸의 힘은 마음의 힘
에 차차 휘감겨 들어가는 듯하다.(『무영탑』, 『전집』3, 98)

예문에서 확인할 수 있듯, 신흥은 객관적으로 정리될 수 없지만 마치 자체 생명력을 지닌 살아있는 유기체처럼 묘사되고 있다. 신흥은 "제 핏줄 가운데 제 것 아닌 무서운 힘", "이글이글한 불덩어리" 같은 것으로 "너르자면 온누리에 차고 잘자면 겨자알"보다 훨씬 작고 "어느 때는 푸드득 나는 새날개에서 그대로 뚝 떨어져서 품속으로 기어들고 어느 때엔 발부리에 밟히는 조약돌에서도 안타까운 모양"을 드러낸다. 요컨대 우주 만물의 혼이요, 생명 창조의 기운이요, 재생과 부활의 에너지로 이해되는 신흥은 민족 공동체가 공유하는 문화를 만들어내는 문화 창조 원동력의 비유이면서 그 자체로 민족의 비유라고 할 수 있다.[85] 신흥에 관한 설명이 비록 추상적이기는 하지만 신흥이 우리나라 전통 연희인 굿이나 놀이마당에서 볼 수 있는 순간적인 접신과 도약, 몰입과 환희의 행동, 새로운 질서를 마련하는 고유의 기운을 환기하는 것은 자명하다.

이런 점을 염두에 둘 때 우리는 현진건이 민족을 영원한 생명력을 지닌 유기체로 상상하고 있다는 것을 확인할 수 있다. 현진건이 상상하는 민족은 식민화된 현재 저 너머 고대부터 존속하는 유기체처럼 보인다. 이 민족은 식민지적 근대의 공간과 계몽의 시간에 포섭되지 않는 민족으로 마치 영원불사의 생명력을 지닌 유기체로 보인다. 신흥이라는 문화적 전통을 소설 안으로 끌어들인 현진건은 근대 이전, 아니 역사 이전부터 존재한 유기체적인 민족 혹은 무한한 우주와 영원한 시간에 소속된 원형적인 민족을 상상하고 있다는 점을 충분히 추론할 수 있다.

이 소설에는 아사달과는 다른 성격의 영웅이 설정되고 있으니 그가 바

---

85) 1920, 30년대의 문인과 학자들 사이에서는 민족적인 것과 계급적인 것 중에서 무엇을 더 중시해야 하는가를 규명하는 논쟁이 활발하게 펼쳐졌는데, 현진건은 「조선혼과 현대정신의 파악」이라는 글에서 "로만티즘도 좋다. 리얼리즘도 좋다. 상징주의도 나쁜 것 아니오 표현주의도 버릴 것 아니다. 오직 조선혼과 현대정신의 파악! 이것 이야말로 다른 아무의 것도 아닌 우리 문학의 생명이오 특색일 것"이라고 피력할 정도로 민족적인 것을 중시하고 있다.

로 경신이다. 그런데 경신을 주목해야 하는 이유는 이 인물이 신채호적인 발상법으로 창조된 인물이라는 데 있다.

> 서경 전역의 양편 병력이 각 수만에 불과하며, 전역의 수미가 양개년에 불만했지만 그 전역의 결과가 조선사회에 영향을 끼침은 서경 전역 이전에 고구려의 후예요, 북방의 대국인 발해 멸망의 전역보다도 서경 전역 이후 고려 대 몽고의 육십 년 전역보다도 몇 갑절이나 돌파하였으니 대사건이 없을 것이다. 서경 전역을 역대의 사가들은 다만 왕사가 반적을 친 전역으로 알았을 뿐이었으나 이는 근시안의 관찰이다. 그 실상은 이 전역이 즉 낭 불 양가 대 유가의 전이며 국풍파 대 한학파의 전이며 독립당 대 사대당의 전이며 진취사상 대 보수사상의 전이나 묘청은 곧 전자의 대표요, 김부식은 후자의 대표이었던 것이다. …(중략)… 낭은 신라의 화랑이니, 화랑은 본래 상고 소도제단의 무사, 곧 그때에 선비라 칭하던 자인데, 고구려에서는 조의를 입어 조의선인이라 하고, 신라에서는 미모를 취하여 화랑으로 불렸다. 화랑을 국선, 선랑, 풍류도, 풍월도 등으로 칭하였다.86)

예문에서 확인할 수 있듯, 신채호는 역사의 전개를 낭 불 대 유가의 싸움, 국풍파 대 한학파의 싸움, 독립당 대 사대당의 싸움으로 이해하고 있다. 더 설명하자면 신채호는 국풍파, 독립당, 국선, 선랑, 풍류도, 풍월도 등을 민족의 문화적 지표로 한학파, 사대당 등을 반민족의 문화적 지표로 이해하고 있다. 요컨대 국풍파, 독립당, 국선, 선랑, 풍류도, 풍월도는 자기동일성의 성격을 띠는 민족의 문화적 지표로 한학파, 사대당을 반민족의 문화적 지표로 설정하면서 민족을 상상하고 있다.

신채호가 그의 사론에서 보여준 민족 상상의 방식—민족의 문화적 지표와 반민족의 문화적 지표를 이항 대립적 관계로 구분하여 민족을 상상하는—을 현진건은 『무영탑』에서 활용하고 있다. 현진건이 최남선적인 방식에만 경도되었다는 말은 아니다. 더 자세히 말해 현진건은 경신을 전

---

86) 신채호, 「조선역사상 일천년 제일대사건」, 『한국의 근대사상』(삼성출판사, 1981), pp.428~429.

자의 계열에 속하는 무사로 금성과 금지를 후자의 계열에 속하는 유가로 구분하는 이항 대립적 관계 속에서 민족을 상상하는 서술을 전개하고 있다. 현진건이 국선도의 문화적 전통을 인용하면서 민족을 상상한다는 것은 힘과 용기의 미덕을 지닌 민족을 상상한다는 걸 기본적으로 의미한다.

경신은 그의 수하인 용돌이가 검술 공부하는 장소에 몰래 나타난 다음과 같이 의미심장한 말을 건넨다.

> "여보게 생각을 해보게. 당 명황이 안록산에게 쫓기어 멀리 촉나라 두 메로 달아났으니 이때를 타서 대군을 거느리고 짓쳐 들어갔으면 중원을 다 차지는 못할망정 고구려의 옛 땅이야 다시 찾아오지 못하겠나?"
>
> 용돌은 무릎을 탁 쳤다.
>
> "옳습니다. 옳습니다! 과연 서방님 말씀이 옳습니다. 조정에서야 어떡하던 우리의 힘으로나마 군사를 일으켜 보시는 게 어떠하실까요. 온 천하에 흩어진 낭도를 긁어모으면 그래도 몇 만 명은 될 수가 있지 않겠습니까."
>
> "안 되네, 안 되어. 나도 게까지 생각은 해 보았네마는 임만해도 될상 싶지를 않네. 첫째로 그만한 큰일을 하자면 신라 왼 나라의 힘을 기울여야 성사가 되겠거든. 소위 당학파들이 잔뜩 조정을 움켜쥐고 있으니 까딱 잘 못하면 역적의 누명이나 쓰고 말 거란 말이지. 촉나라까지 쫓겨난 당 명황에게 꾸벅꾸벅 문안사신까지 보내는 판이니 그자들에게 정당론(征唐論)을 끄집어내어 보게. 천 길 만 길 뛸 것 아닌가. 기가 막힐 노릇이지."(『무영탑』, 『전집』2, 248)

우리는 이 대목에서 경신이 주장하는 고토 회복이 일본에 의해 강요된 훼손된 민족성을 회복하는 현실적 의의를 띠고 있음을 알 수 있다. 고구려 고토를 회복하는 일은 단지 영토 경계를 확장하는 의의를 지니는 게 아니라 더 중요하게는 일본이 훼손시킨 민족성을 회복하는 현실적 의의를 띤다는 것이다.

이와 함께 경신의 정당론은 민족의 기원인 만주를 되찾아야 한다는 신채호, 박은식의 만주 중심의 역사관을 반영한다는 것을 유의할 필요가 있다.[87] 신채호는 민족의 기원인 단군이 만주에 활동 근거지를 마련했으며 이 이후 조선 역사의 전개는 단군에서 부여, 고구려로 이어진다고 그의 사론에서 밝힌 바 있다. 다시 말해 "식민 사관론자들이 애써 강조해온 한반도 중심의 역사 무대를 만주 요동반도 및 요서 지방과 지나 동북 지대에까지 뻗친 역사 무대로 확대시킨"[88] 신채호의 고대사론을 현진건의 『무영탑』은 수용하고 있다는 말이다. 이처럼 경신이 주장하는 정당론의 이면에는 만주를 마치 민족의 기원과 고향으로 상상하는 근대 민족주의 역사학의 관념이 투영되어 있다.[89]

국선도라는 문화적 전통과 이 전통에 호응하는 경신의 설정을 통해 현진건은 저항하는 민족, 강한 민족, 무력과 용기의 민족 요컨대 영웅화된 민족을 상상하고 있다는 것을 확인할 수 있다. 신흥의 문화적 전통과 아사달의 설정을 통해 유기체적, 원형적, 재생적 민족을 상상하고 있다면 여기에서는 기본적으로 저항하는 민족을 상상하고 있다는 것을 확인할 수 있다. 이런 점에서 적어도 경신이 정당론을 주장하는 대목에서만큼은 현진건이 조선의 식민화라는 구체적인 현실 문제와 관련지어 민족을 상

---

87) 현진건이 고구려 고토의 회복을 주장하는 경신과 같은 민족 주체를 설정하게 된 데에는 민족사의 기원을 만주로 파악하려는 근대 역사학의 패러다임에 영향 받은 바 크다. 여기에 대해서는 한영우 교수의 논문을 참고. 한영우, 「1910년대의 민족주의적 역사서술」, 『한국문화』 1, 서울대학교 한국문화연구소, 1980.

88) 이만열, 『한국근대사학의 인식』(문학과지성사, 1981), p.236.

89) 경신의 고토 회복은 현실적으로 성취되는 과업으로 진전하지는 않는다. 경신의 고토 회복을 견제하는 한학과 세력의 정치권력이 "잔뜩 조정을 움켜"쥘 정도로 강력한 까닭이다. 이 소설에서 경신이 해결한 일은 아사달의 구출이요, 결혼을 파기해달라는 주만의 요청 수락이고 화형으로 죽게 된 주만을 구출하는 것이다. 현진건은 경신을 고토 회복의 야망을 꿈꾸는 또 하나의 민족 주체로 확정하고 있지만 경신의 원대한 꿈은 꿈으로만 머물도록 처리하고 있다. 현진건은 정치권력을 틀어쥔 '반민족적' 존재들의 견제로 인해 경신의 야망이 좌절되도록 함으로써 고토 회복으로 상징되는 민족성 회복의 과제를 민족의 영구한 문제로 만들어 놓고 있다.

상한다고 얘기할 수 있다.

『무영탑』을 계기로 현진건은 그의 내면에 있었던 역사적 상상력을 폭발적으로 드러냈다. 신들린 무당처럼 그는 자신의 소설 안으로 역사를 이끌고 왔다. 소설과 역사를 만나게 했으며 그럼으로써 소설과 현실을 대면하게 했다. 『무영탑』 연재를 끝낸 현진건은 1939년 10월 25일부터 『흑치상지』[90)를 『동아일보』에 연재했다. 그런데 이 소설의 끝을 볼 수는 없었다. 강제로 연재가 중단된 까닭이다. 『흑치상지』의 연재를 중단하게 한 총독부는 그의 작품집 『조선의 얼굴』까지 금서로 묶어버린다. 충격적인 조치였다. 폭압적인 조치였다. 현진건의 창작의 자유와 권리를 일순간에 포박하는 조치였다. 총독부로서는 일장기 말소 사건으로 『동아일보』를 퇴직해야 했던 현진건이 '불령선인'처럼 보일 수밖에 없었다.

비록 미완성 소설이기는 하지만 『흑치상지』는 『무영탑』의 한계를 극복한 역사소설의 사례가 되기에 충분했다. 이 소설은 『무영탑』의 한계를 뛰어넘고 있다. 『흑치상지』에서 현진건은 지식인의 엘리트적 자의식을 완전히 청산하고 있다. 그는 민중을 관찰하거나 민중과 거리를 두는 태도를 이 소설에서 일신하고 있다.

『흑치상지』에서 현진건은 백제 유민의 고통을 이해하면서 이 고통을 극복하려고 하는 평민적 성격의 영웅 흑치를 구국영웅으로 설정한다. 세 명의 아내를 거느리면서 유복한 생활을 영위하던 흑치상지는 백제 몰락 이후 당군에게 끌려간 백제 유민의 참상을 우연히 목격하게 된다. 그는 이 참상을 목격하면서 백제의 구국영웅으로 서서히 변모한다. 작은 고을

---

90) 최원식 교수는 『흑치상지』를 "가장 악화된 조건 속에 빠진 1940년대 식민지 조선이 어떻게 제국주의의 질곡을 극복할 수 있는가를 용기있게 추구한" 작품으로 평가했다. 송백헌 교수는 『흑치상지』를 "단재 등의 초기근대역사소설에 표명된 구국적 영웅을 통한 국권회복의지를 저변에 깔면서 역사소설의 주체자로서의 민중을 참여시킴으로써 발전된 역사의식을 보여주고 있을 뿐만 아니라 나아가 춘원과 동인의 역사소설이 보여주는 감상적 복고주의마저 철저히 극복한 셈"이라고 평가했다.

의 장수출신인 흑치는 이 백제 유민들에게 강한 연민을 느낀다. 민중의 고통에 깊은 연민을 느끼는 그는 민중의 잠재력을 신뢰하는 영웅으로 이 소설에서 묘사되고 있다. 민중을 지도하는 영웅이 아니라 민중과 함께 동고동락하려는 영웅으로 흑치는 묘사되고 있다. 이처럼 현진건은 민중 지향적인 영웅을 설정해 위난의 위기를 극복해가는 새로운 모습을 그의 소설에서 서술하고 있다. 또한 그는 자기 안위만을 중시하는 상류 귀족들의 어리석은 행각 때문에 도탄에 빠진 민중의 고통과 고난을 실감나게 묘사하고 있다. 이 소설의 시작단계부터 나오는 것은 당나라에 끌려가는 백제 민중들의 처참한 행렬이다.

그런데 현진건이 이 소설에서 실제로 보여주려고 한 것은 백제의 문제가 아니라 식민화된 조선의 문제였다. 백제 유민들의 처참한 행렬이 곧 식민지 조선 민중들의 고통이며 백제 유민들의 고난이 식민지 조선 민중들의 고난이라고 현진건은 이 소설에서 우회적으로 증언하고 있다. 요컨대 『흑치상지』는 민족의 수난사와 부흥사를 동시에 접맥시킨 소설이 된다고 하겠다.

또한 현진건은 이 소설에서 자기 이익을 초월해 대의적인 삶을 살아야 민족의 위기가 해결될 수 있다는 것을 강조한다. 백제 귀족들은 자기 이익에 갇힌 삶을 살아가는 소인배들이었다. 그러나 백제 대신과 당나라 장수의 첩이었던 창화부인이나 흑치상지는 자기 이익을 초월해 민중의 이익을 대변하는 대의적인 삶을 살아가고 있다고 작가는 말하고 있다. 신분이 어떻든 민족의 안위를 고민하면서 대의적인 삶을 살아가는 게 진정 중요하다는 메시지를 그는 창화부인과 흑치상지를 빌려 말하고 있다.

민중친화적인 영웅의 설정과 도탄 속에서 억압받는 민중들에 관한 묘사, 창화부인의 설정은 그 자체로 식민지 조선을 되비추는 현재적 의의를 지니고 있다. 이미 말했지만, 현진건은 이 소설에서 백제의 문제를 보여주는 게 아니라 식민지 조선의 문제를 조명하고 있다. 역사소설이 현재적 상황과 처지를 우의하는 장르라는 것을 감안하자면 『흑치상지』의 진짜 의미는 식민지 하의 조선과 민중의 처지를 강하게 질타하고 민족해방의 유토피아를 기획하는 소설로 읽힐 수 있다.

그랬다. 현진건은 이 소설에서 민족해방의 꿈을 꾸고 있었다. 식민지의 디스토피아를 반전시키는 유토피아를 그는 꿈꾸고 있었다. 강제로 연재가 중단된 이유는 바로 여기에 있다. 문학적 식견이 전문적인 독자가 아니더라도 『흑치상지』의 문제성을 간파한다는 것은 그리 어려운 일이 아니다. 망해버린 백제가 망해버린 조선의 비유이며 백제부흥운동이 조선의 독립운동의 의미로 읽힐 수 있기에 총독부로서는 이 소설의 연재를 허락할 수 없었다. 그래서 이 소설은 아쉽게도 완성될 수 없었다.

이렇게 현진건은 식민지의 어둠이 점증하는 상황에서 민족주의자로 깊어져가고 있었다. 그는 그가 쓸 수 있는 모든 글에서 잃어버린 나라를 복원하고 싶었다. 적지 않은 문인들이 친일문인이 되어 조선의 젊은이들에게 학병이 되기를 강요했지만 현진건은 그렇지 않았다. 현진건은 조선의 절망이 깊어갈 때 우람한 민족주의자로 변모하고 있었다.

『흑치상지』는 현진건의 민족주의가 최남선적 민족주의에서 신채호적 민족주의로 이동하고 있다는 것을 상기시킨다. 이것은 대단히 중요한 변모이다. 현진건은 동명사 입사 이래 최남선의 영향력 아래에 놓여 있었다. 그러나 그는 「고도경주 순례」에서 일제에 저항한 박제상의 전설이나 「단군성적순례」에서 중국에 저항한 을지문덕 장군의 이야기를 주목하는 모습, 즉 신채호의 저항적 민족주의에 가까이 다가선다. 요컨대 현진건은 최남선적인 민족주의와 멀어지면서 동시에 신채호적인 민족주의에 가까워지는 모습을 『흑치상지』에서는 완벽하게 실현한다.

『흑지상치』가 연재가 중단된 소설이어서 현진건이 어떤 성격의 민족주의에 도달하는가를 정확하게 알 수는 없겠으나 적어도 신채호적인 민족주의에 착근하고 있다는 것은 의심의 여지가 없다. 이런 점에서 이 소설의 성취는 놀랍다. 이 소설에서 현진건은 지식인적 자의식, 엘리트적 자의식을 훌훌 털어버렸다. 그 대신 그는 이 소설에서 민중적 세계관을 성취하고 있다. 그러나 그 대가는 연재 중단이었고『조선의 얼굴』의 판금 조치였다. 참혹한 대가였다.

현진건은 『흑치상지』를 연재하던 중에 『문장』과 인터뷰를 갖는다. 1939년 11월의 인터뷰이다. 인터뷰 전문은 다음과 같다.

문 벌써 여러 해 되시지요 신문소설 말고 작품다운 작품 안 쓰신지가……

답 네, 아마 한 칠팔년 되나봅니다. 언젠가 삼천리에 단편하나 쓴 것이 마지막이니까요.

문 그렇게 오랫동안 붓을 안 잡으신덴 무슨 중대한 이유가 있을 것 같은데 그것 좀 들려주셨으면 좋겠습니다.

답 이유랄 것이 있습니까. 결국 침묵하는 데는 침묵하는 이유밖에 없지요

문 그래두 아주 문학을 버리시지 않은 이상 그렇게 오랫동안 붓을 안 잡으신데는 가령 무슨 사상적 고민이라든가 혹은 외부적 사정이라든가……

답 글쎄요. 뱃심 좋게 외부적 사정으로 돌렸으면 근사할 듯도 합니다마는

문 그 동안은 자연 신문사 일로 바쁘시기도 하셨겠지만 말하자면 순전한 작가생활을 하는 작가가 거의 없다 할만한 조선의 현상이라, 선생님의 침묵을 그리로만 돌릴 수도 없고 선생님의 침묵을 지키시는 이유는 아마 세상이 다 궁금해 하는 점일 것입니다.

답 물론 그런 점도 없진 않으나 그건 변명이 못되고 그렇지요. 구경은 침묵한 이유는 내 자신에 있겠지요. 그 사이에 한 가지 깨달은 것은 결국 작가는 작가로서의 생활만을 가져야 한다는 점입니다. 아무 속스런 속박이 없어야 그야말로 사색도 할 수 있고 책 읽을 겨를도 생

　　기고 그러면 자연히 쓰고 싶은 맘이 생길 것 아닙니까. 또 그래야만
　　그 사람의 천품이 곧장 뻗어나가고 따라서 좋은 작품도 낳을 수 있
　　다는 것입니다.

문　그러면 인제부터 우선 선생님이 좀 쓰셔야 하겠습니다.

답　글쎄요.

문　요새 읽으신 작품 중에선 어떤 것이 제일 감명 깊으셨습니까?

답　게을러서 별로 읽지도 못했습니다.

문　그래도 전에 비해선 요새는 좀 한가로우신 생활을 하고 계시니까

답　읽은 것 두 없을 뿐 아니라 워낙 둔감이 되어서 그렇듯 감명만 받은
　　것이 없습니다. 그저 매달 보내주시는 문장을 통해서 읽는 것 중에
　　서 말씀한다면 재미있기로는 유진오 씨의 「이혼」이 생각나고 또 오
　　래 간만에 완성미를 얻은 춘원의 무명이 잊혀지지 않습니다. 여류로
　　는 최정희 씨의 압도적인 소설적 소재를 풀어놓은 지맥이 눈에 띄
　　었습니다.

문　최근의 작품을 읽고 나서서 얻으신 감상을 들려주셨으면 좋겠습니
　　다. 선생님이 활약하시던 시대와 현저히 다른 점이라든지……

답　문장이라든가 소설 만드는 기술은 가히 괄목할 만큼 진보되었더군
　　요. 그러나 구상의 도약이 드뭅니다. 소설이란 물론 발뿌리부터 보
　　아야 합니다마는 수연히 남산을 보는 맛도 있어야 합니다. 동경문단
　　의 말기적인 신변잡기 같은 것에 안주하시려는 경향이 보이지 않습
　　니까. 좀 더 스케일이 큰, 공상의 초인적 발전이 기다려집니다.

문　그렇지요. 그런 요소가 너무 적으니까요. 그런 점에서 낭만주의라는
　　것을 재고할 필요도 있을 것 같습니다. 이 의미에서 요새의 신인들
　　을 어떻게 생각 하십니까?

답　역시 스케일이 커지기를 원합니다. 먼저 풍부한 사조와 순결한 구상
　　을 가졌으면 합니다. 간결이니 경보니 고담이니 하는 것은 그 다음
　　에 오는 것입니다. 좀스러운 손끝 기술에만 골몰하지 마시고 장풍을
　　명예하여 만리랑을 깨칠 기백을 길르시기를 바랍니다. 문은 인이란
　　말이 있읍니다마는 그것은 완성된 글을 남이 평할 때 하는 말인 줄

압니다. 문은 실상 인즉 기입니다. 기 없는 글은 아무리 진주 같다 해도 곧 사회입니다. 이런 의미에서 나는 신인께 모파상이나 체홉을 본뜨기 전에 뚜우마나 유우고오를 배우시도록 원합니다. 이것은 동시에 내 자신에 대한 뒤늦은 소원이기도 합니다.

문   작가가 그렇게 자각한다 하더라도 독자가 따르지 못하는 경우도 있지 않습니까.

답   독자란 언제든지 막연한 것입니다. 그뿐 아니라 독자보다는 언제든지 작자가 선각자이어야 하지 않습니까.

문   신문소설을 쓰실 적엔 그렇지만 독자를 염두에 두지 않을 수 없지 않습니까?

답   신문소설이라고 별다른 것이 있겠습니까마는 매회 마다 긴장미를 요구하는 것이 좀 성가시기도 하고 또 한창 제멋대로 써나려가다가 언뜩 위압하는 듯한 독자의 얼굴이 보이어 붓이 멈칠 때가 있습니다. 그런데 참 흥미소연한 느낌을 자아냅니다.

문   그럴 땐 문안에 들어가셔서 한 잔은 기우리시고 와서 집필하시지요. 술과 빙허선생과는 불가분리의……

답   이태백이가 아니라 주흥의 도도하다고 예술적 감흥까지 일어날 리야 있겠습니까. 또 그런 심경으로 시는 몰라도 소설이야 쓸 수 있습니까. 술이야 역시 일한가지 맞추고 마음 기쁠때 먹을 것이지요.

문   그럼 인제부터 조선이, 아니 세계가 요구하는 대망의 작가라든지, 작품은 어떤 것이겠습니까.

답   글쎄요 문제가 광범해서 어렵습니다. 그러나 이것만은 말할 수 있습니다. 즉 지금은 여러 가지 점에서 세계적으로 문학의 빈곤시대가 아닌가 하는 것입니다. 나의 과문한 탓인지는 몰라도 전 세계 문단을 통털어 놓고 보아도 위대한 작가와 작품이 없는 것 같습니다. 이런 시대에 유독 조선작가만 책하는 것이 가혹하지 않을가 하고 자위도 합니다마는 하기야 이런 판에 조선의 일각에서 세계를 진감하는 작품이 나타났으면 오작이나 좋겠습니까. 공상뿐만 아니라 가능성도 충분합니다. 헛기침 같지만 춘원의 무명, 벽초의 임꺽정전, 월

　　탄의 금삼의 피 같은 작품은 세계적 수준을 높이 뛰었다고 봅니다.

문　인제부터 문학에 무슨 변화는 생기지 않겠습니까. 대전전후가 마치 칼로 에인 듯이 구획되듯이 이번 이차대전을 계기로 무슨 전환이 있지나 않겠습니까.

답　미리 예단하기는 어렵습니다마는 금후의 문학은 악착한 현실에 식상된 뒤라 혹은 이상주의 시대가 오지나 않을까 생각합니다.

문　선생님이 이 때까지에 가장 사랑하시는 작가는 누굽니까

답　특별히 사랑하는 작가라고는 없습니다.

문　그럼 어떤 작가에게 가장 많이 영향을 받으셨습니까.

답　워낙 난독이 되어서 영향 받은 작가나 작품을 들 수 없습니다. 어수선해서 하나하나 들기가 곤란합니다. 또 결국 예술이란 체득할 것이지 누구에서 배울 것이 아니니까요.

문　이때까지의 말씀으로 선생님의 문학에 대한 정열을 짐작 하겠습니다. 인제 한일월을 가지시게 되었으니 그것을 작품으로 구체화시켜서 빨리 보여주시기만 바랍니다. 언제쯤부터 다시 쓰기 시작하시겠습니까?

답　글쎄요, 신변이 정리 되는대로 차차 붓을 잡을까 합니다. 언제라고 꼭 지적할 수 없어도 가까운 장래에 꼭 문장을 통해서 발표하겠습니다.

문　쓰시면 어떤 소설을 쓰시겠습니까?

답　어떤 소설을 어떻게 쓰겠다는 것은 천기누예가 될 염려가 있으니 아직은 암말 않겠습니다. 작품이 정말 나온 후에 엄정히 평가해 주십시오.

문　그럼 그때만 기다리겠습니다. 그리고 첫 작품은 꼭 문장에 주셔야만 합니다. 좋은 말씀 많이 들려주셔서 후진의 큰 도움이 되겠습니다.[91]

　　현진건의 답변을 정리하면 이렇다. "신문소설 말고 작품다운 작품을

---

91) 「침묵의 거장 현진건 씨의 문학종횡담」, 『문장』, 1939. 11, pp.116~120.

안 쓴지 칠팔년이 된다. 이렇게 오래 침묵한 이유는 내 자신에게 있다. 작가는 작가로서의 생활만을 가져야 하고 아무 속박이 없어야 사색할 수도 있고 책 읽을 겨를도 생긴다. 최근의 작품들은 구상의 도약이 드물다. 좀 더 스케일이 큰, 공상의 초인적 발상이 필요하다. 문은 실상 기이다. 기 없는 글은 아무리 진주 같다 해도 곧 사회다. 독자보다는 작가가 선각자이어야 한다. 예술이란 체득할 것이지 누구에게 배울 것이 아니다."

현진건의 답변에서 주목해야 하는 것은 "문은 실상 기"라는 진술이다. 조동일 교수는 이를 이렇게 해석하고 있다.

> 현진건이 말하는 기는 우선 氣魄으로서의 기이다. 기백으로서의 기를 말하면서 이규보가 지녔던 바와 같은 생각을 확인했다. 이규보는 자기 시대의 문인들이 왜소하게 되어서 남의 글을 모방하는 데서 문학을 하는 보람을 찾으려고 했으므로 문학을 하는 사람은 모름지기 웅건한 기를 갖추고 독창적인 설의를 할 수 있어야 한다고 했는데, 현진건 또한 자기 시대의 문학에 대해서 이와 상통하는 비판을 전개하였다.[92]

"문학이 기"라는 현진건의 진술은 단순히 고현학적인 의미만을 띠는 게 아니다. 이 진술은 당대 문학의 왜소함을 비판하는 의미를 띤다. 현진건은 말한다. 최근의 작품들은 구상의 도약이 드물며 동경문단의 말기적인 신변잡기에 관심을 갖는다고. 문학은 좀 더 독창적이어야 하며 신변잡기의 문제가 얽매여서는 안 된다고 현진건은 대담에서 밝히고 있다.

그런데 이 대담은 흥미롭다. 왜냐하면 현진건이 할 말을 다하는 대담이 아니기 때문이다. 현진건은 기자의 질문에 대해 정면으로 답하지 않고 있다. 할 말은 되도록 하지 않고 우회적으로 답하고 있다. 그럼에도 불구하고 이 대담은 현진건이 어떤 문학을 지향하는가를 암시적으로 드

---

92) 조동일, 『한국문학사상사시론』(지식산업사, 1978), p.437.

러내주고 있다. 현진건은 기교 이상의 문학, 신변잡기 이상의 문학, 즉 자기 시대를 증언하는 문학을 해야 한다고 생각하고 있다.

짧은 인터뷰이긴 하지만 이 인터뷰는 현진건 문학의 핵심을 간명하게 보여준다고 할 수 있다. 그의 문학관이나 작가관은 비타협적이었다. 작품다운 작품을 지향하는 그의 문학관이나 작가는 작가만의 생활을 가져야 한다는 그의 작가관은 후배 문인들의 귀감이 될 만한 문학관이며 작가관이었다.

『문장』 인터뷰 이후 현진건은 『문장』 12월호에 「역사소설의 제 문제」라는 긴 글을 투고한다. 현진건의 역사소설관을 확인할 수 있는 중요한 글이다.

    편집장 족하
    주신 글월은 저세히 뵈왔습니다. 두 가지 명제 가운데 흑치상지를 쓰기까지의 연구라든가 고심은 아직 그 소설 자체가 세상에 나오기 전이니 아이도 낳기 전부터 산고를 말하는 것 같아서 쑥스럽고 거북한 점도 없지 않거니와 더구나 지금 진통이 자못 격렬한 때라 미처 괴로움을 말할 경황조차 없기도 합니다.
    역사소설에 대하여라는 명제도 겨우 과거에 소재와 무대를 잡은 소설 한 두개 쯤 쓰고 역사소설가인척 하는 것이 주제도 넓은 것 같고 또 창졸간에 제법 아귀 맞는 말씀을 들이지 못 하는 것이 유감입니다. 나는 색책(塞責)으로 언뜻 머리에 떠오르는 것을 몇 마디 두서없이 적을까 합니다.

    편집장 족하
    연전인가 금춘인가 시일도 소상치 않고 또는 모지상인지 기억이 몽롱합니다 마는 「역사소설도 소설인가」하는 기문을 얼른 본 듯 합니다. 물론 그 당시엔 일소에 붙이고 그 글을 통독도 하지 않았습니다. 그러니 그 글의 필자가 제기한 문제가 무엇이었든지 또는 논란의 초점이 어디 있었는지 지금 당장 상고할 길이 없습니다 마는 이상스럽게도 그 때 지나보고 만 그 명제가 내 머리 한 구석에 붙어 있어 좀처럼 떨어지지를 않습니다. 소설이란 두 자를 뚜렷이 부쳐놓고 소설이냐 반문하였으니 기이한 느낌을 자아내였지만 지금 가만히 생각해보면 그 한 구절이 뜻이 실상인즉 역사도 소설인가 하는 말이 아닌가 하고 스스로 견강부회를 하여 봅니다. 만일 그렇다면 얼른 보기에 무의미한 한 구절이 실로 중대한 의의를 품은 듯합니다.

편집장 족하

역사소설이란면 오직 사실에만 입각하는 것인 줄 아는 것이 보통의 개념인 듯 합니다. 역사소설인 이상 될 수 있는 대로 사실에 충실 하는 것이 옳을 게이야 다시 거론할 여지가 없지 않습니까. 그러나 사실에 충실하다고 해서 소설로써 주제와 결구를 돌아보지 않는다면 그것은 실기나 실록이 될른지도 모르지만 도저히 소설이라 할 수 없는 거 아닙니까. 소설이란 두 글자가 붙은 이상 철두철미 창작임을 요구합니다. 약간의 과장과 윤색을 베풀어 사실과 전에 조금 털난 몸을 가지고 '이게 역사소설이니라' 하니 '역사소설도 소설인가'하는 기문을 발하게 되지 않는가 생각합니다. 더구나 전편으로 아무런 맥락도 없이 기교허탄한 사실을 늘어놓은 것으로 역사소설의 능을 삼는다면 역사소설의 운명이야말로 풍전등화와 같다고 봅니다.

더구나 딱한 일은 문예가가 아닌 소위 지식인들이 이 경향을 조장하는 것입니다. 이것은 물론 그들의 소설에 대한 지식에서 나오는 까닭 모를 반감으로 볼 수 있으나 우리는 앞으로 더욱 좋은 작품을 내어 그들의 몽을 계할 필요가 있다고 생각합니다.

편집장족하

또한가지 역사소설 앞에 가투놓인 난관은 문인자신들의 배격염기하는 경향입니다. 이것은 외부에서 오는 것이 아니고 내부에서 일어나는 것임으로 그 영향은 보다 심각합니다. 그 원인을 들어보라 하시면 첫째는 아까 소설에 몰이해한 지식층과 비슷한 심리로 역사에 대한 의미에서 생기는 것이겠고 둘째는 한동안 우리 문단을 풍미하던 사회주의적 리얼리즘 관점에서 역사소설이란 비현실적 도피적 영웅주의적이라 하여 실혀하고 미워하는 것인가 짐작합니다.

　제일의 원인은 췌언(贅言)할 것도 없거니와 제이의 원인은 많은 이론의 여지가 남아 있을줄 압니다.

　편집장족하

　나는 역사소설이 작품으로 나타나기까지 작자의 태도를 대별하여 두 가지 경로를 밟는다고 생각합니다.

　그 하나는 작자가 허심탄회로 역사를 탐독완미하다가 우연히 심금을 울리는 사실을 발견하고 작품을 비져내는 경우입니다. 이런 경우는 사실 자체가 주제를 제공하고 작자의 감회를 자아내는 것이니 순수한 역사소설이 대개는 이 경로를 밟지 않는가 생각합니다. 예하면 스코트의 제작품 아나톨 프랑스의 『신들은 주린다』라든가 우리 문단에도 춘원의 『단종애사』 상허의 『황진이』 같은 작품이 그 좋은 예라고 하겠습니다.

　또 하나는 작자가 주제는 벌써 작정이 되었으나 현대에 취재하기도 거북한 점이 있다든지 또는 현대로는 그 주제를 살려낼 진실성을 다칠 염려가 있다든지하는 경우에 그 주제에 적당한 사실을 찾아 대어 얽어놓은 경우입니다. 쉔키비치의 『코바디스』, 아나톨 프랑스의 『타이스』 톨스토이의 『전쟁과 평화』, 춘원의 『이차돈의 사』 같은 작품은 다 이런 경로를 밟은 작품이라고 봅니다.

　제1일의 경우라고 해서 대작 신품이 없는 것이 아니지만 제이의 경우에야 말로 웅편 걸저가 더 많지 않은가 합니다. 그가 작품마다 그 구별이 뚜렷한 것이니 아니오 서로 혼합되고 착종하는 경우도 적지 않겠지요.

　편집장족하

　사실을 위한 소설이 아니오 소설을 위한 사실인 이상 그 창작가는 제이의 경우를 더욱 중시하여야 될 줄 믿습니다. 이미 주제를 작정한 다음에 그 소재를 취하는데 현재와 과거를 가릴 필요가 없는 줄 압니다. 작품상에는 현재라고 더 현실적이오 과거라고 비현실적이란 관념은 도무지 성립이 되지 않는 줄 압니다. 더구나 제이의 경우에는 그 과거가 현재에 가지지 못한 구하지 못한 진실성을 띄었기 때문에 더 현실적이라고 믿습니다. 현재의 사실에서 취재한 것처럼 보담 더 맥이 뛰고 피가 흐르는 현실감을

줄 수 있다고 믿습니다. 주어야 될 줄 믿습니다. 이렇게만 된다면 비현실
적이라 둥 도피적이라는 둥 하는 비난의 화살은 저절로 그 과녁을 잃을
것입니다.

　　몇 마디 적자는 것이 붓을 들고 보니 휘둥 대둥 수다 늘어놓게 되었습
니다. 끝으로 내가 이 글에 사용한 역사소설이란 말은 과거에 무대를 가진
소설을 통칭한 것임을 알아주시기 바랍니다.[93)]

　이 기고문에서 현진건은 역사소설의 두 가지 사례를 설명하고 있다. 하
나는 우연히 심금을 울릴 사실을 발견하고 작품을 만들어내는 사례라면
또 하나는 작자의 주제는 이미 결정되었으나 현대에 취재하기가 거북한
점이 있어 그 주제에 적당한 사실을 찾아내어 얽어놓은 사례다. 이 두 사
례 중에서 현진건이 높게 평가하는 건 두 번째 사례다. 그에 따르면 "제
이의 경우에야 말로 웅편 걸저가 더" 많다. 쉔키비치의 『코바디스』, 아나
톨 프랑스의 『타이스』, 톨스토이의 『전쟁과 평화』 등이 다 이런 사례에
들어가는 작품들로 작가들은 이 둘째 경우를 더욱 중시해야 하다고 한
다. 이렇게 된다면 비현실적이라거나 도피적이라는 비난의 화살을 모면
할 수 있다고 그는 말한다.

　그런데 현진건이 역사소설의 본령으로 거론하는 두 번째 사례는 현실
적 의의가 아주 강하다. 주변에서는 역사소설을 비현실적, 도피적, 영웅
주의적이라고 비판하지만 실제로는 그렇지 않다고 현진건은 생각하고
있다. 현진건은 말한다. 역사소설은 당대의 현실과 대결해야 한다고. 그
럴 경우 역사소설은 독자들에게 큰 감동을 줄 수 있다고 현진건은 생각
하고 있다.

　현진건은 드러내놓고 자기가 쓴 역사소설들이 두 번째 사례에 속한다
고 말하지는 않고 있다. 그러나 그렇지 않다. 『무영탑』, 『흑치상지』 모두

93) 현진건, 「역사소설문제」, 『문장』, 1939. 12, pp.126~129.

"주제는 이미 결정되었으나 현대에 취재하기가 거북해 과거에서 적당한 사실을 찾아낸 사례"에 속한다. 그만큼 두 소설은 당대의 현실과 대결하는 현실적 의의가 강한 소설들이다. 역사소설가로서 현진건의 문제의식은 이렇게 깊어지고 있었다. 그는 역사소설이 진정한 의의를 지니려면 어디까지나 당대 문제를 되비추는 성격이 있어야 한다고 보고 있었다. 그렇지 않은 역사소설은 비현실적이며 도피적이며 영웅주의적이라는 비난을 받을 수밖에 없다고 그는 생각하고 있었다.

역사소설에 관한 현진건의 이런 생각은 강담적 성격을 띤 당대의 사이비 역사소설을 비판하는 성격을 지니기도 한다. 외형은 역사소설을 취하면서도 실질적으로는 한낱 강담에 머물러 버린 소설들이 당대에 적지 않았다. 여기에 대해 현진건은 일침을 놓고 있다.

1940년 현진건에게 불행한 일이 연이어 일어난다. 1940년 1월 16일 『흑치상지』 연재를 중단 당했으며 얼마 안 되어 『조선의 얼굴』이 금서처분을 받는다. 시국은 말할 수 없이 어수선했다. 일제의 광기가 한반도 전역을 강타하고 있었다. 그래도 현진건은 버틴다. 창씨개명 요구를 물리칠 뿐만 아니라 스스로 일제에 굴복하지도 않는다. 그런데 예기치 않은 사건이 그에게 일어난다. 이해에 그는 경제적으로 급속하게 몰락한다. 원고료만으로는 생활이 되지 않은 까닭에 미두에 손을 댄 게 화근이었다. 이를 방인근은 이렇게 회고하고 있다.

> 그 후에 알고 보니 박모라는 친구가 빙허를 살살 꾀어서 미두를 같이했다. 그게 손해를 거듭해서 걷잡을 수 없게 되어 양계장이니 재산 전부를 통털어 없애게 되었다. 규모 있고 알뜰한 그가 처자를 고생시키고 세상이 창피해서 홧김에 술에 잠기어 버렸다. 뉘게 의론할 수도 없고 자존심이 강한 그는 누구에게 도움을 청하기도 싫어 혼자 은근히 병이 든 것이다. 나중엔 덜컥 쓰러져 눕게 되었다. 내 생각엔 아마 혈압 관계 같다.[94]

이렇게 현진건의 생활은 엉망이었다. 민족주의와 역사소설로는 생활을 할 수 없었다. 가족을 건사하기 위해서는 돈이 필요했다. 그는 부양할 가족이 있었다. 직장이 없었던 현진건은 마음이 조급했다. 마침 주변에서 미두사업을 하자는 제안이 들어왔다. 그렇지만 현진건은 파산하게 되었다. 순진한 현진건이었다. 돈을 벌 수 있다는 친구의 유혹에 넘어가 미두에 손을 댔으나 결과는 파산이었다. 아주 완전한 파산이었다. 현진건은 "우승규, 박찬희 등과 명동에 있는 증권회사에 미두를 투자했다가 실패하여 재산을 털리게 되어 버렸다."95)

그래서 현진건은 어쩔 수 없이 부암동 집을 팔고 신설동 고려대학교 정문 앞의 조그만 초가집으로 들어갈 수밖에 없었다. 이 집이 동대문구 제기동 137번지 61호의 집이다. 극도로 적빈한 살림이 되어버렸다. 이때부터 현진건은 더 술을 마시게 되었다. 폭음하는 나날이었다. 화를 다스리기 어려운 까닭이었다. 건강도 악화되어갔다. 매일 같이 술을 마시다 보니 몸이 부실해질 수밖에 없었다. 그러나 병원을 다닐 정도의 여유도 없었다. 자존심이 강한 현진건은 주변에 자기 사정을 알리지도 않았다. 그대로 견디기만 했다.

한 시대를 풍미한 작가의 파멸 치고는 좀 엉뚱해보기도 한다. 양계와 미두라니? 그렇지만 총독부의 요시찰 인물이었던 현진건이 그의 자존심을 죽이고 새로운 신문사로 들어갈 수는 없었다. 양계는 그렇게 큰 손해를 준 것은 아니었다. 그렇지만 미두 실패로 현진건은 완전히 파탄난다.

그러나 좀 더 넓은 맥락에서 보자면, 양계와 미두는 현진건이 정녕 원한 일은 아니었다. 그가 『동아일보』에서 강제로 쫓겨나지 않았던들 양계와 미두에 손을 댈 까닭이 없다는 것을 감안하자면 그의 파멸은 그 스스로

---

94) 방인근, 위의 글, p.213.
95) 이재민, 「새 자료로 본 빙허의 생애」, 『문학사상』, 1973. 4, p.355.

초래한 파멸이 아니라 외부 강요에 의한 파멸이라고 보는 게 마땅하다.

현진건은 당장 돈이 필요했다. 경제적으로 몰락한 현진건은 다급했다. 여기서 약간의 퇴행 현상이 일어난다. 강제로 연재를 정지당할 정도로 『흑치상지』에서 치열한 민중적 세계관을 성취한 현진건이었다. 그런데 이 세계에서 현진건은 뒤로 돌아간다. 최원식 교수는 이에 대해 이렇게 말하고 있다.

> 『흑치상지』에서 절정에 이르는 그의 위대한 낭만주의는 이 작품에서 사이비 낭만주의로 급격히 하강함으로써, 의식의 긴장을 포기한다. 이 작품의 하강은 작자가 당시 극심한 경제파탄 속에 해체적 알콜리즘으로 빠져든 것과 무관하지 않다. 의식의 긴장 속에 억압된 우화등선의 꿈이 이 작품을 그의 역사소설이 추구했던 명징한 역사의식을 포기하고 과거의 화려한 꿈속에 빠져 들어가게 한 것이다.96)

현진건은 『흑치상지』를 『동아일보』 기자였던 양재하가 만든 잡지 『춘추』에 연재했다. 어수선한 시국이었다. 조선인들이 출간하는 잡지들에 대한 총독부의 통제도 여간 심한 게 아니었다. 『춘추』는 지원병제도와 일본식 개명을 옹호하는 친일적 논조를 서슴지 않고 펼치는 잡지여서 폐간되지 않았다.

잡지 성격이 이런 까닭 때문이었을까? 현진건은 『선화공주』에서 민족주의를 강하게 표현하지는 않았다. 『무영탑』과 『흑치상지』의 수준으로 『선화공주』를 쓴 게 아니었다. 『무영탑』에서 신흥으로 얘기되는 민족의 문화 창조력을, 『흑치상지』에서 민족의 저항 정신을 중점적으로 서술한 현진건이었다. 그렇다면 『선화공주』에서 현진건은 독자들에게 무엇을 보여준 것일까?

---

96) 최원식, 위의 책, p.131.

안타깝게도 『선화공주』는 그 연재가 마무리되어 한 권의 단행본으로 출간된 소설이 아니다. 그런 까닭에 소설의 전모를 전체적 성격을 파악할 수는 없다. 다만 연재된 부분만을 놓고 보자면 애정갈등이 농후한 통속소설 경향이 강하다는 게 확인된다. 이 소설의 기본구도는 절세미인으로 알려진 선화공주를 차지하려는 세 남성들의 애정갈등으로 진행된다. 오로지 절세미인 선화공주를 차지하려는 애정갈등이 전면에 부각되어 있다는 점에서 『선화공주』는 통속적 성격에서 벗어날 순 없었다. 줄거리를 요약하면 이렇다.

한가위 날 진흥왕이 임해전에서 진흥왕이 주재하는 잔치가 열린다. 이 잔치에 상대등 노리부의 아들 칠부, 이찬 수을부의 아들 눌문, 그리고 북한산주 군주의 아들이며 화랑 출신인 수품이 초대를 받는다. 잔치가 끝난 후 귀가하는 과정에서 눌문과 수품이 한 치 양보도 없는 결투를 벌인다. 선화공주를 욕되게 했다고 생각한 수품이 칼을 빼어들고 눌문을 공격하기에 이른다. 이 두 사람의 예기치 않은 결투를 말리는 사람이 칠부다.

칠부는 늙은 재상 노리부의 아들로 눌문, 수품처럼 선화공주에게 연모의 정을 품고 있다. 하루는 아버지 노리부가 칠부를 불러 진평왕의 맏공주인 덕만공주의 부마로 결정되었다는 소식을 통보한다. 이에 당황한 칠부는 서라벌을 떠나기로 결심하고 멀리서나마 선화공주를 보기 위해 궁궐로 접근하던 중 수품을 만난다. 선화공주를 향한 연모의 정이 깊은 수품은 진평왕의 맏사위가 된 칠부에게 자기 사랑이 이루어질 수 있게 해달라고 도움을 청한다. 그런데 칠부와 수품이 말을 주고받는 사이 눌문이 궁궐 담벼락을 몰래 넘는 것을 목격하게 되고 소설은 주막집에서 초조하게 눌문을 기다리는 눌문의 수하들을 묘사한 후 잠정적인 끝을 맺는다.

소설의 기본적인 서사 갈등이 애정갈등이라는 점에서 이 소설은 『무영탑』, 『흑치상지』와는 달리 극적인 긴장을 창출하는 소설이 아니다. 그렇지만 이렇게 요약되는 줄거리로 전개되는 소설이지만 흥미롭게 볼 대목이 한 둘이 아니다. 우선 태평성대를 구가했던 진평왕대 신라의 영화로운 위세를 확인할 수 있다. 임해전으로 화랑들과 신하들을 불러 잔치를 벌이며 부마감을 심사하는 풍속도 흥미롭거니와 이 화랑들의 출신 성분에서 오는 갈등 묘사도 흥미롭다. 또한 백제와 고구려와의 대치 관계도 확인할 수 있다.

『춘추』 4월호부터 연재되던 『선화공주』는 5회 연재 후 중단된다. 현진건의 건강은 점점 악화되었으며 마음이 편하지도 않았다. 소설을 그만두라는 외부 강제는 없었다. 그러나 현진건은 5회 연재로 『선화공주』를 그만 두었다. 전망이 보이지 않은 시대에서 로맨스 소설을 쓴다는 게 현진건으로서는 마음에 두는 일이 아닐 수 있었다. 건강이 더 악화되었다. 술이 현진건의 건강을 악화시킨 촉매였다.

그런데 아쉽게도 『선화공주』가 현진건의 마지막 소설이 되었다. 이 소설 연재를 중단한 현진건은 1943년 3월 25일 셋째 딸 화수를 육당의 주례로 월탄의 아들과 결혼시킨다. 현진건과 박종화가 사돈을 맺게 된 일은 문단의 화젯거리였다. 그만큼 그들은 각별한 사이였다.

화수를 월탄의 아들과 결혼시킨 그해 현진건의 건강은 급속도로 악화된다. 병명은 장결핵이었다. 현진건의 마지막은 쓸쓸했다. 그의 임종을 본 사람이 그리 많지 않았다. 부인이 있었으며 오상순, 박종화, 김성수 등이 현진건의 임종을 지켜보았다. 현진건은 죽거든 화장을 해달라는 유언을 남겼다. 유언대로 그의 유해는 화장되었고 그의 화장된 유해는 경기도 시흥군 신동면 서초리에 묻혔다. 그러나 서울 개발 관계로 묘소는 없어지고 유골은 한강에 뿌려졌다. 그의 말년은 이렇게 비참했다. 그렇지만 그의 문학은 결코 비참하지 않았다. 그는 장결핵으로 죽지만 그의 문학은 영원한 생명을 얻는다.

제 2 부

문학 연구

－민족을 상상하는 방식에 관하여－

『무영탑』론

『흑치상지』론

『무영탑』론

1. 연구방향

　　현진건은 우리나라 근대단편소설의 모델을 확립한 작가로 널리 알려져 있다. 1920년 11월 「희생화」를 『개벽』 5호에 발표하면서 본격적으로 소설을 쓰기 시작한 현진건은 「빈처」, 「술 권하는 사회」, 「운수좋은 날」 등의 작품으로 우리나라 근대단편소설의 수준을 깊게 한 공로를 여러 연구자들에게 인정받고 있다.

　　그런데 학계에 잘 알려진 것처럼 현진건은 '단편소설만'을 쓰고 발표한 작가는 아니다. 현진건은 1933년 12월부터 1934년 6월까지 『동아일보』에 『적도』를, 1938년 7월부터 1939년 2월까지 동지에 『무영탑』을 연재한 장편소설의 작가이기도 하다.[1] 요컨대 현진건은 일본 제국주의 체제가 노골화하는 시점인 1930년대 이전에는 단편소설 작가의 길을 걸었고 그 이후에는 장편소설 작가의 길을 본격적으로 걸어간 것이었다.[2]

---

1) 1939년 10월부터 『동아일보』에 연재된 『흑치상지』는 1940년 강제적으로 연재를 중단 당한다. 그리고 1941년 4월부터 『춘추』에 연재한 『선화공주』는 미완성으로 끝난다.

　단편소설 작가로서 현진건은 물질이 지배하는 속악한 현실과 그런 현실에 거리를 두려는 지식인의 고결한 정신을 대비하면서 무기력한 지식인의 우울한 고뇌를 그리기도 했고(「빈처」, 「술 권하는 사회」) 아이러니 기법으로 소외계층의 절박한 생존문제와 여성의 이중적 자아의 문제를 조명하기도 했다(「운수 좋은 날」, 「B사감과 러브레터」). 그런데 1930년대 이후 현진건 문학에서 우리는 주목할 만한 문학적 변모를 확인할 수 있으니 바로 민족을 상상하는 작품의 출현, 요컨대 민족서사의 출현이다.3)

　현진건은 역관과 관료를 배출한 집안의 후손으로 새롭게 재편되는 시대적 전환기에서 입신출세의 기회를 누릴 수 있었다. 그러나 그는 이런 세속적 출세와 거리를 둔 삶을 살아갔으니 『시대일보』, 『동아일보』의 기자이면서 작가였던 현진건은 일본 총독부와 긴장관계를 형성하는 지사의 삶을 살아갔다. 중국 상해에서 독립운동을 펼치다가 죽은 의혈지사를 형으로 두고 있는 현진건은 1936년 '동아일보 일장기 말소 사건'의 주역으로 구속되는 등 일제 당국과 긴장관계를 유지하다가 유명을 달리한다.

　이처럼 예사롭지 않은 인생경로를 걸어간 현진건은 1930년대 들어 발표한 장편소설에서 특기할 만한 공통적 면모를 보여준다. 『적도』를 제외한 『무영탑』, 『흑치상지』, 『선화공주』 등은 작품의 시대적 배경을 조선왕조 이전인 삼국시대나 통일신라시대, 즉 고대사로 소급시킨 민족서사라는 공통적 면모를 보여준다. 1930년대에 발표된 대부분의 역사소설들

---

2) 『적도』가 현진건이 쓴 최초의 장편소설은 아니다. 1923년 현진건이 미완성 장편 『지새는 안개』를 『개벽』에 연재한 까닭이다. 그렇지만 현진건이 본격적으로 장편소설 창작에 몰두한 시기는 『동아일보』에 『적도』, 『무영탑』, 『흑치상지』 등을 연재한 1930년대로 보는 게 타당하다.

3) 흔히 서사는 이야기(story)와 화자(story-teller)로 구성된 문학작품으로 정의된다. 이와 관련해 필자는 민족서사를 민족의 기원, 내력, 형성, 성격, 정체성, 이미지 등 민족의 존재방식 전반에 관해 한 편의 이야기를 서술한 문학작품으로 잠정적으로 정의하고 있다. 필자는 사실적인 역사서술들은 이 정의에서 일단 제외시키고 있다. 요컨대 필자의 논문에서 민족서사는 문학작품에 한정된 용어다.

이 조선사를 배경으로 한 민족서사라는 점을 감안하자면 이는 대단히 이채로운 면모라고 할 수 있다.[4] 조선조의 궁정비사나 민중사에 적극적인 관심을 보여주면서 대중적이거나 이념적인 역사소설을 쓴 당대의 작가들과는 달리 현진건은 고대사를 배경으로 민족을 상상하면서 한 편의 민족서사를 만들어놓고 있으니, 그 대표적인 예가 『무영탑』[5]이다.[6]

『무영탑』은 신동욱 교수가 1970년대 초반에 논문 「현진건의 『무영탑』」을 발표한 이래 역사소설의 새로운 성과로 주목받아왔으며, 여러 연구자들도 이 작품을 역사소설의 긍정적 성과로 평가하는데 그렇게 인색하지 않았다.[7] 『무영탑』의 문학사적 위상을 가장 긍정적으로 고찰한 연구자는 송백헌 교수로, 송백헌 교수는 「현진건의 역사소설」[8]에서 "아사달의 장인의식과 아사녀의 비장한 애정을 통해서 빙허가 제시하고자 한 것은 진정한 역사의 주체는 민중이라는 사실"이었으며 "일상적인 인물을 역사의 주체로 파악하여 당대의 민중상을 정립함으로써 춘원이나 동인의

---

4) 현진건의 단편 「술 권하는 사회」, 「운수 좋은 날」, 「고향」 등도 식민지의 궁핍한 현실과 민족의 시대적 고난을 반영한다는 점에서 민족서사에 해당하는 사례들일 수 있겠다. 그러나 주 3)에서 밝히고 있듯, 필자는 민족의 기원과 성격, 이미지 등을 한 편의 이야기로 구성한 소설을 연구대상으로 설정하고 있다. 이 단편들은 민족 수난의 은유로 읽힐 수 있지만 민족의 기원, 성격, 이미지 등을 중요 주제로 취급하고 있지 않다는 점에서 필자는 민족서사의 사례로 포함시키지 않고 있다.
5) 필자는 두산동아에서 발간한 한국소설문학대계 『무영탑』을 연구 텍스트로 취급하고 있다. 인용면수는 괄호로 처리한다. 현진건, 『무영탑 외』(두산동아, 1995).
6) 현진건만이 고대사를 배경으로 민족서사를 창작했다는 말은 아니다. 이광수의 『이차돈의 사』, 『마의태자』, 『원효대사』 김동인의 『백마강』도 이런 예에 속한다.
7) 『무영탑』에 관한 대표적인 연구는 아래와 같다.
　신동욱, 「현진건의 『무영탑』」, 『한국현대문학론』(박영사, 1972).
　최원식, 「현진건 연구」, 서울대학교 대학원, 1974.
　송백헌, 「현진건의 역사소설」, 『한국근대역사소설연구』(삼지원, 1985).
　김윤식, 「낭만주의적 역사소설의 수준」, 『현진건전집3』(문학과비평사, 1988).
　현길언, 『현진건소설연구』(이우출판사, 1988).
　강영주, 「현진건의 역사소설」, 『한국 역사소설의 재인식』(창작과비평사, 1991).
　김교봉, 「'홍'과 '한'의 민족혼을 형상한 무영탑」, 『애산학보』, 1996.
8) 송백헌, 앞의 논문, p.248.

역사소설의 세계를 뛰어 넘어 한국근대역사소설의 새로운 지평을 열어
놓았다"는 견해를 제시했다.

이런 평가를 비판하는 반론이 전혀 없는 건 아니었다. 강영주 교수는
"『무영탑』은 흔히 작자의 민족주의적 이념을 형상화한 작품으로 간주되
어 왔으나, 이는 이 작품의 탈고 직후 현진건이 피력한 역사소설관이 하
나의 선입견으로 작용한 탓"이었다고 비판하면서 "『무영탑』은 한편의
낭만적인 연애소설 혹은 역사를 배경으로 한 일종의 예술가소설"일 수
있다는 흥미로운 견해를 제시했다.9) 그러나 이제 『무영탑』에 관한 연구
는 민족의식을 표현한 작품이어서 좋은 역사소설이라거나 그와는 반대
로 전혀 민족의식의 표현과는 무관한 연애소설 혹은 예술가소설에 머물
고 있다는 점을 밝히는 수준을 넘어야 한다고 필자는 생각한다.10)

한반도의 식민화가 공고화된 1930년대는 '민족국가'의 완성이 전면적
으로 부정되었던 시대로 이 시기의 작가들 중 적지 않은 이가 일본 제국
주의에 대응해 민족을 상상적 차원에서 회복하는 문학 작업에 매진했다.
물론 작가들의 세계관과 문학관, 역사관이 서로 다른 까닭에 이 문학 작
업의 결과가 동일한 내용과 스타일을 창출하지는 않았지만 민족의 기원
과 유구한 내력을 제시하면서 민족 공동체를 상상하는 작품들이 이 시기
에 적지 않게 발표되었던 것은 자명한 사실이다.

필자가 『무영탑』을 주목한 이유는 바로 여기에 있다. 『무영탑』을 일본

---

9) 강영주, 앞의 논문, p.84. 김윤식 교수도 강영주의 교수의 견해를 받아들여 『무영탑』을
"서양의 낭만주의에서의 천재(개인)사상에 입각한" 작품으로 간주하고 있다. 김윤식, 앞
의 논문 참고, p.300.
10) 현진건은 『무영탑』을 연재하기 이전에 「고도순례 경주」와 「단군성적순례」라는 순례기
를 발표할 정도로 민족문화와 민족의 기원에 관해 예사롭지 않은 관심을 기울인 작가
로 1930년대 이후 발표한 장편소설에서 민족을 상상하는 특징을 강력하게 보여주고 있
다. 이 소설은 강영주 교수의 지적처럼 낭만적인 연애소설이나 예술가소설로 이해될
만한 특징을 어느 일면 지니고 있는 게 사실이지만 소설의 전체적 성격은 민족서사적
인 면모가 강하다. 이에 관해서는 본론에서 자세하게 진술할 계획이다.

제국주의에 대응해 민족을 상상적 차원에서 회복한 사례로 파악하는 필자는 『무영탑』이 어떤 방식으로 민족을 상상하고 있으며 어떤 문학적 의미를 창출하는지 연구해야 한다고 생각하고 있다. 이와 같은 연구는 작게는 『무영탑』의 새로운 특징을 규명하는 의의가 있으며 크게는 민족서사의 유형과 미학적 특징에 관한 논의를 열어가는 의의가 있는 까닭이다.[11]

　그러면 이 글의 구체적인 연구방향을 밝히기로 하겠다. 필자는 먼저 현진건이 발표한 두 편의 순례기 중에서 「고도순례 경주」의 성격을 고찰할 계획이다. 『무영탑』의 핵심 모티프와 서사가 기록되어 있는 「고도순례 경주」에서 필자는 현진건이 어떤 방식으로 민족을 상상하는지 주되게 고찰하려고 한다. 「고도순례 경주」에서 현진건이 보여준 민족을 상상하는 방식이 『무영탑』에서도 재현되고 있기에 먼저 「고도순례 경주」를 살펴보려는 것이다.[12]

　필자는 이어서 『무영탑』이 두 가지 문화적 전통―신흥과 국선도―으로 민족을 상상하고 있다는 점을 주목하면서 논의를 전개할 계획이다. 신흥과 국선도라는 문화적 전통으로 민족을 상상하는 방식의 문학적 의미를 정리하되 이 두 전통에 호응하는 인물인 아사달과 경신이 행위주로

---

11) 필자는 이와 같은 문제의식으로 홍명희의 「임꺽정」을 연구했다. 이에 대해서는 필자의 논문을 참고.
　양진오, 「『임꺽정』 연구―민족을 상상하는 방식에 관하여―」, 『어문학』 79, 2003.
　필자는 이 논문에서 「임꺽정」의 민족문학적 성격과 특성, 의의 등을 고찰할 계획은 없으며 「임꺽정」이 어떤 방식으로 민족을 상상하는가를 주되게 밝힐 계획이라고 말했다. 마찬가지로 이 논문에서도 『무영탑』의 민족문학적 성격보다는 민족을 상상하는 방식을 주되게 고찰할 계획이다. 그러므로 민족문학의 개념이나 요건 등에 대해서는 거론하지 않기로 하겠다.
12) 「고도순례 경주」는 『무영탑』이라는 한 편의 민족서사를 완성케 하는 선행 담론의 역할을 하고 있다. 「고도순례 경주」에 소개된 무영탑 전설은 『무영탑』의 핵심사건으로 재현되고 있고 박제상이 왜에 항거한 이야기는 당나라에 항거하려는 경신의 이야기로 대치되고 있으며 무영탑 및 박제상 전설에 나타나는 여성들의 수난 이야기는 아사녀와 주만의 수난 이야기로 대치될 정도로 『무영탑』은 「고도순례 경주」로부터 원천적 영향을 받고 있다.

관여하는 핵심사건을 분석하면서 정리하기로 하겠다. 신흥과 국선도라는 문화적 전통에 호응하는 두 인물, 달리 말해 민족을 상상하는 매개항으로 설정된 두 인물의 핵심사건을 분석하면서 현진건이 어떤 민족을 상상하는가를 밝힐 것이다. 그리고 마지막으로 아사달과 경신과는 달리 어떤 특정한 문화적 전통과 호응하지 않는 두 여성 인물인 아사녀와 주만의 핵심사건을 분석하면서 논의를 완료할 계획이다.[13]

2. 「고도순례 경주」[14]와 문화적 전통의 발견

한반도에서 민족의 형성 계기와 시기를 명확하게 밝히는 것은 생각처럼 쉽지 않다. 연구자에 따라서는 고조선을 우리 민족의 기원으로 주장할 수 있겠지만 일본과 서구 제국주의의 침략이 시작된 19세기말부터 외부 공동체와 구별되는 '우리'들의 정체성에 관한 고민이 깊어지면서 '한민족'은 형성되었다고 얘기하는 것이 타당할 것이다. 한국인들의 민족형성 체험은 서구와는 달리 제국주의 국가와의 차별화 과정에서 탄생했다고 설명하는 것이 타당하다는 말이다.[15]

---

13) 필자는 되도록 객관적이고 중립적인 연구 태도를 유지할 계획이다. 민족을 상상하는 방식, 상상된 민족에 관한 필자의 견해가 없는 건 아니지만 일단 이 글에서는 현진건의 방식을 면밀하게 고찰하기 위해서 객관적이고 중립적인 연구 태도를 견지할 계획이다. 여기에 관한 비판적인 검토는 별도의 논문에서 다룰 것이다.
14) 현진건의 순례기에 관해서는 한상무 교수의 선행 연구가 있다. 한상무 교수에 따르면 "현진건의 작가의식의 형성 및 전개 과정에서 그가 쓴 두 편의 기행문 「고도순례 경주」와 「단군성적순례」는 중요한 의미를 지닌다." "20년대의 단편시대와 30년대의 장편시대를 잇는 중간 시기에 쓰여진 두 기행문의 이데올로기를 해명함으로써 그의 문학 전반의 이데올로기의 성격과 그 변화 혹은 심화의 과정에 대한 이해를 보다 깊고 분명하게" 할 수 있다. 한상무, 「현진건의 국토순례기의 이데올로기」, 『선청어문』 23집, 1995.
15) 민족 정체성과 형성에 이론에 관해서는 아래의 저서를 참고.

　　일본은 한일합방 이전부터 도쿄제국대학을 중심으로 일본의 신라 정복설, 임나일본부설 같은 식민사관을 유포했으며 조선침략을 본격화한 1915년에는 중추원에 편찬과를 두어 조선 반도사 편찬에 나선다. 일본은 한국사의 성격을 반도사로 축소시키면서 조선인을 일본에 동화시키는 제국주의적 역사편찬에 매진한다.16) 총독부가 주동하는 오리엔탈리즘적인 역사 조작에 대응하는 움직임이 국내 학자들 사이에서 나타날 수밖에 없었으니 신채호, 박은식, 최남선 등이 이 움직임을 대표하는 역사학자들이었고 이들에 의해 한국사는 일본이나 서구와는 전혀 다르다는 차별화된 사론이 작성된다.

　　그렇지만 『독사신론』의 신채호, 『한국통사』의 박은식 등은 만주에 활동 근거지를 마련한 대종교의 세계관에 크게 동조한 전투적, 실천적인 학자였다면 「조선역사통속강화」를 쓴 최남선은 고대 유물, 풍속, 국토를 예찬하면서 민족의 기원과 문화 창조 능력을 중시한 문화사학자였던 까닭에 이들을 동일한 역사 패러다임에 속한 학자들로 볼 수는 없다.

　　현진건은 이 당대의 내로라하는 역사학자들 중에서 최남선의 문화사학에 좀 더 이끌린 입장을 보여준다.17) 1922년 현진건은 동명사에 입사한다. 동명사는 시사평론 주간지인 『동명』을 발간하는 기관으로 이 잡지의 발행인은 진학문, 주간은 최남선이었다. 1923년 종간된 『동명』은 『시대일보』로 바뀌는데, 최남선은 이 신문의 사장을 맡는다. 현진건도 『시대일보』에 자연스럽게 입사하게 되었고 여기서 당대의 일급 문인과 사상

　　고부응, 『초민족시대의 민족 정체성 : 식민주의·탈식민 이론·민족』(문학과지성사, 2002).
16) 일제의 조선역사 왜곡 편찬에 대해서는 아래의 논문을 참고.
　　송찬섭, 「일제의 식민사학」, 조동걸·한영우·박찬승 엮음, 『한국의 역사가와 역사학』하(창작과비평사, 1994), p.308.
17) 현진건이 오로지 최남선의 문화사학에만 결정적인 영향을 받았다는 말은 아니다. '상대적으로' 최남선에게 더 큰 영향을 받았다는 뜻이지 신채호, 박은식 사학에 전혀 영향을 받지 않았다는 뜻은 아니다.

가들을 만나게 되었으니 이를 박종화는 다음과 같이 기록하고 있다.

> 동명주보가 변해서 일간지 시대일보가 되었는데, 이 때 진영은 굉장했다.
> 육당 최남선 씨가 사장, 벽초가 편집국장, 횡보 염상섭, 도향 나빈, 빙허
> 현진건 등이 모두 사회, 학예면을 맡았다. 시대일보는 학예면으로써 특색
> 이 있었다.
> 시대일보가 1, 2년이 되어 경제난으로 폐간이 되자, 빙허는 동아일보사
> 에 입사하게 되었다.18)

　동명사 입사 이후 본격적으로 시작된 최남선과의 만남이나 『시대일보』
기자 시절 이루어진 벽초 홍명희와의 만남은 현진건에게 예사롭지 않은
정신적 체험을 가져오게 한 계기였을 것으로 추측된다. 앞으로 더 밝혀
야 할 문제가 되겠지만 현진건은 유형, 무형의 유물을 역사 고찰의 항목
으로 포함하고 이 항목들에서 계승해야 하는 문화적 전통을 발견하는 최
남선의 문화사학에 깊은 영향을 받고 「고도순례 경주」와 「단군성적순례」
를 쓰게 된 것으로 판단된다.

　1926년 2월 총독부의 산하단체인 조선교육협회의 기관지 『문교의 조
선』 2월호에 당시 경성제국대학의 예과부장 少田 省吾 교수가 논문 「소
위 단군전설에 대하여」에서 단군의 존재를 부인하자 『동아일보』는 이해
2월 11일, 12일 양일간에 걸쳐 「단군부인의 망」이란 사설을 발표해 少田
省吾 교수의 단군 부정론을 정면 반박한다. 이 사건을 계기로 「단군 입
론」 운동을 펼친 『동아일보』는 최남선에게 3월 3일부터 7월 15일까지
「단군론」을 77회 연재케 하고 현진건에게는 7월 8일부터 23일까지 묘향
산, 평양, 강동 등을 순례한 「단군성적순례」를 연재케 한다.19) 오늘날에

---

18) 윤병로의 『현진건』에서 재인용. 윤병로, 『현진건』(벽호, 1993), p.248.
19) 이에 대해서는 『동아일보사』를 참고. 『동아일보사』(1920~1945)(동아일보, 1975), pp.346~

는 단군이 실존 인물인지 신화의 주인공인지 여전히 논쟁거리로 남아 있
지만 최남선과 현진건, 당시 사학자들은 단군을 민족 기원과 주체성의
상징으로 받아들이는 데 이론의 여지가 없었다.

이처럼 현진건은 '조선 민족의 정체성'을 의도적으로 부인하려는 총독
부의 오리엔탈리즘적인 역사 조작에 대응할 목적으로 경주와 단군 성적
지를 순례하며 이를 연재하고 있다는 점에서 순례기 연재의 의의는 각별
하다.「고도순례 경주」와「단군성적순례」가 단지 호사취미 차원의 기행
이 아니라 국토 현장을 현진건 스스로 체험하면서 문화적 전통을 발견하
려고 한다는 점 그리고 이를 통해 민족의 과거와 현재를 성찰하고 있다
는 점에서 이 두 순례기의 의의가 중요하다는 것이다.[20]

그러면「고도순례 경주」가 어떤 방식으로 민족을 상상하는가를 집중
적으로 살펴보기로 하겠다. 현진건은 이 순례기에서 문화적 전통을 발견
하면서 민족을 상상하고 있다. 여기서 문화적 전통은 민족을 상상하는
매개 고리와 같은 기능을 하는데, 현진건은 특히 문화 창조의 전통과 저
항의 전통을 주목하고 있다. 문화 창조의 전통에 관해서 설명해 보기로
하겠다.

국적 혹은 민족의 정체성을 보증하는 문화적 지표들을 그는 신라사의
주무대인 경주에서 하나하나 살피고 있다. 더 자세하게 말하면 이렇다.
현진건은 박물관 경주분관에 보관된 석기, 토기 시대의 유물을 보고 "인

310.

20) 1920년대 후반부터 문화적 민족주의 운동 차원에서 우리나라의 역사와 문화, 풍속과
지리를 새롭게 조명하는 순례기들이 여러 언론매체에 기고되었으니 순례기를 연재한
작가는 현진건만이 아니었다. 문인으로는 이광수(「금강산유기」), 박종화(「남한산성」), 한
용운(「명사십리」,「해인사순례기」), 정지용(「다도해기」), 이은상(「만상답청기」,「강도유
기」,「한라산등척기」), 이병기(「해산유기」,「사비성을 찾는 길에」) 등이 학자로는 문일
평(「동해유기」,「조선의 명폭」), 최남선(「백두산근참기」,「심춘순례」), 안재홍(「백두산
등척기」,「춘풍천리」,「목련화 그늘에서」), 고유섭(「송도고적순례」) 등이 순례기를 발표
했다.

류 발달에 기구가 얼마나 위대한 소임을 하는가"를 깨닫고 있고 신라 금
관에서는 "인공을 뛰어넘은 신공"을 발견하고 있고 "동양 서양의 건축사
에 가장 영광스러운" 석굴암에서는 "감흥과 법열"을 체험하고 있다. 황
옥백옥적을 보고 우리 악기의 독창성에 감탄하고 있고 봉덕사 대종을 보
고 "그 음향이야말로 세계에 자랑할 만한 것"이라고 찬탄하고 있다. 요
컨대 현진건은 이 신라 유물들을 우리 민족의 영구성을 입증하는 문화적
전통의 예들로 이해하고 있으며 더 궁극적으로는 우리 민족을 문화 창조
능력의 전통을 지닌 문화 민족으로 주장하는 증거로 이해하고 있다.[21]

그런데 현진건은 이 순례기에서 문화 창조 능력의 전통만을 강조하지
는 않는다. 달리 말하자면, 최남선적인 발상법으로만 경주 일대를 순례
하는 게 아니다. 그는 한편으로 신채호적인 발상법으로도 경주를 순례하
고 있다. 이에 관한 구체적인 예가 박제상 전설의 재현이다. 현진건은 이
순례기에 "계림의 개가 될지언정 왜국의 신하는 되지 않겠다"고 항변하
며 분사한 박제상 전설(鵄述嶺傳說, 壯烈한光景, 寧爲鷄林狗)을 자세하게 인용
하고 있다. 왜에 항거하다가 죽은 박제상 전설은 우리 민족에게 문화 창
조 능력만이 아니라 외래 세력에 항거하는 저항의 전통이 있다는 것을
은연중에 암시한다. 현진건은 이 순례기를 통해 경주 일대에 산재한 유
물과 전설을 하나하나 살피면서 세계 최고 수준의 작품을 만들어내는 문
화 창조 전통과 외래 세력에 항거하는 저항의 전통을 적극적으로 주목하
고 있는 것이다. 요컨대 현진건은 이 순례기에서 신라 유물과 박제상 전
설을 살피면서 고도의 문화 창조 능력을 지닌 민족, 외래 세력에 저항할

---

21) 경주 일대에 산재한 유적에서 문화적 전통을 발견하는 「고도순례 경주」의 선행 모델은
최남선이 동명에 연재한 「조선역사통속강화」일 수 있다. 「조선역사통속강화」는 순례기
의 형식을 취하지는 않고 있지만 이 글은 선사시대의 석기, 패총, 고분 등에서 우리 민
족의 문화 창조 능력을 발견하고 우리의 전래 종교, 신화, 전설, 설화, 언어 등등에서
민족성의 정수를 발견하는 구도로 작성된 까닭에 「고도순례 경주」의 선행 모델이 되기
에 충분한 자격을 지니고 있었다.

줄 아는 항거의 민족을 상상하고 있는 것이다.

　이처럼 현진건은 두 가지의 문화적 전통―문화 창조의 전통과 저항의 전통―을 근거로 식민화된 조선의 현실 경계 저 너머에 존재하는 신성한 민족을 상상하면서 동시에 자기 보존의 투쟁 의지가 강한 항거하는 민족을 상상하고 있다. 요컨대 현진건은 한편으로는 최남선적인 발상법으로 또 다른 한편으로는 신채호적인 발상법으로 민족을 상상하고 있다는 것이다.

　그런데 이 두 가지 발상법 중에서 상대적으로 우위의 비중을 차지하는 건 최남선적인 발상법이라 할 수 있다. 이 두 가지 발상법 모두 「고도순례 경주」라는 한 편의 순례기를 형성하는 구성 원리가 되고 있지만 더 많은 서술 분량을 차지하면서 경주 유물에 관한 작가의 분석적 비평을 가능하게 하는 건 최남선적인 발상법이다. 이런 까닭에 「고도순례 경주」를 형성하는 주된 발상법은 최남선적인 발상법이라 할 수 있고 그 주된 발상법을 보완하는 발상법이 신채호적인 발상법이라고 할 수 있다.

　1930년대부터 더욱 강압적으로 전개된 일본의 식민 정책에 따라 당대 문인들은 민족을 치열하게 고민할 수밖에 없는 상황적 여건과 마주하게 되며, 이런 여건에서 현진건처럼 민족을 두 가지 차원에서 상상하는 문인도 나타나게 되는 것이다. 문제는 「고도순례 경주」가 동양을 타자로 이해한 서양의 오리엔탈리즘을 전도해 우리 민족 이외의 존재를 타자로 설정하는 옥시덴탈리즘의 구도를 띤다는 데 있다. 과거의 전통을 이상화하면 할수록 현재적 모순의 기원인 일본 제국주의는 망각되는 법이고 '우리'를 이상화하면 할수록 '우리' 이외의 존재들은 타자로 규정되기 마련인데, 이런 모순에서 현진건의 순례기가 전적으로 자유롭다고 말하기는 어렵다.[22]

----

22) 최남선의 역사 이해와 현실 이해의 방식과 문제에 대해서는 조현설의 논문을 참고. 조현설, 「동아시아 신화학의 여명과 근대적 심상지리의 형성」, 『민족문학사연구』(소명

그러나 현진건의 「고도순례 경주」는 국수주의의 옹호 혹은 자민족의 신화화라는 위험성에는 빠지지 않고 있다. 과거의 유물과 전설에서 적극적으로 계승해야 하는 문화적 전통을 발견하고 있는 이 순례기는 문화적 전통을 예찬하되 이 예찬은 현재 상황—문화 창조력과 저항의 전통을 되살려내지 못하는—을 반성하며 이루어지고 있다. 현진건은 순례기의 대목 대목에서 '위대한' 문화적 전통과 무관하게 살아가는 '현재' 우리들의 처지와 무능을 비판함으로써 이 순례기가 한 편의 민족 우상기록으로 변질되지 않도록 하고 있다.

3. 신흥의 문화적 전통과 민족의 상상

현진건은 「고도순례 경주」에서 이미 활용한 민족 상상의 방식을 『무영탑』에서도 활용하고 있으니 그것은 바로 문화적 전통의 발견과 이를 통한 민족의 상상이다. 현진건은 『무영탑』에서 두 가지의 문화적 전통에 주목하면서 민족을 상상하는데, 그 하나가 신흥이며 다른 또 하나는 국선도이다. 각각 아사달23)과 경신이라는 인물과 상응해 나타나는 신흥과 국선도는 민족을 상상하는 근거로 이 작품에서 활용되고 있다. 그러면

출판, 2000).
23) 추정적인 학설이기는 하지만 『삼국유사』에서 단군이 도읍으로 정한 아사달은 고조선어 아사달의 한자 소리표기로 아사는 아침의 뜻, 달은 산과 땅의 뜻으로서 아사달은 아침 산 혹은 아침땅의 뜻으로 해석될 수 있다고 한다. 이런 추정에 비추어 보자면, 『무영탑』의 아사달은 단지 한 개인으로 존재하는 것이 아니라 민족의 기원 혹은 문화 창조의 기원의 의미를 지니는 민족의 기호로 존재한다는 판단을 낳게 한다. 현진건은 주인공의 이름이 민족 기원의 의미를 함축할 수 있도록 작명하고 있는 것이다. 여기에 대해서는 신용하 교수를 참고. 신용하, 『한국민족의 형성과 민족사회학』(지식산업사, 2000), p.40. 신용하 교수에 따르면 "아사달의 한자 소리 표기를 阿斯達이고 한자 뜻 번역 표기가 '朝陽·朝鮮' 등이다."

먼저 신흥의 문화적 전통을 살펴보기로 하되 아사달을 행위주로 한 핵심 사건을 정리해보고 계속 논의를 이어가기로 하겠다.

① 아사달은 대공을 이루기 위해 부여에서 서라벌로 왔다.
② 경덕왕이 불국사를 방문해 아사달의 실력을 칭찬한다.
③ 어느 날 밤 아사달은 탑돌이를 하다가 주만을 만난다(아사달은 아사녀를 닮은 주만을 보고 놀란다).
④ 파일날 밤을 거의 지새운 아사달은 신흥을 느끼며 탑을 제작하다가 졸도한다.
⑤ 아사달은 자기를 구해주고 간호해준 주만과 대면한다.
⑥ 금성 일행이 아사달을 공격해 아사달은 곤경에 빠진다.
⑦ 다시 신흥을 느낀 아사달은 탑을 완성한다.
⑧ 아사달은 아사녀의 자살 소식을 듣고 낙담한다.
⑨ 넋을 잃은 아사달은 영지에서 최고의 신흥을 체험하며 주만과 아사녀의 환영을 돌에 새긴다.

아사달을 행위주로 한 핵심사건에서 특히 ④, ⑦, ⑨를 주목할 필요가 있다. ④, ⑦, ⑨는 아사달이 신흥과 접속해 탑을 제작하거나 아내의 환영을 조각하는 사건을 담고 있다. 부여 석수 출신으로 사랑하는 아내 아사녀를 부여에 두고 홀로 서라벌로 온 아사달은 평소에는 평범한 한 명의 석수에 불과하지만 적어도 신흥[24]이라는 '우리 고유'의 문화 창조 에너지를 내림받은 순간만큼은 무형에서 유형의 문화를 창조하는 문명의 신처럼 활약하고 있다. 구체적으로 말하자면 ①, ②, ③, ⑤, ⑥, ⑧의 아사달은 부여에 두고 온 아내를 그리워하거나 뭇 사내들의 공격에 속수무

---

[24] 신흥을 우리 고유의 문화 창조 원동력으로 묘사하는 발상법은 사실 현진건의 독창적인 창안이라고는 보기 어렵다. 이미 최남선, 박은식 등은 민족문화의 정수를 발견한다는 취지에서 조선혼이나 국혼 등의 용어를 여러 문헌에서 쓰고 있다. 이런 점에서 현진건의 신흥은 말의 표현이 다를 뿐, 국혼이나 조선혼처럼 근본적으로 민족의 존재를 유심론적으로 상상하는 인식의 산물이다.

책으로 당하는 무력한 젊은이지만 ④, ⑦, ⑨의 아사달은 신홍과 접속해 문화 창조의 주체로 변모하는 비범함을 보여주고 있다. 요컨대 신홍은 아사달이라는 한 개인만이 아니라 그가 속한 공동체를 거듭나게 하는 문화 창조의 에너지로 묘사되고 있는 것이다.

이처럼 『무영탑』에서 신홍이 주목받을 수밖에 없는 이유는 신라국왕 으로부터 주만을 따라온 노비에 이르기까지 모든 계층의 성원들이 감동 의 태도로 공유하는 문화유산을 창조하는 원동력으로 작용하기 때문이 다. 엄밀히 말하자면 아사달이 석탑을 제작했다기보다는 신홍이 아사달 로 하여금 석탑을 제작하게 한 것이라고 말해도 좋을 정도로 신홍은 이 소설에서 비범한 지위를 차지하고 있다. 이런 까닭에 아사달이 행위주로 나오는 핵심사건 중에서도 신홍이 나타나는 ④, ⑦, ⑨가 그렇지 않은 사건보다 더 중요한 사건으로 구별될 수 있다.

요컨대 현진건은 신홍을 민족 공동체가 공유하는 문화를 창조하는 '우 리 고유'의 역동적인 문화 창조 원동력으로 반복 묘사하면서 신홍과 접 속하는 아사달을 마치 민족의 장인, 민족의 주체처럼 확정하고 있다.[25] 그렇다면 도대체 신홍은 어떤 성격을 지니는 문화 창조의 원동력일까? 신홍을 묘사하는 대목을 정리하면 다음과 같다.

  똑 똑 바로 추녀 끝에서 완연히 낙수가 떨어지고 자그륵 자그륵 연잎에
  급한 소나기가 지나가는 듯하다가 문득 쩡하고 우림함 울림이 지동처럼
  울려 온다.
  성기고 배게, 느리고 자지러지게, 높으락낮으락 그 소리는 저절로 미묘
  한 곡조를 이루어 쪼는 이의 신홍을 가르쳐 준다.(23쪽)

25) 신홍과 접속해 황홀경의 상태에서 탑을 제작하는 아사달의 모습은 강영주 교수의 지적 처럼 서구 낭만주의 시대의 광기어린 예술가를 연상시킬 수도 있다. 그렇지만 현진건이 서구 낭만주의 시대의 광인이나 천재 예술가의 이미지를 환기시키기 위해서 아사달의 석탑 제작 과정을 묘사하거나 신홍과 접속하게 하는 것은 아니다.

　　그는 제 핏줄 가운데 제 것 아닌 무서운 힘이 용솟음함을 느끼었다.
　　오래간만에 참으로 오래간만에 어마어마한 신흥(神興)이 저를 찾아온
줄 그의 넋은 벌써 깨달은 것이다.
　　이 흥이 오기를 얼마나 바랐던고, 기다리었던고, 이 '흥'이란 한없이
곱고 한없이 사납고 철석같이 미쁘다가 바람같이 변한다. 너르자면 온누리
에 차고 잘자면 겨자알도 오히려 크다. 활달한 적엔 양양한 바다에 봄바람
이 넘놀고 까다롭자면 시기하는 지어미도 물러앉을 지경이다. 그러고 갖은
조화를 다 가진 듯 고대 여기 있는가 하면 까마득하게 사라지고, 분명히 손
아귀에 들었거니 하다가 돌아서면 간 곳을 찾을 길 없다. 어느 때는 푸드득
나는 새 날개에서 그대로 뚝 떨어져서 품속으로 기어들고 어느 때엔 발부
리에 밟히는 조약돌에서도 불쑥 그 안타까운 모양을 나타낸다.(94~95쪽)

　　흥은 인제 이글이글한 불덩어리가 되어 그대로 디굴디굴 구른다.
　　그는 불채찍에 휘갈기는 사람 모양으로 죽을 판 살 판 정과 마치를 휘
둘렀다.
　　몇 날이 되었는지 몇 밤이 되었는지 그는 모른다. 흥이 끊어진 때나 그
에게 낮도 있고 밤도 있었지만 흥이 꼬리를 맞물고 잇달아 일어날 때에야,
기실 그 흥이 계속되는 동안이 그에게는 도무지 한 순간인지 모른다.
　　머리에는 아직도 꽃불이 재주를 넘고 뒹구는데 몸의 힘은 마음의 힘에
차차 휘감겨 들어가는 듯하다.(100쪽)

　예문에서 확인할 수 있듯, 신흥은 객관적으로 정리될 수 없지만 마치
자체 생명력을 지닌 살아있는 유기체처럼 묘사되고 있다. 신흥은 "제 핏
줄 가운데 제 것 아닌 무서운 힘", "이글이글한 불덩어리" 같은 것으로
"너르자면 온누리에 차고 잘자면 겨자알"보다 훨씬 작고 "어느 때는 푸
드득 나는 새날개에서 그대로 뚝 떨어져서 품속으로 기어들고 어느 때엔
발부리에 밟히는 조약돌에서도 안타까운 모양"을 드러낸다. 요컨대 우주
만물의 혼이요, 생명 창조의 기운이요, 재생과 부활의 에너지의 의미로
이해되는 신흥은 민족 공동체가 공유하는 문화를 만들어내는 문화 창조

원동력의 비유이면서 그 자체로 민족의 비유라고 할 수 있다.[26]

신흥에 관한 설명이 비록 추상적이기는 하지만 신흥이 우리나라 전통 연희인 굿이나 놀이마당에서 볼 수 있는 순간적인 접신과 도약, 몰입과 환희의 행동, 새로운 질서를 마련하는 고유의 기운을 환기하는 것은 자명하다.[27] 이런 점을 염두에 둘 때 아사달을 행위주로 한 핵심사건과 신흥에 관한 묘사에서 우리는 현진건이 민족을 영원한 생명력을 지닌 유기체로 상상하고 있다는 걸 확인할 수 있다. 현진건이 상상하는 민족은 식민화된 현재의 경계 바깥, 달리 말해 고대부터 존속하는 유기체처럼 보인다. 이 민족은 식민지적 근대의 공간과 계몽의 시간에 포섭되지 않는 민족으로 마치 영원불사의 생명력을 지닌 유기체로 보인다. 신흥이라는 문화적 전통을 소설 안으로 끌어들인 현진건은 근대 이전 아니 역사 이전부터 존재한 유기체적인 민족 혹은 무한한 우주와 영원한 시간에 소속된 원형적인 민족을 상상하고 있다는 점을 충분히 추론할 수 있다.

유기체적인 민족, 원형적인 민족을 상상한다는 말은 재생력을 지닌 민족을 상상한다는 말과도 그 의미가 통할 수 있다. 이를 더 설명하면 이렇다. 한 평범한 젊은이를 민족 문화의 구현자로 만드는 신흥은 타락한 외래 문물과는 달리 재생력을 지닌 문화적 전통으로 묘사되고 있다는 걸 주목할 필요가 있다. 『무영탑』에서 불교는 타락한 외래 문물의 예로 제시되고 있다. 현진건은 신흥이 민족을 갱신시키는 원동력이라는 점을 부각시키기 위해 불교의 타락을 상대적으로 강조한다. 불교는 "눌지왕 때

---

26) 1920, 30년대의 문인과 학자들 사이에서는 민족적인 것과 계급적인 것 중에서 무엇을 더 중시해야 하는가를 규명하는 논쟁이 활발하게 펼쳐졌는데, 현진건은 「조선혼과 현대정신의 파악」이라는 글에서 "로만티즘도 좋다. 리얼리즘도 좋다. 상징주의도 나쁜 것 아니오 표현주의도 버릴 것 아니다. 오직 조선혼과 현대정신의 파악! 이것이야말로 다른 아무의 것도 아닌 우리 문학의 생명이오 특색일 것"이라고 피력할 정도로 민족적인 것을 중시하는 문인이었다. 현진건, 「조선혼과 현대정신의 파악」, 『개벽』 제65호, 1926.
27) 김열규, 『한국의 신화』(일조각, 1977), pp.99~101.

부터 몰래몰래 이 나라에 스며들어 온 서천 서역국 부처님 도는 법흥왕
말엽 이차돈의 순교로 활짝 길이 열리고, 삼한 통일을 거쳐 성덕, 경덕에
이르자 그 찬란한 연꽃은 필 대로 피었"지만 "출가란 빈말뿐이요. 어떻
게 무섭게 돈을 아는지 던적맞기 짝이 없다오. 어디 재 한번 불공 한번
더 얻어걸리겠다고 이건 대가나 부잣집 아낙네만 얼찐하면 치마꼬리에
매어달리듯 졸졸 쫓아다니고 그 비위를 맞추기에 곱이 끼었으니 그것들
을 데리고 무슨 일을 할 수 있겠"냐는 비판이 나올 정도로 종교적 구원
과 정화 기능을 상실한 외래 문물로 묘사되고 있다. 요컨대 "몰래몰래
이 나라에 스며들어 온" 불교와는 달리 민족의 문화적 지표인 신흥은 민
족을 거듭나게 하는 재생의 힘을 지닌 우리 고유의 기운으로 일관되게
묘사되고 있다.

　이제까지의 논의를 정리해 보기로 하겠다. 현진건은 신흥이라는 문화
적 전통과 이 전통에 호응하는 아사달을 설정해 유기체적인 민족, 원형
적인 민족, 재생적인 민족을 상상하고 있다. 이와 같은 상상 방식은 최남
선의 조선혼, 박은식의 국혼과 같이 고대로부터 현재에 이르기까지 일관
되게 지속하는 민족의 실체를 입증해보려는 유심론적 접근 방식과 그 맥
을 같이 한다고도 할 수 있다. 그런데 우리는 여기서 좀 더 흥미로운 점
을 발견할 수 있다. 여성적인 것을 사회적 상징적 영역 바깥에 존재하는
자족적인 실체로 간주하는 사고의 패러다임을 참고해 볼 때, 현진건은
여성화된 민족을 상상한다고도 얘기할 수 있다. 다시 말해 여성성을 근
대성 경계의 바깥에 놓인 원초적인 감정, 열정, 욕망 등으로 정의할 때,
현진건의 민족에 관한 상상은 여성화된 민족에 대한 상상이었다고 말할
수 있다는 것이다.28)

28) 여성적인 것과 여성성에 관한 정의는 리타 펠스키를 참고. 리타 펠스키, 김영찬·심진
　경 옮김, 『근대성과 페미니즘』(거름, 1998), pp.96~104.

4. 국선도의 문화적 전통과 민족의 상상

필자가 두 번째로 논의하려는 논점은 국선도의 문화적 전통과 민족의 상상이다. 『무영탑』에서 신흥이라는 문화적 전통처럼 중요한 비중을 차지하는 또 다른 문화적 전통이 국선도다. 국선도의 설정은 왜 이 소설이 민족서사가 될 수밖에 없는가를 확인시켜주는 또 하나의 중요한 근거다. 국선도를 민족의 문화적 지표로 파악하는 인식은 현진건의 인식이라기 보다는 신채호가 정초한 근대 역사 패러다임에서 나온 것이니, 그 예를 보면 다음과 같다.

> 서경 전역의 양편 병력이 각 수만에 불과하며, 전역의 수미가 양개년에 불만했지만 그 전역의 결과가 조선사회에 영향을 끼침은 서경 전역 이전에 고구려의 후예요, 북방의 대국인 발해 멸망의 전역보다도 서경 전역 이후 고려 대 몽고의 육십 년 전역보다도 몇 갑절이나 돌과하였으니 대사건이 없을 것이다. 서경 전역을 역대의 사가들은 다만 왕사가 반적을 친 전역으로 알았을 뿐이었으나 이는 근시안의 관찰이다. 그 실상은 이 전역이 즉 낭 불 양가 대 유가의 전이며 국풍파 대 한학파의 전이며 독립당 대 사대당의 전이며 진취사상 대 보수사상의 전이나 묘청은 곧 전자의 대표요, 김부식은 후자의 대표이었던 것이다. …(중략)… 낭은 신라의 화랑이니, 화랑은 본래 상고 소도제단의 무사, 곧 그때에 선비라 칭하던 자인데, 고구려에서는 조의를 입어 조의선인이라 하고, 신라에서는 미모를 취하여 화랑으로 불렀다. 화랑을 국선, 선랑, 풍류도, 풍월도 등으로 칭하였다.[29]

예문에서 확인할 수 있듯, 신채호는 역사의 전개를 낭 불 대 유가의 싸움, 국풍파 대 한학파의 싸움, 독립당 대 사대당의 싸움으로 이해하고

---

29) 신채호, 「조선역사상 일천년 제일대사건」, 『한국의 근대사상』(삼성출판사, 1981), pp.428~429.

있다. 더 설명하자면 신채호는 국풍파, 독립당, 국선, 선랑, 풍류도, 풍월도 등을 민족의 문화적 지표로 한학파, 사대당 등을 반민족의 문화적 지표로 이해하고 있다. 요컨대 국풍파, 독립당, 국선, 선랑, 풍류도, 풍월도는 자기동일성의 성격을 띠는 민족의 문화적 지표로 한학파, 사대당을 반민족의 문화적 지표로 설정하면서 민족을 상상하고 있다.

신채호가 그의 사론에서 보여준 민족 상상의 방식—민족의 문화적 지표와 반민족의 문화적 지표를 이항 대립적 관계로 구분하여 민족을 상상하는—을 현진건은 『무영탑』에서 차용하고 있다. 더 자세히 말해 현진건은 경신을 전자의 계열에 속하는 무사로 금성과 금지를 후자의 계열에 속하는 유가로 구분하는 이항 대립적 관계 속에서 민족을 상상하는 서술을 전개하고 있다. 현진건이 국선도의 문화적 전통을 인용하면서 민족을 상상한다는 건 힘과 용기의 미덕을 지닌 민족을 상상한다는 걸 기본적으로 의미한다.

그러면 이번에는 경신을 행위주로 하는 핵심사건을 정리하면서 논의를 이어가기로 하겠다.

① 용돌이가 검술 공부하는 장소에 경신이 나타난다.
② 금성 일행의 공격으로 곤경에 처한 아사달을 경신이 구해준다.
③ 경신이 유종의 집을 방문하여 주만을 만난다.
④ 경신은 주만에게서 아사달을 사랑한다는 주만의 고백을 듣는다.
⑤ 경신은 화형으로 죽게 된 주만을 구해준다(그러나 주만은 죽는다).

신흥과 접속한 아사달이 민족 문화를 창조하는 예인으로 설정되어 있다면 경신은 외래 세력에 저항하는 무인으로 설정되어 있다. 용돌이가 검술 공부하는 장소에 나타난 경신은 국선도의 청년 낭도로 그의 무예실력은 "활줌통이 척 휘어서 거의 부러질 듯하자 잉 소리를 치고 화살은

흐르는 별보담 더 빠르게 날아가서 영락없이 과녁을 들어맞히고 남은 힘
이 넘치어 살 위에 꽂힌 새깃이 부르르 떨"게 하거나 아사달을 혼내 주
려고 불국사를 찾아온 불량배들을 "쫓기어 자꾸 뒷걸음만 치게"할 정도
로 출중하다. 그리고 약자라 할 수 있는 아사달과 주만의 처지를 이해하
고 그들을 위기에서 구출해줄 정도로 관용의 폭이 대단히 크고 깊어 마
치 경신은 혼란스런 시대를 수습할 완벽한 구국영웅처럼 보일 정도다.

①, ②, ③, ④, ⑤의 핵심사건 중에서 우리가 특히 주목해 볼 사건은
①과 ②이다. 용돌이가 검술 공부하는 장소에 몰래 나타난 경신은 다음
과 같이 의미심장한 말을 용돌에게 건넨다.

> "여보게 생각을 해보게. 당명황이 안록산에게 쫓기어 멀리 촉나라 두메
> 로 달아났으니 이때를 타서 대군을 거느리고 지쳐 들어갔으면 중원을 다
> 차지는 못할망정 고구려의 옛 땅이야 다시 찾아오지 못하겠나."
> 용돌은 무릎을 탁 쳤다.
> "옳습니다. 옳습니다. 과연 서방님 말씀이 옳습니다. 조정에서야 어떡하
> 던 우리의 힘으로나마 군사를 일으켜 보시는 게 어떠하실까요. 온 천하에
> 흩어진 낭도를 긁어모으면 그래도 몇만 명은 될 수가 있지 않겠습니까."
> "안 되네, 안 되어. 나도 게까지 생각은 해보았네마는 암만해도 될성싶
> 지를 않네. 첫째로 그만한 큰일을 하자면 신라 온 나라의 힘을 기울여야
> 성사가 되겠거든. 소위 당학파들이 잔뜩 조정을 움켜쥐고 있으니 까딱 잘
> 못하면 역적의 누명이나 쓰고 말 거란 말이지. 촉나라까지 쫓겨난 당명황
> 에게 꾸벅꾸벅 문안사신까지 보내는 판이니 그자들에게 정당론을 끄집어
> 내어 보게. 천길 만길 뛸 것 아닌가. 기가 막힐 노릇이지."(259쪽)

우리는 이 대목에서 경신이 주장하는 고토 회복이 일본에 의해 강요된
훼손된 민족성을 회복하는 의의를 띠고 있음을 알 수 있다. 고구려 고토
를 회복하는 일은 단지 영토 경계를 확장하는 의의를 지니는 게 아니라

더 중요하게는 일본이 훼손시킨 민족성을 회복하는 현실적 의의를 띤다는 것이다.

이와 함께 경신이 주장하는 정당론은 조선 민족의 기원인 만주를 되찾아야 한다는 신채호, 박은식 등이 주도한 단군 중심의 역사관을 반영한다는 걸 주목할 필요가 있다.[30] 신채호는 민족의 기원인 단군이 만주에 활동 근거지를 마련했으며 이 이후 조선 역사의 전개는 단군에서 부여, 고구려로 이어진다고 그의 사론에서 밝힌 바 있다. 다시 말해 "식민 사관론자들이 애써 강조해 온 한반도 중심의 역사 무대를 만주 요동반도 및 요서 지방과 지나 동북 지대에까지 뻗친 역사 무대로 확대시킨"[31] 신채호의 고대사론을 현진건의 『무영탑』은 수용하고 있다는 것이다. 이처럼 경신이 주장하는 정당론의 이면에는 만주를 마치 민족의 기원과 고향으로 상상하는 근대 역사학의 민족주의적 관념이 투영되어 있다.[32]

국선도라는 문화적 전통과 이 전통에 호응하는 경신의 설정을 통해 현진건은 저항하는 민족, 강한 민족, 무력과 용기의 민족 요컨대 영웅화된 민족을 상상하고 있다는 걸 확인할 수 있다. 신흥의 문화적 전통과 아사달의 설정을 통해 유기체적, 원형적, 재생적 민족을 상상하고 있다면 여

---

30) 현진건이 고구려 고토의 회복을 주장하는 경신과 같은 민족 주체를 설정하게 된 데에는 민족사의 기원을 만주로 파악하려는 근대 역사학의 패러다임에 영향 받은 바 크다. 여기에 대해서는 한영우 교수의 논문을 참고. 한영우, 「1910년대의 민족주의적 역사서술」, 『한국문화』 1, 서울대학교 한국문화연구소, 1980.

31) 이만열, 『한국근대사학의 인식』(문학과지성사, 1981), p.236.

32) 경신의 고토 회복은 현실적으로 성취되는 과업으로 진전하지는 않는다. 경신의 고토 회복을 견제하는 한학파 세력의 정치권력이 "잔뜩 조정을 움켜"쥘 정도로 강력한 까닭이다. 이 소설에서 경신이 해결한 일은 아사달의 구출이요, 결혼을 파기해달라는 주만의 요청 수락이고 화형으로 죽게 된 주만을 구출하는 것이다. 현진건은 경신을 고토 회복의 야망을 꿈꾸는 또 하나의 민족 주체로 확정하고 있지만 경신의 원대한 꿈은 꿈으로만 머물도록 처리하고 있다. 현진건은 정치권력을 틀어쥔 '반민족적' 존재들의 견제로 인해 경신의 야망이 좌절되도록 함으로써 고토 회복으로 상징되는 민족성 회복의 과제를 민족의 영구한 문제로 만들어 놓고 있다.

기에서는 기본적으로 저항하는 민족을 상상하고 있다는 걸 확인할 수 있다. 이런 점에서 적어도 경신이 정당론을 주장하는 대목에서만큼은 현진건이 조선의 식민화라는 구체적인 현실 문제와 관련지어 민족을 상상한다고 얘기할 수 있다.

②에서 곤경에 처한 아사달을 구해주는 경신은 금지와 그의 아들 금성에 비해 상대적으로 혈통이 순수한 왕족으로 판정된다. 경신은 "우선 지체로만 보아도 내물왕의 직계후손이니 금지의 문벌보다 높았으면 높았지 떨어지지 않았다. 경덕왕께서 만득왕자라도 두셨기에 망정이지 만일 무후하시었던들 대통을 이을 이가" 바로 경신이었다. 금지의 혈통은 "당당한 참뼈로 왕족으로 임금과도 그리 멀지 않은 종친"이지만 이른바 혈통의 순수성은 경신이 한 수 위라고 작가는 판정하고 있다.

경신의 혈통이 당나라 한학파인 금성, 금지의 혈통보다 왕족에 가깝다는 혈통 확인 대목에서 우리는 현진건이 민족을 혈연적 동질성의 관계로 상상한다는 걸 추측할 수 있다. 현진건은 민족을 이질혼성적인 관계로 상상하지 않고 있다. 그는 민족을 금지, 금성과 같은 외래적 타자들을 배제한 순수한 혈연으로 상상하고 있다.

또한 현진건은 경신과 혈통 확인 경쟁을 벌이는 금지와 금성을 외모에서부터 언행에 이르기까지 희화화된 외래적인 타자로 묘사한다. 예컨대 "금지는 얼굴이 노리캥캥한데다가 수염이 없어 얼른 보면 고자로 속게 되었는데 이손 유종은 긴 수염이 은사실처럼 늘어지고 너그러운 두 뺨에 혈색"이 좋은 인물이며 경신은 "후리후리한 키에 떡벌어진 어깨판, 탁 트인 이맛전과 너그러운 뺨"을 지닌 인물로 이들의 외모는 상반의 극치를 이룬다. 또한 그들의 성격은 "하나는 깐깐하고 앙큼스럽고, 하나는 괄괄하고 호방"하게 묘사되어 있는데, 이렇게 이질적인 타자로 설정된 금지와 그의 아들에 관한 묘사가 희화적이면 희화적일수록 경신의 위상은 상승하고 있다.

③, ④에서 경신은 주만의 외모에 매력을 느끼지만 그는 그의 사적 욕망을 억제한다. 그에게 중요한 건 사적 욕망의 해결이 아니라 고토 회복이라는 공적 과제의 해결이었기에 경신은 비록 주만에게 매력을 느끼지만 ④와 같은 고백을 들어도 분노하지 않는다. 국선도의 청년 낭도인 경신에게 고토 회복이라는 꿈은 워낙 '원대'하고 '순수'한 것이어서 그는 주만과의 '사사로운' 애정문제에 연루되지 않으려 한다.

현진건은 경신이란 청년 낭도를 자기와 예정된 혼인을 파기해 달라는 주만의 요청을 받아들일 만큼 관대한 인물로 그리지만 여기에는 고토 회복이라는 민족의 숙원 사업이 사사로운 사랑보다 더 중요하다는 구국영웅 신화가 내포되어 있다.[33] 고토 회복을 꿈꾸는 영웅에게 여성이란 존재는 단지 사사로운 상대에 불과할 수 있다는 점을 경신은 은연중에 독자들에게 강조하고 있다.

이제까지의 논의를 정리해 보기로 하겠다. 현진건은 국선도라는 문화적 전통과 이 전통에 호응하는 경신을 설정해 저항하는 민족, 강한 민족, 무력을 쓸 줄 아는 민족 요컨대 영웅화된 민족을 상상하고 있다. 국선도는 외래적 타자와 구분되는 민족 주체들의 공동체로 이와 같은 공동체를 이끌어가는 경신은 마치 가족들의 실수를 관용의 미덕으로 용서해주고 갈등을 해결해주는 가장의 이미지를 띠고 있다. 고구려의 고토를 회복하려는 원대한 꿈을 품고 있는 경신은 아사달을 연모한다는 주만의 고백을 들어도 분노하지 않고 오히려 위기에 빠진 주만을 구해준다. 우리는 이런 대목에서 흥미로운 점을 발견할 수 있다. 국선도의 문화적 전통과 이

---

33) 아사달과 두 여성 사이에 에로스의 욕망이 작동하는 반면 경신은 아예 이런 욕망과 거리를 두려고 한다. 경신은 고결한 도덕성과 무사의 출중함을 겸비한 무사로 타락한 귀족과 승려와는 전혀 다른 층위에 존재하는 인물이다.

에 호응하는 경신의 설정을 통해 현진건은 힘과 용기, 무력뿐만 아니라 가장의 관용의 미덕을 소유한 민족, 곧 남성화된 민족을 상상한다고도 말할 수 있다.

5. 문화적 전통의 확대재생산과 수난당하는 여성들

아사달과 경신이 각각 신흥과 국선도라는 문화적 전통에 호응한다면 아사녀와 주만은 이 소설에서 어떤 문화적 전통과 호응하고 있을까? 이들도 어떤 특정한 문화적 전통과 호응하면서 아사달과 경신이 수행할 역할을 반복하고 있을까? 미리 결론을 밝히자면, 이 두 여성은 아사달, 경신과는 달리 어떤 특정한 문화적 전통과 호응하지 않는다. 아사달과 경신만이 특정한 문화적 전통과 호응하는 인물로 설정되어 있으며 이 두 여성과는 무관하다는 말이다.

그런 점에서 이 두 여성은 특정한 문화적 전통을 환기시키고 이로써 민족을 상상케 하는 직접적인 매개 고리로는 볼 수 없다. 엄밀히 말하자면, 이 두 여성은 민족 주체로 설정된 아사달과 경신의 위상을 돋보이게 하는 주변화된 주체[34]들로 설정되어 있다. 요컨대 이 두 여성은 어떤 문화적 전통과 호응하지 않는 대신 두 남성—특히 아사달의—의 문화적 전통을 확대재생산하는 데 기여하고 있는 것이다. 이를 더 자세히 설명하면 이렇다.

아사달의 여자들이라 할 수 있는 아사녀와 주만은 공교롭게도 『무영

---

34) 아사달과 경신이 민족을 상상케 하는 민족 주체의 지위에 있다면 이 두 여성 인물은 이들의 주변에서 이들에게—특히 아사달에게—협조한다는 점에서 주변화된 주체라고 할 수 있다.

탑』에서 수난을 당하는 여성 인물로 그려지고 있다. 아사달이 신흥과 접속하여 문화를 창조하고 경신이 국선도의 청년 낭도로서 정당론을 주장하는 민족 주체라면 아사녀와 주만은 공교롭게도 수난을 받는 인물로 그려지고 있다. 요컨대 아사녀와 주만은 민족 주체로 설정된 이 인물들의 활약을 더욱 극적으로 표현하기 위해 자살하거나 화형의 후유증으로 죽는 주변화된 주체로 설정되고 있다는 것이다.[35]

　현진건 스스로 의식했든 의식하지 못했든 그는 한 편의 민족서사를 만들어가는 과정에서 이처럼 역전된 젠더관계를 철저하게 전유하고 있다. 이렇게 얘기할 수 있는 주된 근거는 이 두 여성이 수난을 당하는 피해자들이기는 하되, 그 수난이 하나같이 민족 주체들의 과제―특히 아사달의 과제―가 해결되도록 하는 계기가 된다는 점에 있다. 그러면 이들이 어떤 수난을 당하게 되는지 아사녀와 주만의 핵심사건을 정리해 보기로 하겠다.

아사녀의 핵심사건

① 아사녀는 아사달의 아내로 부여에서 병든 아버지 부석을 간병을 한다.
② 부석이 죽게 되고 아사녀 혼자 남는다.
③ 부석의 제자들이 아사녀를 겁탈하려 한다.
④ 팽개가 아사녀를 보호한다.
⑤ 팽개는 아사달이 서라벌에서 혼인했다고 아사녀에게 거짓말을 한다.
⑥ 팽개는 아사녀를 겁탈하려고 한다.
⑦ 아사녀는 혼자 서라벌로 떠난다.
⑧ 아사녀는 궁궐 출입을 제지당한다.
⑨ 아사녀는 매파인 콩콩노인의 집에서 기숙한다.

---

35) 권명아는 "여성 수난사 이야기는 근본적으로 내부와 외부의 경계를 젠더화된 방식으로 재생산하고 외부에 대한 증오와 적개심을 민족이라는 통합된 주체에 대한 열망으로 전도하는 형식"을 띤다고 말한 바 있다. 권명아, 「여성·수난사 이야기의 역사적 층위」, 『상허학보』 10집, 상허학회, 2003.

⑩ 아사녀는 자살한다.

주만의 핵심사건
① 주만은 이찬 유종의 외동딸로 불국사에서 아사달을 만난다.
② 주만은 부모 몰래 자주 불국사를 출입한다.
③ 주만의 불국사 출입이 금성 일당에게 발각된다.
④ 금지가 유종에게 주만의 불국사 출입을 폭로한다.
⑤ 주만은 영지에서 아사녀의 환영을 조각하는 아사달을 만난다.
⑥ 유종이 주만을 화형에 처한다.
⑦ 크게 부상당한 주만을 경신이 구출한다.
⑧ 주만은 죽는다.

하층 평민 출신 아사녀와 상층 귀족 출신 주만은 오로지 한 남성 아사달에게만 사랑의 정념을 드러내는 여성들이다. 이 사랑의 정념은 팽개와 금지의 그 어떤 방해에도 굴절하지 않고 아사달을 향하고 있다. 의도적으로 아사녀와 주만 두 여성 사이에서 일어날 수 있는 애정 갈등을 삽입하지 않은 현진건은 아사달을 향한 그녀들의 사랑을 순수하고 고결한 사랑으로 묘사하고 있다. 문제는 아사달을 향해 사랑의 정념을 드러내는 이 두 여성들의 신체를 훼손하려는 방해자들이 그녀들 주변에 포진한다는 데에 있다.

아사녀와 주만의 핵심사건에서 확인되듯 아사녀는 아버지의 제자들로부터 끊임없이 순결 상실의 위기를 체험하며 주만은 금성과의 강제적 혼인으로 순결 상실의 위기를 체험한다. 결국 아사녀의 수난은 자살로, 주만의 수난은 화형 후유증으로 인한 죽음으로 마무리되지만 우리는 이 두 여성의 삶이 순결 상실의 위기에 직면하다가 자살하거나 죽게 된다는 공통점을 공유한다는 걸 확인할 수 있다.

특히 이 두 여성 중에서 아사녀는 집중적으로 순결 상실의 위기를 경험한다. 아사녀는 술수와 사기로 아사녀를 차지하려는 팽개로 인해 순결 상실의 위기를 극적으로 경험하고 있고 서라벌에서 우연히 만난 매파인 콩콩 노인으로 인해 다시 한 번 이 위기를 경험한다. 아사녀는 자신의 신체를 유린하려는 숱한 남성들의 겁탈을 피하다가 결국 자살하고 만다. 상대적으로 주만은 아사녀에 비해 극적인 위기를 집중적으로 체험하지는 않는다. 그러나 금지에 의한 강제적인 혼인 시도와 아버지에 의한 경신과의 강제적인 혼인 결정으로 인해 주만 역시 원하지 않는 남성에게 신체를 허락해야 하는 순결 상실의 위기를 체험한다.

이처럼 현진건은 두 여성을 아사달과 경신과는 달리 원천적으로 결여된 존재로 설정하되, 사랑의 정념과 육체의 순결을 끝까지 보존하면서 아사달의 과업 해결에 '기여'하도록 하고 있다. 이렇게 얘기할 수 있는 결정적인 근거를 이 소설의 결말부에서 확인할 수 있다. 석가탑을 완성한 아사달은 곧 부여로 떠날 차비를 한다. 그런데 곧이어 나타난 콩콩 노인은 "무언가에 홀린 듯이 몸을 날려서 물 속으로 뛰, 뛰어들었다는" 아사녀의 투신자살 소식을 아사달에게 전한다. 아사달을 향한 사랑의 정념과 육체의 순결을 보존하다가 투신자살한 아사녀의 소식은 아사달로 하여금 미증유의 신흥을 체험케 한다. 영지 주변을 몇 번이나 배회하다 아사녀의 환영을 목격하게 된 아사달은 이 환영을 돌에 새기기 시작한다. 아사달의 신흥 체험은 점차적으로 고조되어가니 "정과 마치의 자지러진 가락과 그 황홀한 얼굴빛으로 보아 아사달은 다시금 신흥"에 몰입하게 되었고 그런 까닭에 같이 도망가자는 주만의 요청이 귀에 들어오지 않을 정도다.

"아사달은 넋잃은 사람 모양으로 주만의 돌아서 가는 양을 멀거니 바라보다가 손버릇같이 다시 정을 들고" "아사녀와 주만의 두 얼굴이" "하나로 녹아들어버린" "거룩한 부처님의 모양"을 조각하기에 이른다. 이렇

게 하여 다보탑보다도 석가탑보다도 더 완벽한 걸작이 탄생한다. 이처럼
최고의 신흥은 두 여성의 동시적인 수난을 전제로 하여 폭발적으로 작동
하고 있는 것이다.

우리는 이 결말 대목에서 아사녀와 주만의 수난과 희생이 아사달의 문
화 창조 행위를 더욱 극적으로 드러나게 하는 계기가 되고 있다는 점, 그
럼으로써 신흥의 문화적 전통을 확대재생산한다는 점을 주목할 수 있다.

아사녀와 주만은 아사달과 경신과는 달리 특정한 문화적 전통에 호응
하는 민족 주체는 아니다. 그러나 그녀들의 수난은 민족 주체들의 과업
해결에 협조하거나 그들의 지위를 한층 빛나게 한다는 점에서 주변화된
주체의 지위를 확보하고 있고 이들의 수난과 죽음은 궁극적으로 아사달
과 호응하는 문화적 전통인 신흥을 폭발적으로 상승시키는 계기라는 점
에서 그 의미가 각별하다.

6. 결론

일본의 식민 통치가 강압적으로 전개된 1930년대부터 장편소설 작가
의 길을 걸어간 현진건은 민족을 상상적 차원에서 회복하는 문학 작업에
몰두했으니 그 대표적인 예가『무영탑』이다.

필자가『무영탑』을 주목하게 된 이유가 바로 여기에 있다.『무영탑』을
상상적 차원에서 민족을 회복하는 문학적 작업의 한 예로 인정할 수 있
다면『무영탑』이 어떤 방식으로 민족을 상상하고 있으며 그럴 때 어떤
문학적 의미를 창출하는지 연구해야 한다고 생각했다.

『무영탑』에 관한 기존 연구는 나름대로『무영탑』의 문학적 성격과 문

학사적 의의를 규명하는데 일조하고 있다. 그런데 여기서 멈추지 않은 새로운 연구가 필요하다고 필자는 판단했고 구체적으로『무영탑』을 대상으로 민족을 상상하는 방식과 그 문학적 의미를 규명해야 한다고 생각했다. 이런 연구는 작게는『무영탑』의 문학적 성격을 새롭게 규명하는 의의가 있으며 크게는 민족서사의 유형과 미학적 특징에 관한 논의를 열어가는 의의가 있다.

필자는『무영탑』에 관한 논의로 들어가기에 앞서「고도순례 경주」가 어떤 방식으로 민족을 상상하는가를 살펴보았다. 현진건은 경주 일대에 산재한 석기 유물, 토기 유물, 신라 금관, 석굴암, 황옥백옥적, 봉덕사 대종 등에서 우리 민족에게 문화 창조의 전통이 있음을 강조했다. 또한 왜에 항거한 박제상 전설을 예로 들면서 우리 민족에게 항거의 전통이 있음을 강조했다. 요컨대 현진건은 고대 유물에서 문화 창조의 전통을 주목하는 최남선적인 발상법과 외래 민족에 항거하는 저항의 전통을 주목하는 신채호적인 발상법으로 이 순례기를 작성하고 있는 것이다. 현진건은 이 두 발상법으로 민족의 문화적 전통을 발견하면서 동시에 원형적이면서 현실적인 성격의 민족을 상상하고 있다.

이어지는 본론에서 필자는 세 가지의 논점을 제시했다. 첫째는 신흥의 문화적 전통과 민족의 상상, 둘째는 국선도의 문화적 전통과 민족의 상상, 셋째는 문화적 전통의 확대재생산과 수난당하는 여성들이다. 이 각각의 논점을 정리하면 다음과 같다.

첫째, 신흥의 문화적 전통과 민족의 상상에 관한 논의에서 먼저 주목해야 하는 건 최남선적인 발상법의 소설적 재현이다. 신흥은 민족 공동체가 공유하는 문화를 만들어내는 문화 창조 원동력의 비유로 우리나라 전통 연희인 굿이나 놀이마당에서 볼 수 있는 순간적인 접신과 도약, 몰입과 환희의 행동, 새로운 질서를 마련하는 고유의 기운을 환기하는 민족의 문화적 지표다.

이런 점을 염두에 두고 아사달을 행위주로 한 핵심사건과 신흥에 관한 묘사에서 필자는 현진건이 민족을 식민화된 현재의 경계 바깥 달리 말해 고대부터 존속하는 유기체로 상상하고 있다는 걸 추론할 수 있었다. 신흥이라는 문화적 전통을 소설 안으로 끌어들인 현진건은 근대 이전 아니 역사 이전부터 존재한 유기체적인 민족, 원형적인 민족을 상상하고 있다는 것을 충분히 추론할 수 있다. 또한 여성적인 것을 사회적 상징적 영역 바깥에 존재하는 자족적인 실체로 간주하는 사고의 패러다임을 참고해 볼 때 현진건은 여성화된 민족을 상상한다고도 볼 수 있다.

둘째, 국선도의 문화적 전통과 민족에 관한 상상의 논의에서 주목해야 하는 건 신채호적인 발상법의 소설적 재현이다. 국선도를 민족의 문화적 지표로 파악하는 인식은 현진건의 독창적인 인식이라기보다는 신채호가 정초한 근대 역사 패러다임에서 나온 것이다. 현진건은 국풍파, 독립당, 국선, 선랑, 풍류도, 풍월도를 민족의 문화적 지표로 한학파, 사대당을 반민족의 문화적 지표로 설정하면서 민족을 상상하는 신채호의 사론을 수용하면서 저항하는 민족, 강한 민족, 무력과 용기의 민족, 관용의 미덕을 지는 남성화된 민족을 상상하고 있다.

셋째, 문화적 전통의 확대재생산과 수난당하는 여성들에 관한 논의에서 필자는 아사달과 경신과는 달리 특정한 문화적 전통과 호응하지 않는 주변화된 두 여성 인물이 수난과 희생을 주목했다. 아사달의 여자들이라 할 수 있는 이 두 여성들은 주변 남자들로부터 끊임없는 성적 겁탈의 위기에 처하다가 결국에는 자살하거나 화형의 후유증으로 죽는다. 이 두 여성 인물의 죽음은 아사달의 문화 창조 행위를 극적으로 드러나게 하는 계기가 되고 있고 그런 점에서 신흥의 문화적 전통을 확대재생산하는 역할을 수행하고 있다.

　이처럼 현진건은 신흥과 국선도라는 두 가지의 문화적 전통을 호출하면서 일견 서로 대립적인 성격을 띨 수 있는 민족을 상상하고 있다. 그러나 실제로 작품 내에서 이 두 층위의 민족은 대립적인 관계로 배치되지 않는다. 이렇게 말할 수 있는 결정적인 근거를 제공하는 건 아사달과 경신의 관계다. 이 둘의 관계는 억압적이거나 구속적이지 않다. 정확히 말하자면, 경신은 아사달을 곤경에서 구해주고 그의 과제 수행을 돕는 조력자에 가깝다. 요컨대 두 민족 주체의 관계는 갈등 관계가 아니라는 것이다. 그러므로 두 민족 주체를 매개로 상상되는 민족의 층위도 위계질서를 형성하지 않는다. 그러나 현진건은 이 두 층위를 변증법적인 통합의 관계로 구현하면서 민족에 관한 총체적인 상상을 전개하지는 않았다. 두 층위의 융합을 도모하기는 했으되, 변증법적인 통합 관계를 지향하지는 않았다는 것이다. 바로 이 대목이 『무영탑』의 한계라고 할 수 있다.

『흑치상지』론

1. 연구방향

현진건에겐 미완성 역사소설이 세 편 있다. 『웃는 포사』, 『흑치상지』, 『선화공주』가 바로 그 예들이다. 이 세 편은 각각 『신소설』·『해방』,[1] 『동아일보』(1939. 10. 25~12. 28), 『춘추』(1941. 4~9)에 연재되던 중 부득 이한 이유로 중단됨으로써 문학사의 미아로 방치된 작품들이다. 『무영탑』 이 후학들에게 집중적인 연구대상으로 설정되는 영예를 누리는 것과는 달리 이 세 작품은 문학사의 미아로 방치되는 비운을 좀처럼 벗어나지 못하고 있다.

그런데 이 세 작품 중에서 『흑치상지』는 미완성이라는 한계에도 불구 하고 "식민지 시대 문학이 성취한 가장 큰 업적", "고통스런 현실 인식 과 현실을 극복하려는 첨예한 역사적 전망이 결합된" 작품,[2] "빙허의 역

---

[1] 『웃는 포사』는 『신소설』(1930. 9)에 1회 연재, 『해방』(1930. 12~1931. 2)에 2~4회 연재 되다가 중단된 소설이다.
[2] 최원식, 「빙허 현진건론」, 『한국근대문학을 찾아서』(인하대학교 출판부, 1999), pp.128~ 130.

사소설 가운데서 뿐만 아니라 3·40년대 한국근대역사소설 전부를 통해서 볼 때 그 주제의식이 가장 선명히 부각되어 있는 작품",[3] "그의 민족주의적 이념을 강렬하게 표현하고자 한 야심작으로서, 이 작품에서 그는 백제의 멸망을 일제에 의한 조선의 식민지화에 비유하고, 나당 연합군에 맞선 백제 유민들의 끈질긴 항쟁을 그림으로써 거족적인 항일투쟁을 암암리에 시사"[4]한 작품, "닫힌 식민지시대에 새로 열려질 새 세계를 소망"[5]하는 작품으로 인정받으면서 학계의 주목을 받아왔다.

그렇지만 학계의 주목에 상응하는 『흑치상지』에 관한 '본격적인' 연구는 여전히 부족한 실정이다. 현진건 문학의 성취와 한계, 특히 식민지 근대의 폭력에 대응하고자 한 그의 장편이 지니는 문학적 무게와 그 의미를 객관적으로 고찰하기 위해서는 『흑치상치』를 좀 더 면밀하게 연구해야 한다고 필자는 생각한다. 즉 『흑치상지』는 연재가 중단되는 까닭에 후학들의 관심에서 이탈된 작품이지만 당대 식민성의 문제에 대응하려 한 현진건 장편의 성취와 한계가 지닌 문학적 의미를 좀 더 일목요연하게 정리하기 위해서는 『흑치상지』를 연구대상으로 받아들여야 한다는 것이다.

그러면 좀 더 구체적으로 이 글의 연구방향을 설명해 보기로 하겠다. 필자는 이 글에서 『흑치상지』의 문학적 성격과 그 의미를 해명하되, 특히 민족을 상상하는 방식을 중점적으로 논의하고자 한다. 그 이유를 더 설명해 보기로 하겠다. 민족 형성과 보존의 억압적인 결여로 요약되는 식민지 근대의 폭압을 문학의 외적 여건으로 받아들이는 근대문인들 중에는 우리 민족의 기원과 형성 혹은 정체성을 서술하는 서사, 즉 민족서사[6]를 쓰

3) 송백헌, 『한국근대역사소설연구』(삼지원, 1985), p.248.
4) 강영주, 『한국 역사소설의 재인식』(창작과비평사, 1991), p.92.
5) 현길언, 『문학과 사랑의 이데올로기-현진건 연구』(태학사, 2000), p.225.
6) 흔히 서사는 이야기(story)와 화자(story-teller)로 구성된 문학작품으로 정의된다. 이와 관련해 필자는 민족서사를 근대 이전의 역사적 배경과 사건을 설정해 민족의 기원, 내력, 형성, 성격, 정체성, 이미지 등 민족의 존재 방식과 특징에 관해 서술하는 이야기로 잠정

며 당대의 모순과 대결한 이들이 나타나는데, 현진건도 이에 속한다.

한반도 전역이 대륙전쟁을 위한 병참기지로 강제적으로 재편되어가면서 그 어느 때보다 민족 위기가 가중된 1930년대에 접어들어 현진건은 민족서사 쓰기에 남다른 관심을 기울임으로써 '식민지 근대의 대표적인 단편작가'라는 일반화된 평가를 뛰어넘는 문학적 업적을 남긴다.

잘 알려져 있듯, 현진건은 동아일보 사회부장 자격으로 경주일대를 순례하며 『동아일보』에 「고도순례 경주」(1929. 7. 18~8. 19)를 연재했다. 「고도순례 경주」에서 현진건은 신라의 문화적 전통—문화 창조의 전통과 저항의 전통—을 대단히 긍정적으로 호평하는 동시에 우회적으로 당대 식민지 현실을 비판한다. 이후 현진건은 『동아일보』에 「단군성적순례」 (1932. 7. 29~11. 9)를 연재하면서 단군을 민족의 기원으로, 을지문덕을 민족의 구국영웅으로 자리매김한다. 이렇게 현진건은 1920년대 중반을 전후로 일제가 강요하는 식민성을 의식하면서 '민족'을 사유하는 작가이자 지식인으로 거듭나는 모습을 보여주었고, 1930년대에는 민족서사 쓰기에 진력한다.

「고도순례 경주」에서 현진건이 주목한 신라의 두 가지 문화적 전통은 『무영탑』에서 '신흥'으로 석탑을 축조하는 아사달의 이야기와 당에 저항하려는 화랑 경신의 이야기로 각각 표현된다. 그리고 이 두 편의 이야기는 궁극적으로 외세에 영합하는 신라의 타락한 귀족과 그 귀족들이 주도하는 정치체제를 과감하게 비판하고 있는데, 이는 당대 식민지 근대를 비판하는 정치적 비유로 충분히 해석될 수 있다. 요컨대 현진건은 신라사를 야사의 차원이 아니라 식민지 근대를 비판적으로 조망할 수 있는 작품 내적 근거로 인식하면서 민족을 상상하는 특유의 방식을 『무영탑』

적으로 정의하고 있다. 현진건 장편 중에서 이 정의에 부합하는 작품으로는 『무영탑』, 『흑치상지』, 『선화공주』 등이 있다.

에 구현한다고 볼 수 있다.[7]

문제는 『무영탑』 이후에 있다. 현진건은 『무영탑』 이후의 소설, 특히 『흑치상지』에서 어떤 수준과 어떤 양상으로 민족을 상상하고 있을까? 『흑치상지』는 『무영탑』과는 상이한 방식으로 민족을 상상하고 있을까? 아니면 좀 더 독창적인 방식으로 민족을 상상하고 있을까? 이 글은 바로 이 점을 밝혀보려고 한다. 바로 이런 까닭에 이 연구는 궁극적으로 민족을 상상하는 한국 근대역사소설의 방식과 그 문학적 의미를 규명하는 시론적 성격의 의의를 띤다고 할 수 있다. 필자가 『흑치상지』를 연구하는 이유를 여기에 두고 있음을 다시 한 번 밝혀두는 바이다.[8]

2. 식민지 근대와 원초적 민족

본격적인 논의로 들어가기에 앞서 현진건이 등단 이후 『흑치상지』를 연재하기까지 어떤 과정을 거치며, 어떤 관점으로 '민족'을 사유하게 되었는가를 중점적으로 살펴봄으로써 필자의 논의를 좀 더 면밀하게 해명해 볼 수 있는 근거를 마련해보고자 한다.

「빈처」, 「술 권하는 사회」, 「타락자」의 1인칭 세계와 『백조』의 낭만주의에 긴박되어 있던 현진건이 문단에 등단하자마자 '민족'을 고민하거나 치열하게 사유한 건 아니다. 현진건은 그의 자전적 장편 『지새는 안개』[9]

---

7) 「고도순례 경주」의 성격과 『무영탑』의 민족에 관한 상상 방식은 필자의 논문을 참고. 양진오, 「현진건의 『무영탑』 연구」, 『현대소설연구』 제19호, 2003.
8) 연구 텍스트는 국학자료원에서 2004년에 출간한 『현진건문학전집 4』로 한다. 인용 페이지는 괄호로 처리한다.
9) 이 소설에서 작가의 대리적 자아인 '나'의 주된 관심은 신여성과의 연애이며 그 연애의 지속적 형태인 낭만적 사랑이라는 게 명백하게 표현된다.

에서 회고하듯, 신여성과의 낭만적 사랑에 도취한 청춘으로 그에게 민족문제는 처음부터 치열하게 사유해야 할 대상이 아니었다.

그렇다고 현진건이 장시간 1인칭 세계와 낭만적 세계에 안주했다는 것은 아니다. 상해를 근거지로 치열한 독립운동을 펼친 현정건의 동생으로서 1919년 직접 상해를 다녀온 현진건은 당대 식민지 근대의 모순을 외면하지 않는 정신적 긴장을 견지하고 있었으니, 이 정신적 긴장은 1925년 『동아일보』에 입사하면서 두드러지게 노정된다.10)

그런데 처음부터 현진건이 『동아일보』에서 기자직을 수행한 건 아니다. 현진건의 기자직 수행은 『조선일보』(1920. 11)에서 시작된다. 그러나 현진건은 『조선일보』에 오래 머물지 않는다. 이에 관해 현진건의 지기 박종화는 흥미로운 증언을 남겨 놓고 있다.

> 이 때에 신문이 네 종류나 있으니 재래로 내려오던 배일지 『대한매일신보』의 후신이요 지금 『서울신문』의 전신인 당시 총독부 기관지였던 『매일신보』가 있었고 재등(齋藤)의 소위 문화 정치를 표방한 뒤에 새로이 창간된 민족주의의 대표 여론지인 박영효 사장과 송진우 편집국장인 『동아일보』가 있었고 송병준을 중심으로 한 대정친목회의 기관지 『조선일보』(월남 이상재 선생 사장 취임 전기)가 있었고 일본국회의 참정권을 운동하는 것을 목표로 하는 민원식(후에 양근식에게 암살됨)의 『시사총보』가 있었다.
>
> 나중에 『시사총보』는 민원식의 암살로 인하여 폐간되었거니와 월남 이상재 선생 사장과 신석우 부사장, 민세 안재홍 편집국장 등이 취임하기 전의 초기 『조선일보』에는 양심 있는 사람으로는 오래 거접(居接)할 것이 아니었다.11)

---

10) 이 시기를 전후해 현진건 단편의 성격도 변모한다. 이주형 교수에 따르면, "이 시기부터 현진건은 민중문제의 발견을 통해 작가적 방황을 극복할 수가" 있었고 "민중과의 만남을 통해 현진건은 의식이 깨인 식민지 지식인으로서, 그리고 한 작가로서의 자기 정립을 이룰 수 있었다." 이주형, 「현진건 단편소설의 변화와 성취」, 『향토문학연구』 제2호,(일봉, 1999), p.82.

11) 박종화, 「빙허 현진건군」, 『신천지』, 1954. 10, pp.139~140.

『조선일보』 퇴사는 현진건이 기자직을 단순히 생계를 위한 직업으로 보지 않았다는 걸 의미한다. 현진건은 기자를 "붓 한 자루를 휘둘러 능히 사회를 심판하여 죄 있는 놈은 버히고 애매한 이를 두호하며 세계의 대세를 추측하여 능히 선전도 하고 능히 강화도 하는 무관제왕"[12]으로 파악할 만큼 사회적 감각이 열려 있었다. 잠재되어 있던 현진건의 사회적 감각은 언론사를 출입하며 서서히 구체성을 확보하게 되었으니, 이를 계기로 그는 민족문제를 사유하는 지식인이자 작가로 변모해간다.

『조선일보』를 퇴사한 현진건은 동명과 동명의 후속지인 『시대일보』를 거쳐 『동아일보』(1925. 9)에 입사한다. 간과하지 말아야 하는 건 이 시기의 현진건이 당대의 내로라하는 지식인인 최남선, 홍명희를 만나 그들로부터 역사와 현실을 탐구하는 방법을 습득하며 '조선의 현실'을 거듭 심사숙고하게 된다는 것이다. 요컨대 이 시기의 현진건은 『지새는 안개』에서 묘사된 낭만적 청춘에서 민족문제를 사유하는 작가이자 지식인으로 변모하고 있다고 말할 수 있다.

그런데 여기서 좀 더 주목해야 하는 건 현진건의 변모가 한국사를 탐구하며 민족의 전망을 모색하는 민족주의자로의 변모로 귀결된다는 점이다. 이런 점에서 현진건의 변모를 당대의 거두 최남선의 영향 관계로 해명할 수도 있지만, 더 큰 차원에서 보자면 최남선만이 아니라 박은식, 최남선, 김교헌, 이상룡, 안재홍, 문일평 등이 주도한 민족사학의 형성과 전개에 강한 영향을 받으며 나타난 결과로 해석할 수 있다.

그의 두 편의 순례기, 즉 최남선의 직접적인 영향이 확인되는 「고도순례 경주」와 만주 중심의 민족사학의 영향이 확인되는 「단군성적순례기」는 현진건이 더 이상 낭만적인 연애를 꿈꾸는 청춘이 아니라 민족의 과

---

12) 『현진건문학전집4 : 지새는 안개』, p.86.

거, 현재, 미래를 회고, 비판, 전망하는 작가이자 지식인으로 변모했다는
걸 보여준다. 요컨대 현진건은 1920년대 중반부터 조선문단의 헤게모니
를 장악한 카프의 노선이나 그에 반발한 타협적 민족주의 노선을 따르지
않고 자국사에서 민족적 전망을 모색하는 실천적 민족주의의 노선을 추
구한다.

여기서 더 살펴봐야 하는 건 민족에 대한 현진건의 관점이다. 민족은
근대성의 산물이지만 현진건은 이를 근대 이전부터 형성되고 지속된 자
기동일적인 실체로 파악한다. 그는 「단군성적순례」에서 단군을 "묘막한
상하 반만년 동방 문화의 연원이시며, 생생화육, 2천 3백만, 단족의 영과
육의 모태이시며, 흑룡강의 남, 황하의 북, 동해의 서, 망망한 5천여 리에
개지척지하신 신공성적을" 남긴 민족의 기원으로 묘사하는 바, 이처럼
현진건은 민족을 근대 이전부터 형성된 실체로 보고 있다.

이런 점에서 현진건이 상상하는 민족은 근대적 의미의 민족이라고는
할 수 없다. 그 민족은 엄밀히 말하자면, 근대 이전의 민족, 즉 원초적
의미의 민족에 가깝다.[13] 그런데 이렇다고 해서 현진건이 상상하는 민족
이 초월성을 지향하는 비현실적인 성격을 띤다고는 볼 수 없다. 왜냐하
면 현진건이 상상하는 민족은 단군이 그 기원이라고 강조된다는 점에서
원초적 성격을 지니지만 한편으로 그 민족은 창조와 붕괴, 소멸과 부활
의 계기를 동시적으로 지니며 식민화된 현실에 저항하는 효과를 드러낸
다는 점에서 비현실적이지 않다. 두 편의 순례기에는 과거의 민족이 창
조의 민족이라면 현재의 민족은 붕괴의 민족이며 미래의 민족은 부활의
민족이 되리라는 현진건의 민족관이 대목마다 반영되어 있는데, 이런 현

---

13) 현진건은 민족을 언어, 공통의 문화유산, 관습, 공통의 역사적 가치와 사회적 유대에 기
초를 둔 실재로 인식한다. 이런 입장을 역사학에서는 종족, 조상, 종교, 언어, 영토를 공
유하는 공동체의 영속성에 주목한다 하여 원초론적 민족개념으로 정의한다. 임지현,
『민족주의는 반역이다』(소나무, 1999), p.22.

진건의 민족관은 식민화된 현실을 부정하는 저항적 성격을 띤다. 이런 까닭에 현진건이 민족을 중세 봉건의 해체와 국민국가의 탄생으로 요약되는 근대적 사회변동의 맥락에서 사유하지 않는 건 사실이지만, 그의 상상이 현실적 성격을 전적으로 결여하지 않는다는 것을 주목할 필요가 있다.[14]

고대의 시간으로 되돌아간 현진건은 이 두 편의 순례기에 나타나고 있듯, 단군사, 고구려사, 신라사를 주목하고 있다. 이 두 편의 순례기에서 단군사, 고구려사, 신라사는 그 외형적 차이에도 불구하고 하나같이 식민지 근대가 훼손한 민족 정체성을 담보하는 자기동일적인 지표들이다.

현실로서의 식민지 근대의 모순을 원초적 차원의 민족을 상상하며 해결하려는 현진건의 태도가 문제가 될 수 있지만, 한편 현진건의 이런 태도가 일제의 식민화 논리에 저항하는 차원에서 형성되었다는 걸 간과해서는 안 된다. 민족을 원초적 의미에서 인식하는 그의 민족관이 민족에 관한 본질주의적 오류로 비판될 수도 있겠지만 그의 민족관이 일제 식민화의 논리에 포섭되지 않으려는 치열한 문제성을 함축한다는 걸 상기해야 할 것이다. 그러면 이제부터는 본격적인 논의로 들어가고자 한다.

3. 가부장적 공동체와 민족의 부활

현진건이 민족의 기원을 근대 이전에서 발견하려고 한 까닭은 무엇일까? 일제 침탈로 인해 민족의 훼손이 초래되었다고 판단한 현진건은 훼

---

14) 이렇게 된 원인이 전적으로 현진건에게 있는 건 아니다. 청일전쟁 이후 본격적으로 조선 내정에 개입한 일본의 제국주의로 인해 우리 근대문인들은 원천적으로 민족의 형성을 자발적인 근대적 사회변동의 맥락에서 이해할 수 없었다.

손되기 이전의 민족을 발견하기 위해 근대 이전의 시간으로 거슬러 올라
간 게 아니었을까?

근대 이전의 시간에서 민족의 기원을 발견한 작가들일수록 그들의 작
품이 민족을 확대재생산하는 민족서사의 전형이 되기를 꿈꾸기 마련이
다. 현진건도 그렇다. 이미 앞 장에서 살펴본 대로, 현진건은 근대 이전
의 시간에서 민족의 기원을 모색한 작가였고, 이 모색을 바탕으로 민족
서사 쓰기를 시도한 작가였다. 그런데 현진건이 민족을 확대재생산하는
작업을 전개한다 할 때, 그가 민족을 성별화하며 상상한다는 걸 예의 주
시할 필요가 있다.[15]

『무영탑』도 이런 예에 속하는 소설이다. 『무영탑』은 '남성'인 아사달
과 경신에게 새로운 문물 창조와 구국영웅의 역할을, '여성'인 아사녀와
주만에게는 성적인 횡포를 집중적으로 받으면서도 아사달의 작업 완성
에 협조하는 수난자의 역할을 부여하면서 민족을 상상하고 있다. 요컨대
현진건은 『무영탑』에서 남성에게는 문물 창조와 구국의 역할을, 여성에
게는 성적인 수난에도 불구하고 아사달을 돕는 조력자의 역할을 부여하
며 민족을 상상하고 있다.

그렇다면 『흑치상지』는 어떤 방식으로 민족을 상상하고 있을까? 『흑
치상지』도 기본적으로 『무영탑』의 방식, 즉 민족을 젠더화하며 상상하지
만 한편으로 좀 더 주목할 만한 현상을 구현한다. 바로 가부장적 공동체
의 구축이다. 즉 현진건은 통합적 질서가 작동하는 가부장적 공동체의
구축을 통해 민족을 상상하고 있으며, 이 공동체의 형상화를 『흑치상지』
의 핵심 과제로 설정하고 있다.[16]

---

15) 이런 현상이 현진건 문학에만 나타난다는 건 아니다. 민족을 젠더화하는 방식은 전지구
적 현상이라고 말해도 좋을 정도로 여러 지역의 여러 작가들에게서 확인된다. 이에 대
해서는 라다 이베코비치의 논문을 참고.
    라다 이베코비치, 백영경 옮김, 「젠더와 민족」(『실천문학』 봄호, 2003), 실천문학사, p.96.

그러면 좀 더 자세히 설명해 보기로 하겠다. 『흑치상지』의 흑치상지는 『무영탑』의 아사달보다는 당에 저항한 구국영웅 경신의 계보에 속하는 인물이다. 흑치상지는 외세에 대항하려한 경신의 역할, 즉 위기의 민족을 구원하려 한 구국영웅의 역할을 수행하는 인물로 설정되어 있다는 말이다. 흑치상지는 20세기 초반 신소설과 경쟁하던 서사양식인 역사전기에서 볼 수 있었던 구국영웅의 계보에 속한 인물이라는 말이다. 흑치상지는 역사전기의 구국영웅들, 예컨대 을지문덕, 이순신의 또 다른 재현인 것이다. 그런데 좀 더 이 소설에서 주목해야 할 건 흑치상지를 중심으로 형성된 가부장적 공동체와 이 공동체를 이끄는 흑치상지의 성격이다.

『흑치상지』는 백제 패망 이후 당에 포로로 붙들려가는 백제 유민들의 고통스런 행렬을 묘사하며 시작한다. 현진건은 이 소설의 시작단계에서 흑치상지보다는 백제 유민들의 고통스런 행렬과 당병들의 폭압적 행태를 상당한 비중으로 묘사한다. 이와 같은 소설의 시작은 독자들로 하여금 백제의 붕괴를 한낱 허구가 아니라 민족 억압에 대한 은유로 받아들이게 한다. 요컨대 백제 유민들의 수난이 민족 억압을 은유하는 사건으로 여겨질 수 있도록 현진건은 이 소설의 시작단계에서 백제 유민들의 수난을 극대화한다.

그리고 이 과정에서 현진건은 신라 김유신 진영과 내통한 백제 간신 임자와 그의 첩인 창화부인의 언쟁을 두드러지게 초점화한다. 두 인물의 언쟁은 자연스레 임자의 배신행위를 폭로하는 결과를 초래하는데, 이 폭로는 상대적으로 수난 장면 이후에 나타날 흑치상지의 윤리성을 돋보이게 한다. 백제 유민들의 행렬, 임자와 창화부인의 언쟁, 당병들의 폭력,

---

16) 가부장적 공동체를 회복한다는 말은 식민 질서 아래에서 상실된 부권을 회복한다는 말과도 그 의미가 통한다. 제국주의가 강요하는 식민화의 질서는 곧 부권의 상실을 의미하는 것이기에 가부장적 공동체의 회복을 부권의 회복으로 볼 수도 있다.

즉 민족 억압을 표방하는 서사적 사건들을 집중적으로 서술한 이후 현진
건은 구국영웅 흑치상지를 등장시킨다.

당병들에게 포로로 붙들려 끌려가는 백제 유민들 앞에 그 정체를 드러
낸 흑치상지는 마치 유랑하는 이스라엘 민족을 구원하는 모세처럼 보인
다. 백제 유민들의 고통이 상승하는 지점에 등장한 흑치상지는 일순간에
당병들을 제압하는데, 이를 계기로 이 소설은 민족 수난을 이야기하는
소설에서 민족 저항을 이야기하는 소설로 그 방향을 선회한다. 그리고
이 과정에서 흑치상지는 마치 정처를 잃은 난민들을 포용하는 '인자한'
아버지의 태도로 백제 유민들을 포용한다.

> 그 장사는 무엇을 골똘히 생각하는 듯하며, 그 광채 도는 눈을 떴다 감
> 았다 하였다. 자기에게 매어 달리는 이 불쌍한 백성들을 데리고 가자기도
> 어렵고 그렇다고 떼치고 가기는 더욱 어려운 모양이었다.
> "장군님이 살려 놓으신 저희들의 목숨, 장군님을 위해 바치는 것도 저
> 희들의 소원입니다."
> 그 귀부인은 머리를 다소곳한 채 또 한 번 그 장사를 졸르고 나서 군중
> 을 돌아보며,
> "여러분들 그렇지 않습니까?"
> 하고 동의를 구하였다.
> "다 이를 말씀이오?"
> "옳소, 옳소."
> "죽는 것도 소원이오."
> "우리들의 목숨은 장군님께 올립니다."
> 감격에 겨운 군중은 한꺼번에 외쳤다.
> 이윽고 그 장사는 무거운 입을 열었다.(159~160쪽)

이 대목은 흑치상지가 당병을 제압한 이후 서술되고 있다. 당병들에게
끌려가던 백제 유민들이 흑치상지를 추종해야 할 지도자로 추앙하는 장

면인데, 마치 이 장면에서 흑치상지는 유민들의 가장처럼 보인다. 이 대목의 전후에서 흑치상지는 고통 속의 백제 유민들을 구할 뿐 아니라 "월영의 품에서 죽은 아이를 빼내어 번쩍 안고" "곱다랗게 땅 속에" 누이거나 내두 좌평의 첩인 창화 부인을 살해하려는 유민들에게 "여러분, 다같이 불쌍한 백제 사람이란 걸 잊지" 말자는 전언을 전달하면서 창화 부인을 죽음에서 구해주는 인물, 즉 공동체가 직면한 내외적인 갈등을 해소, 수습하는 가장으로 행동한다.

이런 점에서 보자면, 흑치상지는 당병들의 억압에 직면한 백제 유민들을 가부장적 공동체의 구성원으로 견인시키며 이 공동체를 외부 억압에서 보호하는 가장의 역할을 수행한다고 할 수 있다. 『무영탑』의 경신이 화랑을 중심으로 당대 과제와 대결하려고 한 반면 흑치상지는 억압받는 백제 유민들과의 공동체 형성을 마다하지 않는 가장으로 부각된다. 백제 유민들의 구원 요청을 받아들인 흑치상지는 이 일행을 이끌고 맡있산으로 근거지를 옮기는데, 이 과정 자체가 가부장적 공동체의 구체적인 형상화인 셈이다.

> 맡있성 고을은 맡있산 줄기인 새머리산을 비스듬히 등지고 동북으로 범근내 하류를 건너 가차산이 어긋나게 두 나래를 벌린 듯, 에둘린 데다가 남으로 남으로 뻗어 나려간 밝달산의 길고 장찬 준령이 깎아지른 듯이 서남방의 장벽을 이루었다.
> 후면과 좌우 양면이 험준한 산악으로 어마어마한 병풍을 펼쳐 놓은 듯이 빈틈 없이 둘러막히었고, 전면만 비록 터졌다 하나, 평원광야가 허허벌판으로 멋없이 열린 것이 아니요, 큰 내가 지로 세로 여러 갈래를 누비질한 것 같다. 이 누벼 놓은 듯한 냇줄기마다 크고 작은 산들이 또다시 우긋하게 기어들어와서 서로 부둥켜안을 듯이 가루누웠다.(182쪽)

이처럼 흑치상지와 그를 따르는 유민들은 맡있성 고을을 중심으로 그들만의 공동체를 구축한다. 이 공동체의 구축 현상을 주목해야 하는데, 이는 마치 억압된 민족의 재생과 부활로 읽히기 때문이다. 백제 유민들은 "풍마우세에 성돌이 빠져 달아나 군데군데 무너지고 허술해진" 맡있성을 보수하는 작업을 고된 노역으로 받아들이지 않는다. 그들의 "불콰하게 상기된 얼굴엔 긴장과 감흥이" 넘쳐흘렀고 "그들의 손길은 번개같이 빠르고, 올리고 나리는 팔뚝엔 새 힘이 샘솟는 것" 같고 "신이 저절로 나는지 어깨가 우쭐우쭐하며 잽싸게 놀리는 발길도 춤추는 듯"하다고 작가는 묘사하고 있다.

이렇게 백제 유민들의 '신흥'으로 구축된 맡있성은 당병들의 억압을 받는 백제 유민들을 호출하는 장소로 떠오른다.[17] 백제 유민들은 남녀노소 가리지 않고 맡있성을 향하는데, 이를 자세하게 서술한 장이 「총각과 동행 내외」다. 여기서는 당병에게 살육당하기 전에 고향을 탈출한 신혼부부인 쾌돌과 참꽃 부부 그리고 의병으로 지원하기 위해 홀몸으로 출행한 거북이의 이야기가 서술된다.

비록 이 소설의 핵심 서사에 속하지는 않지만 이들의 에피소드는 흑치상지가 백제 유민들에게 어떻게 인식되는가를 흥미롭게 보여준다. 거북이는 쾌돌과 참꽃 부부에게 흑치상지의 활약상을 전해주는데, 이 대목에서의 흑치상지는 전설세계의 영웅으로 묘사된다. 거북이만이 아니라 쾌돌과 참꽃 부부 역시 흑치상지를 겨드랑이에 날개가 달린 영웅, "당병을 휘몰아 때려잡으실 적만 해도 반공중에 둥둥" 떠 있는 영웅으로 의심 없이 인정한다. 요컨대 백제 유민들을 이끄는 가부장적 공동체의 가장인 흑치상지는 그 공동체 구성원들에게 인간 이상의 영웅, 즉 절대자(the One)

---

17) 마치 이 장면은 『무영탑』에서 아사달이 신흥으로 탑을 축조하는 장면과 그 분위기가 유사하다.

로 추앙된다. 흑치상지는 부권을 확실하게 회복한 상징적 아버지로 부각
되는 것이다.

거북이와 쾌돌, 참꽃 부부를 포함한 백제 유민들은 흑치상지가 거주하
는 맡있성으로 운집하는데, 작가는 이를 이렇게 묘사하고 있다.

> 강가에 다다르니 사람은 백절 친 것 같다. 자기네만 몰래몰래 맡있산으
> 로 찾아가는 줄 알았더니, 자기네와 같은 뜻과 마음을 가진 사람이 엄청나
> 게도 많은 것을 보고 일변으로 든든하고 일변으로 놀라웠다.
> 스물도 넘는 나룻배가 사람을 건네기에 눈코를 못 뜬다. 배마다 손들을
> 가뜩가뜩 넘치도록 태웠다.
> 사공들의 배 젓는 소리도 우렁차다.
> 강을 건너고 보니 사람은 더욱 많아 발길이 서로 밟힐 지경이었다.(182쪽)

전설세계의 영웅처럼 묘사된 흑치상지와 맡있성으로의 백제 유민 유
입은 억압된 민족의 재생과 부활로 읽힌다. 그런데 주목해야 하는 건 이
가부장적 공동체가 당면한 외적, 내적 갈등을 봉합하고 수습하는 흑치상
지의 태도다. 흥미롭게도 현진건은 새롭게 부흥한 가부장적 공동체와 대
결하는 외적인 세력을 당나라로 한정한다. 역사적 사실 관계로 보자면,
백제 패망은 신라와 당의 연합세력에 의한 사건이지만 현진건은 흑치상
지와 신라와의 대치는 생략하고 당과의 대치만을 집중적으로 부각한다.
현진건은 이렇게 함으로써 민족 훼손의 원인이 내부에 있다기보다는 외
부에 있다는 걸 더 한층 강조하고 있으며 민족의 공동체적 유대를 강화
한다.[18]

---

18) 강영주 교수는 이와 같은 설정을 "역사 자체의 실상에도 어긋나거니와" "작자의 창작
   의도에도 어긋나는 것"이라고 비판한다. 역사 자체의 실상과는 어긋나는 게 사실이지
   만 민족의 자기동일성과 공동체적 연대를 극적으로 표방하기 위해 외부의 적만을 소설
   의 서사 전면에 드러낸 것으로 보인다. 강영주, 위의 책, p.94.

그러면 내적 갈등은 어떻게 봉합하는가? 당에 대응하는 과정에서 장군들의 의견 차이로 공동체는 내부 갈등에 직면한다. "상지와 상여와 수신 등 백제군의 우두머리 상주들이 머리를 맞대고 앉아서 전략을 의론"하던 중에 "다혈질인 지수신은 오늘밤에라도 당진을 무찌르고자 주장하였으나, 상지는 종시 응낙을 하지 않았다."

이 과정에서 신중한 상여와 과격한 수신이 의견 대립하는데, 흑치상지는 이들의 의견 대립을 통합 조정하며 내부 분열을 봉합한다. 상여는 상대적으로 제한적이며 소극적인 전략을 취한다면 수신은 좀 더 적극적이며 대담한 전략을 취한다고 하겠는데, 흑치상지는 이 둘의 의견 차이가 공동체의 내부 분열로 이어지지 않도록 내부 갈등을 수습한다. 내부 갈등을 봉합하는 흑치상지의 태도는 일본 식민지 하에서 민족 내부의 대립과 분열에 대한 비판으로 읽힐 수 있다.[19] 요컨대 현진건은 공동체 외부의 대립은 당과의 대립으로 구도화하고 내부 문제는 봉합되는 방향으로 가부장적 공동체를 구축한다고 볼 수 있다.

현진건은 기본적으로 민족을 성별화하며 상상하되, 특히 남성 구국영웅의 논리에 호응하는 가부장적 공동체를 빌려 민족을 상상하고 있다. 가부장적 공동체의 형식을 빌려 상상되는 민족은 내부 분열과 갈등이 없는 민족, 즉 통합된 민족이다. 작가는 외부 대립을 극대화하고 내부 갈등을 극소화하면서 자율적인 통합을 도모하는 가부장적 공동체를 구축하며 궁극적으로 통합된 민족을 상상한다. 요컨대 현진건은 민족을 내부 분열과 갈등이 존재하지 않는 통합 논리가 관철되는 관계의 총화로 상상

---

19) 현진건은 민족 분열에 대해 심각하게 우려한 작가였다. 박종홍 교수에 따르면, 현진건은 "민족의 분열에 대한 심각한 우려를 동시대를 다룬 단편에서 이미 나타내고 있으며, 장편 『적도』에서는 역사소설에서처럼 조선민족이 이러한 분열에 따른 대립을 극복하고 단합하여 민족해방의 길에 적극적으로 나서야 함을 나타내고 있다." 박종홍, 「현진건 역사소설의 '성'과 '정치'」, 『향토문학연구』 제2호(일봉, 1999), p.126.

한다고 할 수 있다.

4. '훼손'된 민족에서 '순수'한 민족으로

현진건은 『흑치상지』에서 민족을 상상하는 방식으로 외적 위기를 극복하고 내적 갈등을 봉합하는 통합 논리가 관철되는 가부장적 공동체의 구축을 제시하고 있다. 그런데 이 방식은 앞 장에서 살펴본 바와 같이, 젠더화된 방식 중에서도 남성화된 방식의 한 예라고 할 수 있다.

문제는 『흑치상지』가 남성화된 방식만으로 민족을 상상하지 않는다는 것이다. 현진건은 창화부인을 설정해 훼손되고 타락한 민족에서 순수하고 정결한 민족의 재생을 상상하는데, 이는 육체적 훼손과 훼손의 자발적 극복으로 요약되는 창화부인의 행보와 대응되고 있다. 그러면 이를 자세히 살펴보기로 하자.

이미 언급했듯, 『흑치상지』는 그 시작단계에서 백제 유민들의 참상을 집중적으로 묘사하고 있다. 끌려가는 백제 유민들은 "이마에 칼자국이 시뻘겋게 남은 이도 있고, 머리통 한복판이 쩍 갈라져서 골이 허옇게 내다 비치는 이도 있었다." 그런데 여기서 좀 더 주목해야 할 대목은 백제 유민들 중에서도 여성들의 수난이다.

이 여성들의 수난은 육체 훼손으로 그 특징이 요약될 수 있다. 이 여성들은 당병들의 성적 욕망을 해소하는 대상으로 전락하는데, 이런 점에서 여성들의 육체 훼손은 그 자체로 민족 수난을 은유하는 의미를 띤다. "지금까지 군율에 얽히어 굶주리고 참고 죽음도 무릅쓰고 더구나 불같은 수욕(獸慾)도" 눌렀던 당병들은 "젊은 어여쁜 여인"만이 아니라 "아주 꼬

부라진 늙은이와 젖먹이 어린애가 아니면 계집 명색치고는 버리지 않았
다." 요컨대 현진건은 수난 받는 민족을 표상하는 방식으로 여성들의 육
체 훼손과 당나라 장병들의 성적 욕망을 극대화하고 있다.

> 머리를 풀어 산발한 이, 입술을 깨물어 앙다문 흰 이빨에 피가 고인 이,
> 젖먹이를 업고 아이가 보챌 적마다 흡뜬 눈으로 당병의 기색을 살피는 어
> 머니, 아귀적아귀적 부서진 엉치를 못 쓰는 처녀, 짚쑤세미가 다 된 치마
> 를 밝은 날을 보기가 부끄럽다는 듯이 얼굴을 가린 안해, 들들……(126쪽)

이렇게 『흑치상지』는 그 시작단계에서 민족 훼손과 모독을 드러내는
방식으로 당병들의 공격적인 성적 욕망에 노출된 백제 여성들의 행렬을
묘사한다. 남성 유민들의 고통을 묘사하는 장면도 없지 않지만 작가는
당병들의 성적 학대에 고통스러워하는 여성 유민들의 위기를 더 할애해
묘사하는 것이다.

그런데 이 여성들과는 달리 창화부인은 당병들의 관심을 한 몸에 받는
다. "나이는 이십 남짓, 꽃잎 같은 입술이 유난히 붉고 간잔주런한 눈썹
이 그린 듯이 반달 모양을 지은" 창화부인은 당병들의 호위를 받으며 압
송되는 중이다. 이 대목에서 창화부인은 '산발한', '피가 고인', '엉치를
못 쓰는' 백제 여성들과는 달리 자발적으로 성적 쾌락을 암시하는 유혹
하는 여인의 이미지를 강하게 드러낸다.

창화부인은 포로로 끌려가는 처지임에도 "살짝 눈을" 흘기거나 "외마
디 소리를 지르고 보얀 목덜미를 길게 빼어 달아나며 앵돌아진 양을" 하
거나 "팔딱거리는 젖가슴"을 "아직도 비스듬히 당장의 팔 안에 안겨" 당
병을 유혹한다. "기름 같은 제 팔로 그 절구통 같은 목덜미를 휘감기도
하고, 말씬말씬한 제 다리를 놀려 쇳덩이 같은 저 편의 다리를 자근자

근" 누르는 창화부인은 그녀의 섹슈얼리티를 최대한 동원해 위기를 모면하고자 하는 타락한 여성으로 그려지고 있다.

창화부인은 흑치상지가 주도하는 가부장적 공동체에 편입되어 흑치상지의 구국사업을 돕지만 적어도 소설의 시작단계에서 그녀는 자기 안위를 위해 당나라 장수를 유혹하는 이기적인 인물로 그려지고 있다. 창화부인은 오로지 자신의 안위를 위해 섹슈얼리티를 당장에게 헌납하는 타락한 여성으로 그려지고 있는 것이다. 여기서 창화부인은 처녀성을 상실한 훼손된 여성이라는 점과 창화부인의 육체적 훼손이 민족 훼손의 은유가 된다는 점을 주목해야 한다.

바로 이런 까닭에 창화부인은 흑치상지의 당병 제압 이후, 백제 유민들의 집중적인 살해 위협을 받는다. 백제 유민들은 창화부인을 "여우 같이 생긴 계집", "그 낯싸대기에 분을 보얗게 바른 년", "대매에 쳐 죽여도 시원치 않을 년", "사람 여럿 잡아 먹을 년" 등으로 비난하면서 그녀를 살해하려 한다. 그런데 이 대목은 좀 더 그 의미가 해명될 문제적 장면이다. 이미 지적했듯, 백제 여성들의 육체 훼손이 민족 수난의 은유가 되는 것처럼 창화부인의 과도한 섹슈얼리티는 그 자체로 훼손된 민족을 표상하는 은유가 될 수 있는 까닭이다.

당병들이 물러간 자리에서 백제 유민들[20]은 창화부인을 '더러운', '정절이 결여된', '훼손된' 육체를 지닌 타락한 여성, 적과 내통한 여성으로 비난한다. 그런데 이 비난은 사실 남성성을 상실한 백제 남성 유민들의 불안과 공포가 뒤섞인 비난일 수 있으며, 더 크게는 훼손된 민족에 분노일 수 있다. 요컨대 과도한 성을 암시하는 창화부인의 육체는 타락한 민족을 표상하는 은유로 이 소설의 시작단계에서 확연하게 부각되고 있다.

---

20) 특히 남성 유민들이 창화부인을 강하게 비난한다.

그런데 앞으로 좀 더 주목해야 할 대목은 창화부인의 변모다. 창화부인이 훼손된 민족을 표상하는 은유에서 순수한 민족을 표상하는 은유로 바뀌는 까닭이다. 흑치상지의 도움으로 살해 위기를 모면한 창화부인은 유민 일행들을 대표해 흑치상지에게 구원을 요청할 만큼 이타적 인물로 변모한다.

장군님 저희들을 버리고 가시면 어떡하십니까? 의지가지 없는 저희를, 저희들이 지금 돌아들 간다 한들 어디로 돌아갑니까?(158쪽)

장군님이 아니었더라면 저희들은 벌써 죽은 목숨, 장군님을 모시고 가다가 설령 죽는다 하온들 무슨 여한이 있겠습니까?(159쪽)

장군님이 살려 놓으신 저희들의 목숨, 장군님을 위해 바치는 것도 저희들의 소원입니다.(159쪽)

당병 우두머리를 유혹하던 요부 창화부인은 유민 일행과 그녀를 구해 준 흑치상지를 장군님으로 호칭하면서 "겁을 집어먹고 달아날 거조"를 하는 백제 유민들의 공포를 대변하는 모성성의 인물로 변모한다.[21] 흑치상지 출현 이전의 창화부인이 요부에 불과했다면 흑치상지 출현 이후의 창화부인은 모성으로 불안과 공포에 떠는 유민들을 감싸는 어머니로 변모한다. 유민 일행을 대신해 흑치상지에게 "장군님이 살려 놓으신 목숨, 장군님을 위해 바치는 것도 저희들의 소원"이라고 간청하는 창화부인의 모습은 자식들의 고통을 감싸는 어머니의 모습과 다름없다. 이 대목의 창화부인은 더 이상 유혹하는 타락한 여성이 아니며 위기에 처한 가족들

---

21) 이와 같은 변모가 내적 필연성이 있는 건 아니다. 비약에 가까운 변모라고 해야 한다. 이런 점에서 창화부인의 갑작스런 변모는 독자를 설득하기 어렵다.

을 구원하는 적극적인 모성처럼 보인다.

그런데 흑치상지를 설득한 창화부인은 그 일행을 뒤따르지 않는다. 그녀는 "말을 달려 흐르는 별보담도 더 빠르게" 사라지고 만다. 여기서 좀 더 주목해야 할 점은 창화부인의 이탈이다. 흑치상지는 창화부인의 요구를 받아들여 백제 유민들을 이끌고 새로운 행로를 모색하게 되지만 창화부인은 당장 이 일행을 뒤따르지 않는다.

그렇다면 창화부인은 흑치상지가 주도하는 구국투쟁에서 이탈하는 건가? 그렇지는 않아 보인다. 창화부인의 이탈은 그녀의 훼손을 자발적으로 치유, 갱신하기 위한 일시적 이탈이다. 일행에서 이탈한 창화부인은 적장의 첩이 되어 적의 내부 근황을 흑치상지에게 전하는 고난과 위험을 마다하지 않음으로써 흑치상지가 주도하는 가부장적 공동체 구축에 기여한다.

이처럼 당병들을 유혹하던 창화부인은 흑치상지의 출현 이후에는 패망한 국가의 안위를 도모하는 여성으로 탈바꿈하고 있다. 창화부인은 당병들 앞에서 스스로 초래한 민족 훼손 행위를 용서받으려는 듯, 위험한 적진으로 위장 투항하는 구국투쟁의 험로를 마다하지 않는다. 이런 점에서 보자면, 창화부인은 당면한 시대적 문제를 스스로 해결하는 주체적 여성처럼 보인다.

> 제가 당돌히 한 말씀 여쭐까 합니다. 이런 좋은 기회에 사자성까지 짓쳐 들어가 보는 것도 물론 좋을 줄로 압니다. 중도에 복병이 있다 하온들 무에 신신하리까? 그러하오나 시방 적군을 함몰을 시키오면 소정방이 회군을 않을 줄 압니다. 제 알기로는 소정방이 내일 모레쯤은 돌아갈 터이온즉 그 때를 기다리시는 것이 가장 상책일까 합니다.(222~223쪽)

이처럼 창화부인은 흑치상지의 참모역할을 수행한다는 점에서, 그리고 장군들의 내부 갈등을 수습한다는 점에서 구국투쟁의 주체처럼 보인다. 그러나 그렇지 않다. 엄밀히 말하자면, 창화부인은 구국투쟁이라는 공적 사업을 주도적으로 수행하는 인물이 아니다. 창화부인은 남성 작중인물 과의 관계에 따라 요부의 역할, 모성이 충만한 어머니의 역할, 투사의 역 할을 수행하지만 그녀의 핵심 역할은 상실한 사랑을 회고하며 처녀성 회 복을 꿈꾸는 여성의 역할이다.22)

당병들과의 전투 이후 창화부인은 흑치상지에게 자신의 사적인 비밀 을 고백한다. 이 고백은 백제 처녀들을 갈취하는 임자의 야욕 때문에 혼 인을 약속한 수진총각과 파탄이 일어나게 된 과정과 임자의 첩으로 살아 가며 자포자기의 심정으로 타락하게 된 사정을 말해주는 내용으로 서술 되고 있다. 요컨대 이 고백에서 창화부인은 세상의 남성들을 혐오하게 된 저간의 사정을 말해주고 있다.

이런 고백을 할 때의 창화부인은 요부도, 어머니도, 전사도 아니다. 이 럴 때 그녀는 마치 상실한 사랑을 되찾은 처녀의 표상으로 존재한다. 이 대목에서의 창화부인은 소설 시작단계에서의 창화부인과 그 이미지가 전혀 다르다. 과도한 섹슈얼리티를 암시하는 창화부인이 아니며 스스로 타락을 조장하는 창화부인이 아니다. 비록 미완성이기는 하지만 이 소설 의 마지막 장면에서 창화부인은 상실된 사랑을 회고하며 “부끄러워서 한 동안 몸을 가누지” 못하고 “무릎 위에 질척 미끄러진 듯한 은어 같은 손”을 가늘게 떨고 “모기 같은 가는 소리로 속살거리는” 수줍은 처녀로 존재하고 있다.

“여우 같이 생긴 계집”, “그 낯싸대기에 분을 보얗게 바른 년”, “대매 에 쳐 죽여도 시원치 않을 년”, “사람 여럿 잡아 먹을 년” 등으로 비난받

---

22) 창화부인의 처녀성 회복이 민족 순수성의 회복과 등가적 의미를 지니고 있음을 주목할
    필요가 있다.

던 창화부인에서 상실된 사랑을 회고하는 순수한 처녀로 변모한 창화부인은 흑치상지에게 자기변모의 이유를 설명한다.

> 그런데 고량부리에서 장군님을 뵈옵고, 저의 매친 생각은 벼락을 맞은 듯 부서지고 말았습니다. 그야말로 저에게는 천변지이(天變地異)였습니다. 세상에는 남자 중에도 남자, 참으로 참으로 백성을 사랑하고 나라를 위하는 의인이 있구나.(241쪽)

창화 부인에 따르면, "남자 중에도 남자, 참으로 참으로 백성을 사랑하고 나라를 위하는 의인"을 만나게 되어 자기의 "매친 생각"이 바뀌게 된 것이다. 이 대목에서 창화 부인이 말하는 백성을 사랑하고 나라를 위하는 의인이 흑치상지라는 건 명확하며, 이런 점에서 창화부인의 변모는 흑치상지의 출현이 결정적인 이유가 된다고 하겠다. 요컨대 처녀성을 상실한 채 타락한 언행을 표방하던 창화부인의 섹슈얼리티는 흑치상지의 영웅적 고결함에 흡수되고 있는 것이다. 창화부인은 더 이상 정념의 여성으로 존재하는 게 아니라 정념 없는 고결함, 교양, 순결, 덕행을 중시하는 여성으로 변모한 것이다.[23]

이 소설의 시작단계에는 당병들의 공격적인 성욕에 노출된 백제 여성 유민들의 육체적 훼손이 초점화되는데, 이 자체가 민족 훼손의 은유가 되고 있다. 그런데 과도한 섹슈얼리티를 드러내면서 창화부인은 육체 훼손의 상태로 포로로 붙들려가는 여타 백제 여성들과 구분된다. 처녀성을

---

23) 이런 변모는 왜 일어나는 걸까? 더 본질적인 이유가 있다. 조지 모스의 지적처럼 "민족주의는 섹슈얼리티를 통제하는 데 기여했으며, 아울러 무수한 변화 속에서도 성에 대한 태도가 고결함으로 흡수"되도록 한다. 창화부인의 변모 역시 민족을 표방하는 흑치상지의 출현이 만들어낸 결과다, 창화부인의 섹슈얼리티는 흑치상지의 가부장적 공동체 안에서 고결함으로 흡수된다. 조시 모스, 서강여성문학연구회 옮김, 『내셔널리즘과 섹슈얼리티』(소명출판, 2004), p.23.

상실한 창화부인은 스스로 민족의 순결을 오염시키는 타락한 여자로 설정된 셈인데, 그녀는 흑치상지와의 만남 이후 스스로 자기의 훼손을 스스로 극복하려 한다.

창화부인은 흑치상지와의 만남 이후 모성성을 구현하는 어머니, 적진의 비밀을 흑치상지에게 전하는 전사의 역할을 수행하지만 그녀는 소설의 마지막 장면에서 상실된 사랑을 회고하는 순수한 처녀로 복귀한다. 그리고 이 복귀는 한 작중인물의 변모만을 의미하지 않고 민족 순결의 회복을 의미한다고 할 수 있다.

5. 결론

일제의 강압적인 식민 지배가 강요되는 1930년대로 접어들면서 현진건은 단편작가에서 장편작가로 변모한다. 그런데 이 변모는 단지 장르적 취향의 변모가 아니다. 이 시기의 현진건은 민족문제를 치열하게 사유하는 지식인이자 작가의 길을 걷고 있었고, 이런 그의 행보는 『무영탑』, 『흑치상지』와 같은 민족서사의 탄생을 가능하게 했다.

이 글은 이 두 편의 소설 중에서 문학사적인 긍정적 평가에도 불구하고 미완성이라는 이유로 그동안 본격적으로 연구되지 않은 『흑치상지』를 대상으로 민족을 상상하는 방식을 집중적으로 논의했다. 비단 현진건만의 특징이라고 말하기는 어렵겠지만, 현진건은 기본적으로 젠더화된 방식으로 민족을 상상하고 있다. 이에 따라 현진건이 상상하는 민족은 남성성, 여성성의 이미지가 때로는 대립적으로 때로는 보완적으로 구현되는 양상을 보여주고 있다. 이를 좀 더 구체적으로 정리하면 다음과 같다.

현진건은 남성인물인 흑치상지가 주도하는 가부장적 공동체의 구축을 통해 민족을 상상한다. 이 가부장적 공동체는 외부의 적과 내부 분열에 위기에 직면 중인데, 작가는 이 공동체가 자체모순에 함몰되기보다는 통합 논리에 규율되도록 묘사한다. 본래 민족이 근대의 산물이지만 현진건은 민족을 근대적으로 상상하기보다는 원초적 실재로 인식한다. 민족 위기를 식민 시대의 부권 상실로 받아들일 수 있는 현진건이기에 이와 같은 상상이 가능할 수 있으리라 판단되는데, 현진건이 가부장적 공동체로서의 구축을 통해 통합적 질서가 관철되는 관계의 총화로서의 민족을 상상하고 있다는 점을 주목할 필요가 있다.

민족의 훼손과 순수성 회복을 표상하는 은유로 제시된 인물은 창화부인이다. 창화부인은 소설의 시작단계에서 처녀성을 상실한, 즉 정조를 상실한 인물로 설정되고 있다. 처녀성을 상실한 창화부인은 당병들을 유혹하며 그녀의 과도한 섹슈얼리티를 노출하는데, 이런 행위로 그녀는 백제 유민들의 살해 위협을 받는다. 그런데 흑치상지의 출현 이후 그녀는 요부의 이미지를 탈각하고 모성의 소유자와 전사의 역할을 수행한다.

그렇지만 작가는 창화부인을 사랑의 상실을 회고하는 처녀로의 복귀하도록 하고 있다. 여기서 말하는 처녀로의 복귀는 육체적 복귀를 의미하지는 않는다. 이미 처녀성을 상실한 창화부인이기에 육체적 복귀는 가능하지 않다. 작가는 흑치상지 면전에서 파탄 나버린 사랑을 회고하는 창화부인의 언행과 정경을 묘사하는데, 이 대목에서의 창화부인은 부인이라기보다는 한 남성 앞에 수줍어하는 처녀와 모습과 유사하다. 요컨대 창화부인은 비록 미완의 결말이기는 하지만 이 소설의 마지막 장면에서 처녀의 순수성을 회복한 여성, 도덕과 고결함을 획득한 여성으로 그려지고 있으며, 이로써 그녀가 표상하던 민족에 관한 은유도 타락에서 순수로 그 자질을 바꾼다.

　전통에 대한 강조는 민족주의의 보수화를 초래할 수 있다. 작가들은 전통에 대한 문화적 영속성을 강조함으로써 민족적 연대감을 그들의 작품에서 강화할 수 있다. 그렇다면 현진건은 어떤가? 현상적으로 보자면, 현진건은 이 소설에서 가부장적 공동체의 형식을 빌려 민족을 상상함으로써 민족에 관한 그의 상상이 보수적이라는 비판을 받을 수도 있다. 또한 '남성' 흑치상지와 '여성' 창화부인의 주도적이며 주변화된 역할구분도 이런 비판에 일조할 수 있다.

　『흑치상지』가 이런 비판을 받을 수밖에 없는 문학적 양상을 구현하는 건 사실이지만 좀 더 면밀하게 살펴봐야 하는 건 작품에 구축된 가부장적 공동체에서 흑치상지가 억압적인 가장으로 존재하지 않았다는 점이다. 본래 가부장적 공동체는 내적으로 위계화된 질서를 요구하기 마련이지만 흑치상지는 이 위계화된 질서를 억압적으로 관리했다기보다는 내적 갈등의 수습에 더 큰 관심을 할애한 인물로 묘사된다. 그러므로 이 소설이 가부장적 공동체라는 전통적 제도를 강조하면서 민족을 보수적으로 상상한다고 필자는 생각하지 않는다. 현진건은 민족을 이분법적으로 젠더화된 방식으로 상상하는 한계를 드러내지만 그 한계 안에서 민족 문제를 치열하게 사유한 작가이며 그 미완의 성과가 바로 『흑치상지』인 까닭이다.

저자 **양진오**

서강대학교 국어국문학과 졸업.
서강대학교 대학원 국어국문학과 졸업(문학석사, 문학박사).
현재 대구대학교 국어국문학과 교수.
『실천문학』,『내일을 여는 작가』편집위원 역임.
저서로『한국소설의 논리』,『한국소설의 형성』,
『전망의 발견』,『임철우의『봄날』을 읽는다』등이 있음.

대구대학교 인문과학연구총서 24

조선혼의 발견과 민족의 상상
- 현진건의 학술적 평전과 문학 연구 -

초판 인쇄 2008년 2월 12일
초판 발행 2008년 2월 22일

지은이 양진오
펴낸이 이대현
편 집 이소희
펴낸곳 도서출판 역락
　　　　서울 서초구 반포4동 577-25 문창빌딩 2층
　　　　전화 02-3409-2058, 2060 ∣ FAX 02-3409-2059
　　　　이메일 youkrack@hanmail.net
　　　　등록 1999년 4월 19일 제303-2002-000014호
ISBN 978-89-5556-590-4 93810

정 가 10,000원